Henri Vincenot

Le pape des escargots

Denoël

© Éditions Denoël, 1972.

Né à Dijon en 1912, Henri Vincenot est un véritable Bourguignon « de la Montagne ». Il passe son enfance dans les monts de Bourgogne à Châteauneuf d'où sa famille est originaire.

Après l'école des Hautes Etudes commerciales, il séjourne au Maroc puis entre à la compagnie P.L.M. et collabore pendant plus de vingt ans à *La Vie du rail* en tant que rédacteur de cette revue.

Connu pour ses romans, *Walther, ce boche, Mon ami* — prix Erckmann-Chatrian —; *La pie saoule; Les chevaliers du Chaudron; Le pape des escargots* — prix Sully Olivier de Serres —, et ses ouvrages historiques sur la vie du rail et la Bourgogne au temps de Lamartine, Henri Vincenot ajoute à ses dons d'écrivain, un talent de peintre et de dessinateur. Depuis dix ans il vit à Commarin, partageant son temps entre la peinture, la littérature, les travaux campagnards quand il n'est pas dans son village de La Pourrie, autrefois abandonné, et qu'il a reconstruit avec ses enfants.

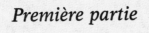

Première partie

1

Le ban des vendanges avait été publié très tôt cette année-là.

A Saint-Romain, au pied des falaises qui réverbéraient la chaleur du jour, le branle-bas était déjà commencé. On avait sorti toutes les futailles devant les celliers, dans les ruelles, à l'ombre bleue des murets de pierre sèche. On entendait résonner les maillets depuis les rues basses jusqu'en haut des murgers, où les vipères, inquiètes, remontaient prudemment vers le pied des roches.

Tout le jour, on avait vu les hommes aller chercher l'eau glacée de la douix pour abreuver quarteaux et feuillettes, cuves et sapines, ballonges et cuveaux. Le long des murs dorés, un fort parfum de fruit sec et de tanin montait, percé, comme par une lance, par le cri des derniers martinets.

Le soleil était bas, pourpre comme une grume. Il n'avait pas plu depuis la Saint-Jean sur le petit sentier que la montagne rejetait à la vallée d'un voluptueux mouvement de croupe, aussi l'homme, qui pour lors y trottinait, soulevait un nuage de poussière.

Cet homme s'appuyait sur un long bâton de coudrier

rouge, recourbé à son faîte en une sorte de crosse un peu semblable à celle des évêques, ou encore à celle que tiennent, sur les bas-reliefs, certains dieux de l'ancienne Égypte. La tige était gravée d'entailles bizarres, faites au fil d'un couteau de poche.

L'homme tenait le bâton avec délicatesse et dignité et ne le posait sur le sol que tous les trois pas.

Et cet homme chantait.

Il chantait en latin les premiers répons des Complies :

— *Jube domne, benedicere...*

Puis, contemplant le Revermont, par-dessus la plaine bressane, déjà violette de nuit, il s'écriait :

— Dieu que c'est beau Seigneur !

Et, reprenant sa psalmodie :

— *Fratres : sobrii estote et vigilate...*

Après quoi, son sabot ayant roulé sur les gravelles, il hurla :

— Cré mille loups-garous, voilà maintenant que je vas me casser la gueule !

Puis se reprenant :

— Pardon mon Dieu de dire de si peuttes choses devant les beautés de votre création !

D'un coup de reins ayant remonté sa besace, il continua d'une voix angélique :

— ... *Tu autem Domine, miserere nobis...*

Tout à coup il vit les fumées du village. Il murmura :

— Merci Seigneur d'avoir placé de si bonnes maisons sur mon chemin, et dans ces maisons de si bonnes femmes qui préparent de si bonnes soupes !

Après quoi, il cacha son bras gauche sous sa veste, car depuis toujours il se disait manchot, et dégringola les derniers raidillons qui débouchent sur la ferme des

Ruhautes, où toute la tonnellerie se gonflait d'eau sous les hangars.

Dans la salle de la ferme, on l'avait entendu, et tous les yeux s'étaient mis à rire.

— Tiens, voilà la Gazette ! avait dit le patron, maître Meulenot.

— ... Le restant de la colère de Dieu ! avait ajouté le Trébeulot, pendant que les autres gloussaient en lapant bruyamment leur soupe.

Dehors, le vieux fou s'était arrêté au beau milieu de la cour et se débattait contre des poursuivants imaginaires, les menaçant de sa crosse, brandie à bout de bras :

— Allez-vous me laisser passer !... Au large blaisus ! Laissez passer le vicaire des lapins de garenne !... Écarte-toi, Figure-Verte ! et toi, Mordant, je te casserai tes grandes dents de calomnie ! Laissez passer le chaste pasteur des merles et des alouettes !

Puis, rajustant sa besace, il apparut sur le pas de la porte. Il tenait dignement son bâton recourbé :

— Salut à tous et à toutes ! Voici le chapelain des renards, le chanoine des blaireaux, le pape des escargots !

Ce fut une fête. Les petits eurent bien un peu peur, mais tous se serrèrent sur les bancs pour faire une petite place au mendiant familier.

Lui, la main droite écartée à la hauteur des épaules, comme pour un orémus, vint se placer en bout de table puis, après s'être signé, il dit :

— Au nom du Père et du Fils et du Saint-Esprit, amen.

« Mes très chers frères, me voici revenu parmi vous pour l'accomplissement de mon saint ministère (il cracha par terre trois fois). Voici d'abord les nouvelles des Arrière-Côtes, de la Côte, de la Montagne, du Terre-Plaine et de l'Auxois, des nouvelles de toute la Bourgogne !... »

Chacun s'installa pour écouter. Les fourchettes désapprirent le chemin des bouches et le vieux, les paupières closes pour mieux lire dans le grand livre de sa mémoire, commença :

— ... Jeudi, premier août, Saint-Pierre-ès-Liens : les moissons de blé ont commencé du côté de Vandenesse...

— Nous sommes fin septembre, coupa maître Meulenot, tes nouvelles du premier août sont faisandées !

— Que Lucifer cuise ta langue dans son grand pot, Jean Meulenot ! cria le conteur qui continua :

— ... Vendredi deux août, premier vendredi du mois : le Gilbert de la Rouéchotte a fait le début de moisson chez les cousins Theurot. On l'a vu botteler derrière la faucheuse, mais, sur le coup de midi, il a quitté les moissonneurs, il est remonté dans ses friches, et depuis on ne l'a pas revu ! Que fait-il ? Mystère et bouche cousue ! Personne ne sait pourquoi il se retire dans le silence de la Rouéchotte. Mais moi je le sais ! Je le sais et ne vous le dirai pas...

« Samedi trois août, saint Geoffroy. Le Gilbert de la Rouéchotte n'est pas redescendu faire la moisson chez le cousin Theurot ! Ha ha ! Et il n'y redescendra plus ! Pas plus qu'il ne viendra chez vous faire vendange ! Il a entrepris un immense travail, pour la gloire du bon Dieu ! Et vous voudriez bien savoir ce qu'il fait, bande de charognes que vous êtes ? Je vous vois péter de curiosité ! Eh bien, je ne vous le dirai pas... *In nomine patris et filii et spiritus sancti !*

— Amen ! » répondit l'assistance en s'esclaffant.

Quand les commis eurent avalé la dernière gorgée de

vin, celle qui dégraisse les dents, ils fermèrent leurs couteaux, les mirent en poche droite et, un à un, lentement se levèrent.

Lorsqu'ils furent tous sortis, maître Meulenot rapprocha son verre de celui de la Gazette. Il les remplit de ce passetougrain qui faisait son ordinaire et lui dit en confidence :

— Alors comme ça tu dis que mon neveu, Gilbert de la Rouéchotte, ne veut pas faire vendange chez moi ?

— Ça m'étonnerait grandement. Il a trouvé comme une étoile brillante dans les cieux, il abandonnera tout pour la suivre. Qui pourrait lui en vouloir ?

— Il te l'a dit ?

— Ça saute aux yeux.

— Voilà une drôle d'affaire, Gazette. Ce garçon-là est sûr de trouver ici vrais repas, chemise lavée, chaussettes reprisées, et il préfère vivre là-haut, tout seul dans sa Rouéchotte délabrée, comme un camp volant, avec un caleçon de crasse !

Maître Meulenot donna un grand coup de poing sur la table :

— Faudra bons dieux que j'aille voir ça pour lui secouer les puces !

— Allez-y, maître, mais vous perdrez votre temps. Moi, j'enragerais de voir un aigle comme lui venir se perdre chez les taupes, Jean Meulenot, avec tout le respect que je vous dois ! Car voulez-vous savoir ce qu'il fait, votre neveu Gilbert de la Rouéchotte ?... Il sculpte ! Vous m'entendez. IL SCULPTE !...

— Ah bah ! fit l'autre.

Ils burent en silence, puis la Gazette prononça la phrase rituelle :

— Jean Meulenot, accepterez-vous l'honneur que je

15

vous fais en vous proposant de passer la nuit chez vous ?

— Pardi ! Tu coucheras dans le grand salon des vaches, comme d'habitude !

— Sur lè beau canapé de paille fraîche ? Alors Dieu vous bénira, car je lui dirai combien vous êtes bon... *Per Dominum nostrum, Jesum Christum filium tuum...*

— Et tu feras vendange avec nous ? demanda le maître en clignant de l'œil.

— Je crains fort de ne pas pouvoir prendre part à vos travaux. Mon infirmité et l'exercice de mon saint ministère m'en empêchent, hélas ! Je dois demain faire un prône aux lézards des Perrières...

— Un prône sur la paresse ? Probable !

2

Ce qu'avait dit la Gazette, qui a la langue bien trop longue, avait mis le feu partout. Le lendemain matin, maître Meulenot sortit la vieille Citroën :

— Où que tu vas ? lui demanda la Meulenot.

— J'irai voir cette chouette maigre de Gilbert, a-t-il répondu. Ce gnaulu de neveu qui ne se rase même plus et ne veut recevoir que ce pangnâs de Gazette ! Ce Gilbert est tout de même le fils de mon propre frère et la Rouéchotte est le domaine dont nous sommes tous sortis, et j'enrage de la voir retourner aux étoules, aux épines et aux vipères ! Mon père, ma mère et leurs cinq enfants ont pu vivre sur ces terres et voilà maintenant qu'elles ne sont plus bonnes qu'à nourrir cinq renards et deux putois ! Je ne parle pas des sangliers qui sont obligés de retourner trois soitures pour trouver deux arnottes ! C'est sa faute, à votre Gilbert. Pendant que les autres travaillent, il écoute les fouteries de la Gazette, ce fils de curé et de putain qui lui mange ses dernières couennes ! Et il sculpte ! Oui mossieu : Gilbert sculpte ! Tudieu oui, j'y vais, à la Rouéchotte, et il va en entendre, le sculpteur !

Au moment de mettre en route, Jean Meulenot vit

arriver Manon, sa fille : « Je monte avec toi, dit-elle. Moi aussi je veux arguigner mon cousin Gilbert !

— En route ! On sera de retour tantôt, et nous le ramènerons. »

Pour aller de Saint-Romain à la Rouéchotte, il faut monter la montagne, passer les friches d'Auveney, quitter le pays du vin, tourné vers le Rhône, et culbuter vers Loire et Seine, au pays du bois et de l'herbe, car Gilbert loge entre les trois versants, au point le plus haut.

Dure montée.

La voiture se faufila par-dessus les grands bois, et, autour de midi, arriva au pied de Combe-Ravine.

C'est tout pierrailles et buissons par là, au-dessus des eaux brillantes de l'Ouche. Le chemin se tortillait dans les friches entre les chênes rouvres, les noisetiers et, un peu plus haut, les charmes. On montait lentement par la chaleur de fin septembre. Pourtant les bâtiments gris de la Rouéchotte sortirent bientôt des taillis. On aurait dit une forteresse, rongée par les soleils, et envahie de ronces et d'épine noire.

Meulenot grondait : « Attends, mon neveu, tu vas déguster ! »

Un tournant. Un autre. Un autre encore et on passa sous la falaise et, d'un coup, ce fut le grand portail voûté, d'où l'on découvrait, comme d'un nid de buse, tous les monts de Bourgogne.

Le vantail était fermé. Meulenot appela : « Hoho ! Gilbert ! » Manon chanta : « Hoho ! Gilbert ! » Les chiens aboyèrent de l'intérieur, mais Gilbert ne répondit pas. Ils tambourinèrent de leurs poings sur la grande portée cloutée.

Il leur sembla entendre un verrou qu'on tirait quelque part et ce fut tout. Alors Meulenot se mit à faire le tour des bâtiments en lançant des « hoho! »

Au fond de son taudis, parmi ses toiles d'araignée familières, Gilbert avait entendu monter la voiture. Sa combe était faite de telle sorte que si un chevreuil posait seulement un pied sur un caillou d'en bas, il le savait, par l'écho. Gilbert avait regardé par la lucarne du pigeonnier. Il avait vu la vieille Citroën attaquer les premiers virages. Au cinquième tournant, il avait reconnu son oncle et sa cousine. Il avait lâché sa gouge et s'était précipité pour fermer le portail et tirer la clenche, puis il était revenu dans sa turne et s'était assis près de la pièce qu'il sculptait. Immobile, statue parmi les statues, il avait entendu le grincement des pneus sur les cailloux, puis les coups frappés à la porte. Les « hoho » de son oncle l'avaient durci. Ceux de sa cousine l'avaient fait tressaillir.

Autour de lui, des saints barbus, des prophètes cornus et tortus semblaient aussi écouter le tintamarre que faisaient ces gens d'en bas venus pour briser le beau silence de la combe.

Il entendait la voix de son oncle : « Sortiras-tu de ton terrier, blaireau ? »

Il entendait la voix de Manon : « Gilbert!... Cousin!... C'est moi, Manon, ta cousine! »

Il était fou : était-ce possible que ces gens de la Côte fussent venus pour lui manger sa joie de sculpter?

— C'est la vendange! disait l'oncle. On commence demain! Toutes les femmes sont occupées à plumer!

— Je te ferai de la potée, Gilbert! C'est la vendange!

Oh! cette voix de femelle! Il l'avait entendue bien des fois lui roucouler des « Gilbert » et des « Cousin », avant de sentir sa main se glisser sous sa chemise et lui caresser la peau, à l'aisselle, alors qu'il rêvait déjà de

19

tailler une belle sainte Vierge dans un morceau de chêne.

L'oncle Meulenot, qui connaissait, bien sûr, la maison comme sa poche, avait longé le mur, dans les orties. Il avait bravement grimpé dans le vieux cognassier et s'était laissé tomber dans la cour, autrefois si animée, aujourd'hui pleine de yèbles et de ronces. Il avait jeté un œil par la lucarne de l'atelier où son grand-père tonnelier avait rangé ses outils et il restait figé de stupeur par ce qu'il voyait : son neveu, le grand Gilbert, amaigri par une barbe d'un mois, le cheveu dans l'œil, fantôme au milieu d'un peuple de fantômes. Il voyait aussi les assiettes sales et le linge crasseux mêlés aux copeaux, aux toiles d'araignée, aux rogatons.

Alors, d'un coup de pied, il avait ouvert la porte.

— Ça suffit comme ça, mon Gilbert ! Assez de songeasseries ! Fais ton balluchon, tu viens en vendange ! Et d'abord qu'est-ce que tu fais là ?

Gilbert se sentit rougir. L'oncle donna un coup de pied dans les copeaux :

— Tu ferais mieux de piocher tes betteraves plutôt que de sculpter tes guignols ! dit-il.

Gilbert devint comme un pétard désamorcé. Il se leva, mit des choses dans sa poche, d'autres dans une couverture qu'il noua aux quatre coins, et se montra prêt à partir.

— Va prendre au moins ton chapeau !

Gilbert disparut. Il revint drôlement coiffé d'un feutre frangé de toiles d'araignée.

— En route ! dit l'oncle.

Devant le portail, ils trouvèrent la Manon qui vint pour l'embrasser.

— Bonjour cousin !...

— Bonjour cousine!...

Manon se mit à rire en lui tirant sa jeune barbe :

— Regardez-moi ce vieux bouc! Il va les couper ses vilains poils, le cousin Gilbert? Hein? Sinon sa petite cousine ne l'embrassera pas!

— C'est pas raisonnable! continuait l'oncle. A vingt ans te voilà paresseux comme un vieux cantonnier. Tu n'embats même plus ta faux et ton domaine devient un râchon d'épine! Ma parole, on croirait que tu viens d'hériter!

— J'ai hérité, tu l'as dit Noncle!

C'était la première fois que Gilbert ouvrait la bouche depuis des semaines et sa voix était toute drôle, comme celle d'un muet.

— De quoi que t'as hérité, je te le demande?

Gilbert ne répondit pas. Il se contenta de dire : « La combe sent bon comme une miche fraîche, cousine! »

L'oncle haussa les épaules :

— Chante grillon! Tu n'es qu'un fainéant!

— N'est pas fainéant qui veut! répondit Gilbert. Et ils partirent.

Aussitôt arrivé, le Gilbert fut mis aux futailles. Car il faut le dire, sa mère était une Barrault et, comme leur nom l'indique, les Barrault avaient été tonneliers depuis le temps où un barrault était un petit barril, dans le langage de nos pères. Le grand-père maternel était encore de la profession et Gilbert avait appris le métier dans son adolescence.

Prendre des merrains, les refendre, les tailler, les assembler le consola quelque peu d'avoir été arraché à son œuvre, car il retrouvait le bois, son odeur et son toucher.

L'oncle lui apporta des tonneaux à cercler, des sapines à foncer, et il s'installa dans la grange où la

Gazette, invisible, couché dans la paille, sa bouteille à la main, le regardait faire, en marmonnant ses patenôtres.

Lorsque, la nuit tombant, Manon vint près de son cousin, le vieux, dans l'ombre, se signa, comme s'il avait vu paraître le diable en personne.

— Tu la couperas ta barbe, hein, Gilbert ? dit-elle. Tes cheveux aussi ? tu es si joli quand tu n'es pas refoux !

Gilbert maniait la plane et le maillet sans mot dire.

— Comment veux-tu que je t'emmène au bal de la Paulée de vendanges si tu ressembles à un trimardeur ? Moi, je veux un beau cavalier bien rose et bien poli !

— Poli, je ne le suis guère, Manon ! dit-il, alors que l'orage commençait à gronder au loin.

— Bien sûr, tu vis comme un hibou dans les pays où il n'y a plus que des busards ! Bientôt tu ne sauras même plus parler !

— Pas besoin de parler, cousine !

— Tu ne m'as pas dit deux mots depuis que tu es là !

— Je pense, cousine.

— On ne peut pas penser toujours.

— Non. Quand je ne pense plus, je vois, dans ma tête.

— Et qu'est-ce que tu vois ?

— Des personnages.

— Des femmes ?

— Quelquefois des femmes. Des gens, des formes...

— Quelles formes ?

— Des belles formes... Comme des mains...

Elle se rapprocha de lui.

— Des mains ? dit-elle en riant doucement. Puis elle répéta « ... des mains... des mains... ! » Et elle avançait les siennes pour le toucher et les lui poser sur la

22

poitrine. Il recula un peu. Elle fit un pas en avant, les bras toujours tendus et se mit à le tâter partout, comme lorsqu'ils jouaient à colin-maillard et qu'elle feignait de ne pas reconnaître les garçons pour faire durer le plaisir de les palper, au petit bonheur.

C'est alors qu'une sorte d'épouvantail barbu surgit de la paille. C'était la Gazette qui criait de sa voix de châtré :

— Arrière femelle ! Arrière piège du démon ! *Vade retro Satana,* car il est écrit : « Tu ne tenteras pas l'homme au cœur pur !... »

Il continuait sur ce ton, mais Manon était déjà loin. Elle avait poussé un grand cri et s'était enfuie dans la ruelle. On entendait ses cris d'effroi décroître et se confondre avec les clameurs des pintades qui, dans le soir chaud, annonçaient l'orage, pendant que le vieux déraisonnait, perché sur un chariot :

— Méfie-toi de la femme ! Son parfum donne la grande soif des cimes défendues ! Dans son ventre énorme aux dimensions du monde, le serpent a pondu ses ferments et de sa vulve féconde jaillissent la ronce et l'ortie de nos tourments !...

Avant le jour, le lendemain, tout le monde était aux vignes, même les Belges qui, arrivés la veille au soir, avaient pourtant ripaillé toute la nuit.

Gilbert était porteur. Il passait dans les rangs avec son grand benaton sur l'épaule. Tout un chacun y versait son panier plein et il allait jeter les grappes dans la ballonge, sur la voiture. Un coup de fouloir, et il retournait faire un autre rang.

Manon, pour le faire endêver, fleuretait bruyamment avec trois grands Belges blonds comme la paille. Ils lui disaient des goguenettes et elle riait trois fois plus haut que ça ne le méritait.

23

La Gazette, dès l'aube, avait prudemment quitté la place, de peur d'être embrigadé. Il avait lapé sa soupe, et il était allé s'embusquer tout en haut des vignes, sur la murée, d'où il dominait la région.

Il parlait :

— Seigneur, quel spectacle ! Quel triste spectacle, en vérité, que celui de ces pauvres hommes au travail sous le soleil du bon Dieu et devant ce panorama qui devrait les porter à la méditation ! Pauvres esclaves de l'ambition, de la cupidité... Libido, libido, libido, tu mènes l'humanité !

« Pourtant, regardez donc, taupes lubriques, la splendeur du monde ! Au loin là-bas, c'est le Jura, avec le mont Poupey, qu'on voit par-dessus la plaine de la Saône et la Bresse des ventres-jaunes ! Et tout près, nos monts...

« ... Tiens je vois justement maître Meulenot qui goûte la grappe ! Du souci, qu'il se fait ! Sera bon ? Sera mauvais ? Le vendrai-je bien mon vin ? Ah ! que de tintouin pour le riche monde !

« Je vois maintenant la Manon... Un flahut vient de lui pincer le gras du genou. Cachée par le rang de vigne, elle se pâme, la garce. Personne ne les a vus, mais moi, de mon perchoir, je la vois !... Que ce Belge la trousse donc une bonne fois et qu'il l'emmène au fond de sa Campine pour qu'elle laisse mon Gilbert tranquille !

« Gilbert ! Où est-il ce cher enfant ?... Le voilà : avec son benaton vide, il remonte le rang. Les cueilleurs et les cueilleuses l'appellent. Ils lui remplissent son benaton. Pauvre enfant, il ploie sous le faix ! Il redescend pour la centième fois, chargé comme un baudet. Il pense ! Oui pour sûr qu'il pense ! Il pense à ses gouges et à la petite vierge couronnée qui dort dans le quartier de merisier qu'il s'est choisi...

« Maître Meulenot, lui, est déjà en train de peser le degré de son jus pendant que sa fille se fait chatouiller la cuisse par un mène-que-ne-pisse ! Voilà bien comme va le monde !

« Gilbert doit pourtant bien comprendre qu'il perd son temps ! Oui, Gilbert, je te le crie : tu es ici en grand péril de perdre ta vie pour la gagner ! Tu risques au bout du compte d'être saoulé par le parfum de cette fille qui te veut et qui te fera passer des nuits blanches et des jours inquiets à sulfater les vignes, à trembler pour tes raisins, à compter tes sous et à lui donner ta sève pour éteindre ses fureurs utérines ! Recommencer le péché d'Adam qui te fera le fourrier de Satan !...

« Mais voilà dix heures qui sonnent ! Les enfants apportent le jambon persillé et le fromage ! Tout le monde s'arrête de travailler ! Tudieu je sens la puanteur des femmes jusqu'ici ! Cré mille loups-garous qu'elles puent ! Ah ! mon Dieu quel beau cadeau vous m'avez fait lorsque vous m'avez donné la vocation du célibat ! La continence ! L'esprit de continence ! Quel trésor ! échapper aux halètements de l'engeance !...

« Les voilà qui s'installent tous à l'ombre des ceps... et Gilbert ? Où est Gilbert ?... Je le vois : Il a pris une tranche de pain, un quartier de fromage et un œuf dur. Il remonte le rang. Pour chercher l'ombre d'un pêcher, probable...

« ... Il sort quelque chose de son paletot. C'est gros comme une chopine et blond comme une motte de beurre. Il ouvre son couteau !... et il sculpte ! Je l'avais deviné ! Alléluia, il sculpte ! tout seul dans son coin ! Il sculpte un joli petit quartier d'érable, lisse comme l'ivoire !

« ... Voilà la Manon qui le cherche maintenant. Elle l'appelle !... Il l'a entendue... Mais il fait la sourde oreille ! Bravo garçon !... mais elle le trouve... elle lui parle... elle le cajole...

« Ah ! Femme, comment te nommer ? Conque ou abcès ? Vasque ou abîme ? Plaie ouverte d'où s'écoule l'erreur sans fin recommencée ? Femme ! Monstre cloué sur l'arbre de l'engeance ! Gibet où le mâle se crucifie pour la plus grande joie de Belzébuth !...

« Vas-tu succomber, Gilbert ?

« Non ! Tout le monde s'est remis au travail, mais Gilbert n'est pas là ! Tu as raison Gilbert : devant la femme, un seul salut : fuir ! Je le vois qui gagne les roches en se cachant derrière les pieds de vigne ! Mais elle l'a vu ! Elle appelle les autres ! Les voilà tous à ses trousses, mais Gilbert court vite, il est léger, le Gilbert, comme son âme ! Ce n'est pas la graisse qui le gêne ! Courez vous autres ! Il est arrivé à la murée, il disparaît dans les broussailles ! Il est sauvé ! »

La Gazette se mit à danser la gigue en levant bien haut ses deux bras. Puis, s'interrompant :

— Voyons s'il va revenir ?... Non ! Vous ne le reverrez plus, bande d'otus ! N'est-ce pas lui que je vois là-bas, grimpant le sentier de Montre-Cul ? Mais si ! C'est lui ! Hosanna ! Au train qu'il mène, il sera à la Rouéchotte dans le tantôt ! Trente kilomètres, c'est pas pour lui faire peur, surtout avec une girie aux fesses !

Sur le coup de midi, la Gazette cacha son bras gauche sous sa besace et, l'air goguenard, descendit tranquillement chez Meulenot en chantant vêpres, sa crosse à la main.

Il en était au psaume : « *In exitu Israel de Egypto* » lorsqu'il arriva devant la tablée :

« Alléluia, alléluia ! exulta-t-il, Israël est sorti

26

d'Égypte, et Gilbert est sorti de captivité ! Il est retourné en terre promise ! Et vous ne le reverrez jamais, bande de beuzenots.

— Et toi, si tu veux manger, tu iras lui demander une gamellée de soupe aux cailloux », cria maître Meulenot.

Dignement, la Gazette sortit. Sur le seuil, il se recueillit, puis :

— Aujourd'hui, le trente et un de septembre, fête de saint Jérôme. Le Gilbert de la Rouéchotte est retourné vers ses gouges et ses ciseaux pour tailler le bois et boire la sainte petite eau de ses friches ! L'amour de la forme, il le tient de son grand-père Barrault, qui le tenait de son grand-père, qui le tenait de son père Hippolyte, qui le tenait de Zacharie, fils de Denis, fils de Jérémie... Est-ce que je sais encore ? Et savez-vous d'où ils le tenaient tous, ce don de la forme trouvée, bande de corniauds ?... Ils le tenaient de Gislebert d'Autun, celui qui a signé le tympan de Saint-Lazare d'Autun... Et pas un de vous n'est digne de dénouer le lacet de ses souliers !

— Amen ! répondit l'assistance en riant.

Et la Gazette sortit dignement.

Vers les quatre heures de relevée, Gilbert, qui avait coupé par les Grands Bois, arrivait en vue de la Rouéchotte. La découvrir émergeant de la forêt du Vôtu, parmi les traînées grises de caillasses, lui fit du bien. Il se mit presque à courir pour descendre au fond du ravin et remonter de l'autre côté, parmi les baliveaux. Bientôt il ouvrit son vantail, traversa la cour où ses dernières poules prenaient leur bain de poussière et entra dans la grande salle où deux loirs grignotaient les croûtes qu'il avait laissées sur la table. Il alla cueillir huit œufs dans la genière, alluma la flambée, fit une omelette et pendant qu'elle frigoussait, se dirigea vers son trésor.

Le parfum du bois sec lui vint au nez. Il en aspira deux grandes bouffées et ses yeux s'habituèrent à la pénombre. Il vit bientôt la procession de ses personnages alignés, comme des fruits mûrs, sur les rayons.

Il prit machinalement l'ébauche qui dormait sur la sellette de tonnelier. Il la huma, la caressa, puis il saisit sa gouge et se mit au travail.

Pour maintenir l'ébauche, il la serra sur sa poitrine et, à chaque coup de lame, son thorax sonnait comme un tambour. Il eut bientôt la sueur aux tempes.

A cette heure, on l'aurait cru monté sur un piédestal, éclairé par le dernier reflet du soleil qui se couchait derrière Saulieu.

Quand il n'y vit goutte, il s'arrêta.

L'omelette brûlée, dans la poêle, ressemblait à deux crottes noires de blaireau. Alors, il alla se coucher, pendant qu'une vache, très loin du côté d'Antheuil, se mettait à appeler et que la grande salle commençait à résonner du chant d'un grillon.

3

Le curé de Busserotte était pour lors en train de ranger ses aubes et ses surplis dans la sacristie. C'était le matin après messe. Les vieilles femmes étaient rentrées faire leur tripot et la belle nef abbatiale, au creux des trois vallées, était silencieuse.

Le curé rendait grâces.

Il entendit tout à coup un bruit de sabot et le grincement de la grande porte. L'homme qui venait d'entrer boitait un peu, on l'entendait au bruit de ses pas : quatre et trois sept, quatre et trois sept...

Il monta, ainsi béquillant, jusqu'au transept et s'arrêta. S'appuyant sur sa haute canne, il eut un toussotement, puis on entendit une voie aiguë de prophète qui psalmodiait je ne sais quelle antienne.

Puis tout de suite sans transition il entonna la chanson à boire : « Joyeux enfant de la Bourgogne, je n'ai jamais eu de guignon. Quand je vois rougir ma trogne... »

La voix s'arrêta encore, puis on entendit ce monologue :

— Ma trogne ? Oui, Dieu, ma trogne, j'en suis fier ! Comme les rois mages nous offrirent l'or et la myrrhe, comme les bergers offrirent leur petit agneau, moi, je vous offre ma trogne bien rouge... C'est ce que j'ai de mieux, Seigneur !

Puis il reprit le chant bachique et paillard :

« Ma femme est aimable et sur ses appas, quand je sors de table je ne m'endors pas... »

Le curé avait bondi dans le chœur :

— Gazette (car c'était lui, comme on s'en doute), Gazette, vas-tu te taire !

— Oh ! pardon mon cher confrère, répondit le vieux repentant, je croyais être seul avec le Père...

— Et encore serais-tu seul, Gazette, aurais-tu le droit de prononcer de telles insanités ? En sa présence ?

— Ce ne sont pas des insanités : je chante.

— Comment, Gazette, je ne te vois ni à la messe ni à confesse. Tu ne viens jamais ici quand tous les autres y sont et lorsque tout le monde est parti, toi, tu viens et tu chantes les pires âneries ?

La Gazette baissa la tête et répondit :

— C'est pour faire rire le bon Dieu !

L'abbé dissimula un sourire et murmura :

— Pour vous faire rire, Seigneur ! Ah ! si seulement le quart de mes paroissiens bien pensants avait un idéal aussi relevé !

Puis doucement il prit la Gazette par le coude et l'entraîna discrètement vers le presbytère en pensant : « S'il est ivre, c'est qu'il a trop bu, et s'il a trop bu c'est qu'on lui a donné à boire sans lui donner à manger. Je vais lui bailler un morceau et son malaise passera ! »

Il l'installa devant un reste de soupe et un morceau de fromage un peu suret. Quand il eut tout avalé, le vieux fou se mit à jaser :

— Monsieur le curé, la Gazette hait le mensonge, qui est un grand péché, aussi il va vous dire que votre soupe était piquée et votre fromage un peu piâloux. La Gazette s'est bien régalé quand même, mais il ne saurait trop vous recommander de prendre une gouvernante. Que vous mangiez mal, mon cher confrère, c'est votre affaire, mais pensez un peu aux pauvres chemineaux que vous invitez à votre table ! Et puis la Gazette est un bavard. Tel que je le connais, il ira répéter partout que vous mangez des rogommes que les canes ne voudraient pas ! De quoi aurez-vous l'air ?

— Je ne m'occupe pas de ce qu'on peut penser là-dessus, Gazette ! répondit en souriant le curé.

Le vieux essuya sa moustache d'un revers de manche puis :

— Si vous voulez des nouvelles, je vous en apporte une qui vous intéressera bigrement !

— Laquelle ?

— Le Gilbert de la Rouéchotte, on vous dira que c'est un fainéant, un traignâs. On vous dira qu'il a commencé la vendange chez son oncle Meulenot, mais qu'à la première collation, il a pris ses jambes à son cou et s'en est revenu comme un péteux sans même prévenir. On vous dira tout ça, et c'est la vérité !

— C'est la vérité, Gazette ?

— Ça l'est, pour sûr !

— Mais pourquoi fait-il ça, notre Gilbert ? Dis-moi voir ça, Gazette ?

Le vieux, de ses deux mains, leva sa crosse au ciel, car dans les moments d'émotion, il oubliait qu'il était manchot. Il eut un sourire bizarre et une lueur perçante dans ses petits yeux plissés :

— Pourquoi ? Haha ! Voilà qui vous intéresserait et qui vous plongerait dans la plus grande émotion !...

— Mais pourquoi néglige-t-il les devoirs de solidarité ? Gazette, dis voir ?

— On vous dira que c'est par fainéantise... Mais ce n'est pas vrai ! Il regarde, il écoute. On dirait que toute la grandeur de la nature entre en lui et l'alourdit. Il s'imbibe de la sève de son pays, comme un cep de vigne. Il suce partout la grâce de Dieu et il distille... Il distille tout cela pour en faire quelque chose...

— Quelque chose ? Mais quoi, Gazette ?

— La Gazette vous le dit : le Gilbert de la Rouéchotte ne sait même pas ce qui lui arrive. Le cep de vigne sait-il qu'il va mûrir une belle grappe ?

— Quand pourrons-nous te comprendre, Gazette ?

— En vérité en vérité je vous le dis, confrère, au-dessus de la combe de la Rouéchotte, il se produit journellement un prodige !

— Comme tu parles bien, Gazette, quand tu veux !

— On vous dira que le Gilbert est inutile, qu'il s'est rayé lui-même de la paroisse, de la commune, du canton, mais c'est faux, curé ! Ce qu'il fait enrichit toute notre Bourgogne. Par lui, les dons de la race bourguignonne ne meurent pas !...

La Gazette se leva. Il avait encore les yeux un peu révulsés et les doigts joints, puis tout à coup, il redevint jovial, il prit sa besace, cacha son bras, reprit sa crosse et, dignement, sortit.

— Bon, bon, se dit le curé, je vais aller trouver le Gilbert de la Rouéchotte !

Et le voilà qui monte à la Rouéchotte, en pleine chaleur, sous le soleil. Il arrive là-haut la tête toute bouillonnante de reproches et de griefs. Il entre sans même prendre le temps d'essuyer la sueur qui suit les rides de ses joues pour goutter au bout de son menton fendu comme celui d'une gargouille. Il voit Gilbert assis sur le banc. Alors il se fâche :

— Gilbert on me dit que tu ne veux prêter la main à personne, que tu désertes fauchaison et vendanges...

— Moi ?

— Oui ! Les cultivateurs des trois vallées sont venus se plaindre. Ah il fallait les entendre : le Gilbert ? Un songe-creux ! Un traîne-bottes ! Voilà ce qu'ils disent de toi !

— Laissez dire !

— Et même les gens de ta famille : ton oncle, un si brave homme, est venu me trouver : je suis allé le chercher en auto, m'a-t-il dit. Je l'ai amené à Saint-Romain. Il a foncé quelques feuillettes, cerclé deux ballonges et fuitt ! le voilà qui disparaît au premier matin ! Et avec tous c'est même refrain : « Depuis que sa pauvre mère est morte, le Gilbert est perdu ! Il a vendu, un à un, presque tous ses moutons et sa bergerie n'est pas curée depuis trois ans, qu'il faut se baisser pour ne pas se cogner aux poutres, tant le fumier est haut, avec des asticots dedans gros comme des pétards à un franc ! Il n'a plus qu'une vache tarie qu'il laisse bramer le taureau, quelques poules qui juchent partout, des juments qu'il n'attelle plus... C'est la perdition !

Lorsque le curé est fatigué de parler, Gilbert sourit :

— Venez donc par ici, monsieur le Curé !

Et il ouvre la petite porte d'un cellier où, depuis toujours, sont accrochés les pièges dont Gilbert se sert pour trapper les sauvagines. Les pièges sont bien là, mais ils sont submergés par tout ce que Gilbert a sculpté jusqu'à ce jour, depuis les racines façonnées de ses débuts.

Ah ! mes amis ! Si vous aviez vu le curé ! Le chapeau sur la nuque (car c'était encore un curé à chapeau et à soutane), les bras au ciel, les yeux écarquillés :

— Gilbert! C'est toi qui as fait ça?... Pas Dieu possible!... Mon petit Gilbert! Mon petit communiant d'il y a dix ans! c'est toi?...

Puis :

— Gislebert d'Autun, Claus Sluter, Philippe Biguerny, Jean de la Huerta vous avez un successeur!...

Le curé passait et repassait devant tous les petits bonshommes, les caressait de sa main, avec une belle onction ecclésiastique, s'éloignait, se rapprochait, regardait un nez, un pli, une mèche de cheveux.

Il osa en prendre un ou deux, les retourner en disant :

— Pas possible!... C'est trop beau!... C'est trop beau!

Une heure, deux heures passèrent, et le curé était toujours là. Tantôt il prenait son menton dans sa main potelée d'homme de prière et regardait en murmurant des choses, tantôt il allait et venait à grands pas en faisant voler sa ceinture de célibat de droite et de gauche, tantôt il s'arrêtait court, face à face avec une figure barbue, et on aurait cru qu'il avait avec elle un conciliabule.

— Ce que je vois ici est tellement étonnant, dit-il pour finir, que j'en perds l'envie de te secouer, je suis convaincu, je m'incline!

— Ce que je vois est encore plus beau! soupira Gilbert.

— Et que vois-tu?

— C'est pas disable, quasiment. J'en ai le tournis.

Le curé redescendit en butant sur tous les cailloux comme un homme ivre. La Gazette, qui le guettait depuis la friche aux Moines, le regarda passer en gloussant.

Voilà comment la grande aventure de Gilbert de la Rouéchotte a commencé. Les rouages, d'abord lents à se mettre en branle, au rythme des saisons, étaient maintenant enclenchés. Un petit mouvement venait de prendre naissance, dans les monts de Bourgogne, qui devait arracher l'homme à ses friches et à ses bois.

Le premier de ces rouages était le curieux esprit de la Gazette, le deuxième était la cervelle bon enfant du curé de Busserotte.

Pour lors, celui-ci redescendit au village, dans son presbytère, et, l'œil fixé sur la belle croix celte qui se détache au pinacle de son église, se mit à penser au mystère du talent et à se poser les pourquoi et les comment.

Mais pendant qu'il délaçait ses brodequins, ses yeux tombèrent sur des modillons que les moines de Cîteaux avaient sculptés dans la pierre du pays, et alors il eut une idée. Une vraie idée de vieux curé de paroisse, un peu demeuré, fidèle au latin, aux processions et aux neuvaines. Il se prit à sourire, relaça ses brodequins et remonta derechef à la Rouéchotte.

Il ne trouva pas Gilbert dans son taudis car, touché plus qu'il ne voulait le paraître par les reproches du curé, il avait pris sa pioche et s'était mis à arracher ses premières pommes de terre. D'ailleurs Gilbert sentait venir l'hiver et il savait qu'il ne sculpterait le cœur tranquille que lorsqu'il aurait rentré assez de bois au bûcher et assez de provisions dans sa cave.

— Gilbert, j'ai à te parler ! lui dit le curé.

Ils restèrent debout, face à face.

— Tu connais la chapelle des Griottes ?

— Pour sûr !

— Le pèlerinage de Pâques continue de s'y faire mais c'est une honte : la chapelle croule et la croix est par terre, brisée menu dans les ronces... Il paraît qu'elle était très belle et qu'à son contact les béquilloux et les stropiats étaient guéris !

— Je le sais, on me l'a dit.

— Depuis longtemps j'avais l'idée de remettre le calvaire debout. Pas la chapelle, hélas, elle est, je crois, perdue, mais au moins la croix, pour l'honneur de notre montagne...

— Pour sûr !

— J'ai longtemps prié Dieu de m'envoyer l'homme capable de faire un aussi beau calvaire que l'ancien mais aujourd'hui on n'applique plus ses forces et son idée à des œuvres aussi discrètes, perdues au milieu des friches, pour régner sur des campagnes à jamais désertes. A cette heure, on ne se met plus en frais que pour flatter les foules et briller sur les estrades des grandes parades métropolitaines !... Mais Dieu a entendu ma prière et vient de m'exaucer : un sculpteur est né parmi nous !

Gilbert sentait déjà gargouiller quelque chose dans sa poitrine et monter dans sa gorge, comme le moût déborde dans le dôme d'un alambic lorsqu'on force un peu la chauffe. Il regardait très loin, par-dessus les roches d'Antheuil, mine de rien, mais son œil était brillant :

— Tu nous la sculpteras, Gilbert, notre belle croix, où l'on verra le Christ agonisant.

— Je peux y mettre aussi sa mère pleurant ?

— Bien sûr Gilbert.

— ... Et saint Jean, tout aqueubi ?

— Mais oui Gilbert ! Nous ressusciterons le pèlerinage des Griottes qui redressait les bancals depuis le fin fond des siècles. Des foules viendront peut-être encore de toute la région, comme au douzième siècle...

— Je pourrai y mettre aussi toute une procession de prophètes d'un côté, et d'apôtres de l'autre côté ?

— Si tu veux Gilbert ! Comme au tympan de Vézelay et d'Autun !

Gilbert ne connaissait ni Vézelay ni Autun. Il ne connaissait que la fruste abbatiale où Cîteaux n'avait toléré que quelques feuilles simples et lisses aux quatre coins des chapiteaux, mais ces idées lui venaient on ne sait trop comment, du fond des temps où les moines étaient venus redonner vie à ces forêts, après six cents ans d'invasions barbares et de sauvageries mérovingiennes.

— Je pourrai y mettre aussi le bon et le mauvais larron ?

— Si tu veux Gilbert. Rien ne sera trop beau ! répondait le vieux prêtre émerveillé. Bouleversé par la simplicité de ce garçon, il pensait : Comment ce Gilbert, en plein vingtième siècle, au temps des avions supersoniques et du néon, a-t-il pu conserver l'esprit des âges disparus ? Quelle force le retient ici dans sa Rouéchotte, alors que tous nos jeunes s'en vont à Dijon ou à Paris ?

... Et d'y voir déjà un miracle.

Gilbert avait dit :

— Laissez-moi cinq ou six jours pour tirer mes treuffes, cinq ou six jours par-ci par-là pour débarder mon bois et faire mon tintouin et je m'y mets...

Laissez !... Ils ne diront plus que je suis un inutile !... Ils vont voir !

Il avait déjà repris sa pioche et éventrait la terre comme un sanglier furieux.

4

La Gazette faisait ses grands parcours d'automne avant de se terrer pour l'hiver. On le voyait partout, mais son secteur se rétrécissait, car à l'ouest, il butait maintenant sur les chantiers de l'autoroute qui coupaient en deux comme un mauvais coup de sabre, ses pays préférés. Au sud, il ne dépassait plus jamais Velars ou Lantenay, car au-delà c'était pour lui le pays du diable : le Dijonnais, où la ville s'étale et dévore tout autour d'elle. Une fois seulement il était allé, par le col du Leuzeu, jusqu'à Flavignerot, au-dessus de Corcelles, et des hauteurs du mont de Siège, il avait vu, dans la plaine, à ses pieds, les grandes constructions cubiques qui escaladaient le mont Muzard et le finage de Saint-Apollinaire. C'était ce que les Dijonnais appellent « les grands ensembles » des Grésilles, des Valandons, des Poussots, qui se construisaient à cette époque. La Gazette en fut atterré.

Alors la Gazette s'était enfui, tremblant de peur, en jetant sa malédiction, et il avait repris ses courses prophétiques en évitant les routes où il ne pouvait plus cheminer qu'en danger de mort. Il suivait les chemins vicinaux, les sentiers, en chantant. De loin, on entendait sa voix de fausset qui ressemblait au glapissement d'un renard.

Aux gens qu'il rencontrait, il confiait :

— Du haut du mont Afrique, j'ai vu la courtisane qui vous attire tous ! Je l'ai vue, couchée lascivement au pied de nos Monts, parée de ses bijoux de pacotille qui luisaient dans le soir ! Vous irez tous lui faire la cour, elle vous prendra votre santé et vos richesses et vous deviendrez tous des ilotes !...

« ... Tous ? Non ! car il y a encore la Gazette et quand la Gazette sera mort, il y aura son successeur !...

— Le successeur de la Gazette ! riaient les gens. C'est pas les droits de succession qui le ruineront !

— ... En vérité, en vérité, je vous le dis : l'heure approche où je vais pouvoir passer le flambeau. On me trouvera, un beau matin, sec comme un scarabée mort, au coin d'une friche, je serai parti en chantant ma dernière antienne, car je sais qu'une âme est marquée pour continuer mon œuvre !

— Lourde tâche ! disaient les autres en éclatant de rire.

— Celui qui me succédera sort d'entre vous. Il s'est levé. Il a quitté la joie trompeuse des sens, de la famille, de l'argent, du lit et de la table !

— Et qui ce serait donc, ton successeur ?

— C'est mon fils bien-aimé, le Gilbert de la Rouéchotte.

— Le piégeur de sauvagines ?

— Lui-même ! Il fout tout bonnement à la porte les filles qui viennent l'aguicher, car toutes ses forces, il veut les garder pour son œuvre !

— Oh ! Oh ! L'œuvre du Gilbert ? Ça doit tenir dans le creux de la main !

— Taisez-vous, ignobles taupes ! Gilbert est un

40

grand artiste. Les artistes sont l'élite ! L'élite était le levain des campagnes et les campagnes se vident parce que les artistes fuient vers les capitales pour y faire les chiens savants ! Gilbert et moi ? Nous sommes les dernières racines qui vous retiennent encore à votre sol... Moi, je sers le Verbe, lui est le prêtre de la Forme, c'est la seule différence ! Nous sommes tous deux les dernières gouttes de ce sang qui a porté la vie de l'esprit dans tous les recoins des combes bourguignonnes ! Après nous, vous vivrez comme des ilotes, parce que vos derniers grillons se seront tus, et vous crèverez d'ennui, alors vous ferez comme les autres, vous irez les rejoindre dans leurs cités modèles... »

La Gazette, arrivé à ce point d'excitation, se mettait à vaticiner dans sa prose curieusement rythmée (l'inventait-il ? L'avait-il lue ailleurs ?)

— ... Sinaï ! Sinaï ! Je vois l'homme prostré, courbé sous le fardeau des chiffres fatidiques ! Et le marais, où le veau d'or est embourbé, se nourrit d'innocents et de vierges pudiques !... L'astre du soir sait-il encore que je le vois ? Sinaï, Sinaï, ton chaudron creux résonne, et la mer ne s'entrouvre plus devant personne !... Dois-je égorger mon fils pour entendre ta voix ?...

Les autres, qui n'y comprenaient rien, demandaient :

— Mais le Gilbert ? Qu'est-ce qu'il fait donc dans son nid de chouette ?

— Le Gilbert ? Ah ! le cher archange ! Il a choisi des quartiers de noyer abattus depuis cinq ans. Il les laisse mûrir à l'ombre. Il a le creux des mains humide et brûlant. Il prend la fièvre de Dieu, la fièvre de la création ! Oui, car il va créer ! Il va réveiller les formes qui dorment dans la matière et qui attendent, depuis les origines, de naître à la lumière !

Les gens comprenaient de moins en moins. Mais une grande curiosité montait dans la vallée et tout le monde parlait de lui :

— Paraît, disait-on, qu'il s'est retiré dans sa Rouéchotte. Qu'il s'y est barricadé comme Vercingétorix en Alise, pour y réveiller des morts et qu'il reçoit les gens à coups de cailloux...

Si bien qu'un soir, trois benêts, de ceux qu'on envoie tous les ans à la chasse aux luternes et aux dahuts, décidèrent d'aller voir.

Le ciel était rouge comme une braise, et, sur le couchant, des lambeaux de nuages se rabattaient, violets, comme la chape d'un évêque. Ils arrivèrent sur le bord de la petite friche. A leurs pieds se creusait le ravin, bouche d'ombre au bord de laquelle les bâtiments de la Rouéchotte semblaient branler comme dent gâtée.

Ils approchèrent en rampant. Les chiens du Gilbert n'avaient rien entendu. Ils virent une lueur à la lucarne. Les murailles tombaient à pic sur les ténèbres et une chouette se mit à ululer. Un des chasseurs de luternes fit mine de s'enfuir, mais les autres le retinrent.

La nuit d'automne était moelleuse et frissonnait. L'air sentait la nielle, le sureau et l'armoise sous la lune montante. Alors les trois gars, s'aidant des pierres saillantes et se faisant la courte échelle se hissèrent le long du haut mur jusqu'à la gargouille de l'évier. Le premier s'y agrippa, s'y mit enfin debout et regarda par l'œil-de-bœuf : Gilbert venait d'allumer sa lanterne et le gars vit, drôlement éclairée, cette foule de bonshommes gesticulants.

— Quoi que tu vois ? demandaient les deux autres.

— Les gars, je vois des petiots hommes hauts comme des chopines...

— Quoi qu'y font ?

— Ils dansent en faisant des grimaces !

Puis tout à coup, le premier perdit l'équilibre en poussant un « ha ! ». Il reprit son aplomb, puis :

— Cette fois, je vois le Gilbert !...

— Quoi qu'y fait ?

— Milliard de dieux, il leur parle !

— Quoi qu'il leur dit ?

L'autre fit encore une fois « ha ! »

— Raconte, quoi, merde, raconte !

— Le Gilbert est avec un grand homme nu ! Un grand homme nu sans bras... il le prend... il le retourne... il le met debout sur un tréteau... Et le voilà qui lui parle !...

— Quoi qu'il dit ?

Et Gilbert disait :

— Comme ils t'ont arrangé ! Ils t'ont percé comme une tôle à châtaignes ! Broyé comme épis en moulin ! Les charognes !

En parlant, Gilbert avait pris son maillet, son ciseau et s'était mis à tailler dans la chair du grand homme nu sans bras, alors le grand benêt eut un geste d'effroi. Il glissa sur la pierre lisse de la gargouille, bascula et tomba sur les autres, sans un cri, et les voilà tous les trois roulant jusqu'au bas de l'éboulis, parmi les ronces et les bardanes. Ils se relevèrent meurtris et se mirent à courir, le cœur battant, dans la nuit tombée, jusqu'au village, sans se retourner.

Le lendemain toute la vallée savait que le Gilbert de la Rouéchotte martyrisait chez lui un grand homme nu sans bras, alors que des petites créatures tournaient autour en dansant et en faisant des grimaces.

43

Ce qu'on ne savait pas, c'est que, pour concevoir son calvaire, Gilbert avait relu l'Évangile dans les vieux paroissiens de sa mère.

— Avec ça dans les mains, c'est comme si le crucifix du curé était fait. Je vas tout lire et c'est bien le tonnerre si je ne le connais pas comme s'il habitait Loiserolles ou Châteauneuf, le Jésus !

En fait, il lisait, mot par mot, et il trouvait, dans ce texte, bien des choses qu'il n'avait jamais comprises lorsqu'il allait au catéchisme. Ce qui lui plaisait le plus, c'est que celui qu'on appelle le Christ était du côté des filles perdues, des étrangers, des pauvres, des doux, des pacifiques, des traîne-savates, des larrons et des réprouvés, et ça lui plaisait.

Il avait le livre dans sa poche, il l'emmenait sur les hauteurs en poussant sa vache et ses trois brebis. Il le lisait aussi en donnant la fourchée de foin à ses lapins, puis il rentrait bien vite à sa pièce de bois. Il saisissait le ciseau, le maillet et, les cheveux dans les yeux, la fièvre cognant aux tempes, l'œil brillant, il sculptait à en perdre la raison.

Les martres, les renards, les fouines et les chats sauvages pouvaient aller et venir dans les éboulis sans risquer de se faire éreinter dans ses trappes !

Ce que l'on ne savait pas non plus, c'est qu'étant allé prendre les dimensions du socle du Calvaire des Griottes il était d'abord tombé en arrêt sur la chapelle qui n'était plus qu'une lézarde.

L'eau s'était infiltrée dans les murs gouttereaux et dans le cul-de-four qui formait la petite abside. L'arc doubleau avait cédé, la clé de voûte était tombée sur le sol en cassant les dalles veinées de rose. Le petit portail très simple mais très pur avait perdu trois colonnettes sur quatre. Elles gisaient dans l'herbe, encore entières par miracle, mais les embases étaient pourries.

Devant ce délabrement, il eut mal comme devant le corps de sa mère, la veille de sa mort. Jamais il n'avait remarqué à quel point cet édifice familier était ruiné. Là, tout d'un coup, il découvrait la voûte crevée, les fougères et les mousses, les ronces et les troènes qui lentement s'infiltraient dans les murs et montaient vers cette espèce d'autel où des nomades et des chasseurs avaient bonnement fait du feu, un soir d'hiver...

C'était un de ces petits oratoires construits à l'époque où naissait la croisée d'ogive. Tout petit et modeste qu'il fût, il contenait toute la vigoureuse ferveur, toute la maîtrise architecturale de ces moines blancs qui matèrent la forêt vierge en chantant psaumes.

Il se pencha sur la clé de voûte gisant, brisée, sur le sol. Il fut bouleversé par sa géométrie compliquée, sa perfection sculpturale. Pour avoir lui-même balancé des volumes et ahané ciseau en main il mesurait toute la science des constructeurs. En un instant il venait d'être saisi par la vertu de ces pierres savamment assemblées en berceau. Il était « envoûté ».

Alors il fut pris d'une belle fureur : il empoigna à pleines mains les ronces et les orties pour les arracher, il aurait voulu d'un seul coup déblayer les gravats et les rejeter dehors, mais sans outils que pouvait-il faire ? C'est ainsi que l'idée lui vint de réparer lui-même le petit édifice. Il avait bien réussi à sculpter le bois pour en faire des personnages, pourquoi ne taille-rait-il pas la pierre pour en faire des claveaux d'arête ou des contre-clés.

Des pierres ? Il n'en manquait pas dans ces ruines.

Les outils ? Il avait quelques burins, des broches. Il demanderait aide et conseil à son ami le Jojo Tortillé, homme discret, maçon de son état. Il réparerait d'abord l'écrin et ensuite il y placerait son bijou : son calvaire.

Puis continua sa belle fureur. Avec son couteau-scie, il coupa le tronc du lierre qui enlaçait déjà toute la masse et il s'acharna pendant une heure en criant de rage ; ils sont ainsi, les gens de la Montagne : ou tout silence, ou toute colère. Les branches du lierre, sur lesquelles il tirait de toutes ses forces comme sur une corde, cédaient par à-coups en descellant des pierres qui tombaient dans un nuage de poussière.

Il fut bientôt blanc de gravats que la sueur collait sur sa peau, mais il n'en avait cure : il tirait sur les lianes en criant :

— Aïe donc ! Charogne, vermine, mange-vermeille !...

Il en était au plus fort de sa rogne quand il entendit la voix de la Gazette derrière lui :

— Tu fais le ménage du Bon Dieu, fils ?

— C'est pas possible que des gens laissent les choses en arriver là ! répondit-il. Nous allons prendre le pic, la boucharde et la truelle, Gazette, et la chapelle des Griottes reprendra figure de quelque chose, je te le dis ! Allons chercher les outils ! j'en ai prou de voir les rats-vougeux se prélasser dans les niches de saints...

— Ce sont pourtant les amis les plus sûrs de notre chapelle : eux, ils ne l'ont pas abandonnée ! murmura la Gazette en reniflant.

De ce jour, les écureuils et les renards qui se terraient dans les vieux murs, au plein milieu des ronces, virent un étrange chantier : Gilbert et la Gazette, maître maçon et son goujat, s'étaient mis à décaper les murs, à arracher les pierres gâtées, à gratter à mort les poches de mortier pourri, à nettoyer les joints, à rechercher, dans les broussailles, les équarries, les pierres d'angle, les pierres mureuses, à les classer toutes prêtes au réemploi.

Pour la voûte crevée, ils aggravèrent le trou jusqu'à ce qu'ils rencontrent de la maçonnerie saine. A vrai dire, ils n'allèrent pas bien profond, car le travail avait été bien fait, dans les siècles d'obscurantisme. C'était même un travail lumineux, si l'on peut dire et avant de parler à tort et à travers du Moyen Age, les gens d'aujourd'hui devraient d'abord essayer de démolir un mur de cette époque-là.

La Gazette apportait, à ce travail, une frénésie mystérieuse. Lui, si rétif au labeur, remuait des tombereaux de gravats, la pommette allumée, l'œil dilaté, la voix sourde.

Il poussait des exclamations incompréhensibles et de temps en temps s'arrêtait, prenait sa crosse et se repérait sur on ne sait quoi, mesurait, en murmurant ces phrases extraordinaires qui se fixaient pour toujours dans la mémoire de Gilbert.

— ... Trois tables ont porté le Graal = une table ronde, une table carrée, et une table rectangulaire. Toutes trois ont même surface et leur nombre est le rapport de deux à un...

Il répétait : « deux, un ! » puis ajoutait :

— Pas vingt et un comme le croient les corniauds, mais « deux, un », tout est là !

Gilbert disait :

— Deux, un ?

— C'est la proportion des pyramides, des temples

égyptiens et grecs, compagnon ! et c'est aussi celle...

Il se taisait et se frappait la poitrine, contrit : « Que vais-je dire là, Dieu tout-puissant ?

— C'est aussi celle de quoi ? insistait Gilbert.

— Je peux te le dire, à toi, car tu seras mon successeur. C'est celle du Temple de Salomon, disait le vieux en un murmure. Je l'ai bien vu lorsque je suis allé là-bas, en Terre Sainte, envoyé par saint Bernard avec son oncle le Sire de Montbard pour y retrouver l'Arche d'Alliance...

— Pas possible, haletait Gilbert sans comprendre.

— Oui, c'est un secret. Un, deux, c'est la proportion du Temple de Salomon...

— Le Temple de Salomon ?

— Oui, tu sauras tout ça en temps voulu, compagnon. Il ne faut pas mettre terme avant prémisses ! Mais remarque bien que le rectangle de proportion « deux, un » a une diagonale égale à la racine carrée de cinq ! Et si l'on majore cette diagonale d'une largeur de rectangle et que l'on divise par deux, on a quoi, je te le demande ?

— On a... on a... ânonnait Gilbert ahuri.

— On a 1,618 ! et 1,618, qu'est-ce que c'est, compagnon ?

— C'est... c'est...

— C'est le Nombre d'or, c'est la limite de la série de Fibonacci...

— Le Nombre d'or ? demandait Gilbert, sans se méfier.

— Tais-toi, malheureux ! ne prononce pas cela à haute voix ! Parle bas ! Ces connaissances ne doivent pas être répandues dans la Masse ! Compagnon, l'Élite, l'Élite seule doit savoir... Écoute et regarde. »

La Gazette prenait sa crosse et écrivait, sur le sol, des chiffres :

$$\frac{1,618}{0,618} = (1 + 1,618) = (1,618 \times 1,618) = 2,618.$$

— Et 2,618, multiplié par le rapport douze dix, appelé rapport d'Osiris, donne ?

— Je... je... répétait Gilbert le souffle coupé.

— Donne Pi ! Oui compagnon, trois unités quatorze cent seize ! la constante universelle ! La clé du cercle et de la sphère ! la clé du monde ! la résolution de la table ronde... Et le rapport d'Osiris, qu'est-ce que c'est gamin ? C'est l'intervalle musical de tierce ! Do mi ! Do mi !

Excité au plus haut point, la Gazette, méconnaissable, continuait à chanter : Do, mi... Do mi !

Puis se reprenant :

— Le rapport « deux, un », c'est donc la racine de transformation d'une surface angulaire en une surface circulaire. C'est la quadrature du cercle !

— La quadrature du cercle ?

— Oui, compagnon ! Elle est là, y'a pas de bon Dieu, elle est là ! inscrite sur ma verge d'Aaron.

Alors comme fou, la Gazette reprenait sa crosse et se remettait à mesurer des aunes de ronces et des tonnes de pierrailles, puis, reprenant la pioche : « Creusons, disait-il, creusons, compagnon ! »

Ayant bu une lampée de vin, il quittait le sublime et redevenait le pauvre hère qu'il semblait être. Cent fois par jour, il radotait : « Le Moyen Age ? bigre, c'était pas un âge moyen ! » Il avait trouvé ce jeu de mots et il en était fier. Il trimait comme un Morvandiau, en chantant, suivant les heures, matines ou laudes, vêpres ou complies.

Gilbert était silencieux. Il n'ouvrait la bouche que pour répéter :

— C'est la première fois que je te vois travailler, Gazette ! Pour sûr c'est une chapelle miraculeuse !

— Miraculeuse ? avait alors hurlé la Gazette, tu ne croyais pas si bien dire ! Et d'abord ce n'est pas une chapelle, c'est un système imaginé pour tirer la santé du fond de la terre ! C'est moi le grand druide qui te le dis !

Ils avaient ensuite apporté une brouette et un outillage plus complet. En trois semaines la petite chapelle des Griottes était nettoyée, déchaussée, décapée.

Alors la Gazette s'était remis à ses simagrées. Par un clair matin, à l'aube, il planta sa crosse en un point et lorsque le soleil se leva, déjà pâle, car on était tard en saison, Gilbert le vit mesurer l'ombre du bâton, planter des repères et se livrer à un calcul très bizarre.

Ensuite, il sortit de sa besace une corde luisante, comme lustrée par un long usage et qui comportait, à chaque coudée, un nœud. Il y avait treize nœuds. Il s'en servit je ne sais trop comme, mais sur le soir, ayant pris sa crosse, il la mit en équilibre sur son index tendu et il s'avança, à pas comptés, dans la figure qu'il avait délimitée de sa corde tendue.

Lorsqu'il arriva derrière le petit autel, le bâton culbuta et tomba :

— C'est là ! c'est là !... creusons là, hurla-t-il.

Comme fou, il empoigna la pioche et se mit à gratter. Trois heures plus tard, comme ils avaient sorti avec grand soin plus de deux mètres cubes de pierrailles, ils virent apparaître une dalle. Ils la soulevèrent et découvrirent un trou rond, maçonné à merveille, et un petit escalier de cinq marches. Au fond du trou brillait une eau transparente et, parmi les gravats, ils trouvèrent une figure grossière de femme assise posant le pied sur un serpent.

— Le puits celtique ! râlait la Gazette. Le contact d'eau ! la Dame-de-sous-terre avec son pied sur la Vouivre !

Il avait pris sa crosse et la couvrait de baisers puis se mettait à courir en rond autour du trou, en répétant :

— L'athanor ! l'athanor !... et le mortier ! le mortier ! le vrai mortier de Maître Jacques !

La frénésie allait croissant. Il était devenu violet comme un moût de cassis. Il tourna, tourna, puis après un cri s'effondra.

Revenu à lui il demanda une gorgée de vin, puis, tremblant, de sa petite voix de castrat, vite retrouvée :

— Tous mes calculs étaient justes, compagnon ! Et toi Gilbert, tu es désigné par le Ciel pour être mon eubage ! Non je ne me suis pas trompé : c'est pour capter la Vouivre que j'avais fait construire cette chapelle sur l'emplacement de notre dolmen brisé par saint Martin, saint Martin l'iconoclaste !

Gilbert avait appuyé la Gazette contre le tronc d'un chêne et, petit à petit, le vieux saoulard se réconfortait en buvant à même le bidon de soldat, le vin de l'oncle Meulenot.

— Il faut que je te dise, Gilbert : tout ça, c'est grâce à la corde !

— Quand je t'ai vu prendre cette corde, j'ai cru que tu allais te pendre à la branche d'un châgne !

— C'est la corde à treize nœuds, compagnon ! Treize nœuds, douze espaces ! la corde égyptienne, la corde des Druides ! Elle contient l'angle droit, l'angle de septième, l'angle de quinte, bien avant Pythagore !

— C'est de l'hébreu pour moi ! disait Gilbert.

— Sans doute, mais il faut apprendre ! Le temps est venu, je ne suis pas éternel ! soufflait le vieux.

Fouillant comme des fous, ils trouvèrent encore une

51

autre figure sculptée dans la pierre qui semblait représenter un porc ou un sanglier. Et ce porc paraissait tenir un fil et un fuseau.

— Et voilà la truie ! cria le vieux.

— La truie ? demanda Gilbert.

— Oui. C'est la signature du Druide. Partout où tu verras une truie, il y a un druide ! Car en celte, les mots « truie » et « druid » sont presque les mêmes. La truie qui file, c'est le Druide qui remonte le fil de la connaissance, c'est l'Initié !

— Pas vrai ? disait Gilbert qui n'y comprenait goutte.

— Tu verras des cochons qui filent dans les recoins les plus discrets des cathédrales de la bonne époque. Il y a une truie qui file à Chartres, à Autun, à Notre-Dame, et bien d'autres encore. Et les savants se cassent la tête pour trouver une explication biblique, ou latine, ou grecque, à la rigueur, puisqu'ils ignorent le celtisme ! Mais ils ne trouvent rien ! hihihi !... Et c'est tout simplement la signature du Druide !

Et le cher vieil Aède riait, riait.

— Mais, Gazette, les druides auraient contruit les cathédrales de ton fameux douzième siècle ? disait Gilbert qui s'amusait de ces vaticinations.

— Bien sûr, mon fils ! Les derniers grands druides ont fait comme moi : ils sont entrés dans les ordres, pas si bêtes ! hihihi !

Puis, sérieux comme magister :

— Le monachisme chrétien a absorbé petit à petit les derniers grands druides des pays celtes ! C'est d'ailleurs ce qui lui a donné cette efficacité, cette grandeur...

Comme il lui arrivait de temps en temps, la Gazette n'était plus le chemineau soiffard, le faux manchot.

C'était un être étrange et magnifique qui arrivait à vous convaincre des pires sottises.

Ils reconstruisirent pieusement le puits, y installèrent les statuettes à la place « où elles devaient être », puis ils recouvrirent le tout d'une dalle usée sur laquelle la Gazette prétendit qu'il avait, deux mille ans plus tôt, gravé les signes des Enfants de Salomon.

Pour reprendre la croisée de la voûte, il fallait une science éprouvée. Gilbert alla chercher le Jojo Tortillé, qui, hochant la tête, supputa :

— Faut faire un bâti de bois, mais pour faire ça, faut pas un goujat !

Il se gratta l'occiput pendant un bon quart d'heure puis déclara : « Faut calculer quatre courbes et, au bout, faut que tout ça se rassemble au bon endroit. »

La Gazette riait :

— Laissez-moi faire ! dit-il.

Il reprit sa corde à treize nœuds, sa verge d'Aaron, et construisit, comme ça, au sol, une espèce d'étoile à cinq branches, et, avec la corde, traça les quatre nervures, sans tant seulement se servir d'un mètre.

— Construis ton bâti de bois là-dessus !

Trois jours plus tard, le bâti était dressé et tout se rassemblait au bon endroit. Quinze jours après, la voûte était fermée par la clé à quatre nervures, trouvée et sortie des ronces où elle se rongeait de mousse depuis plus d'un demi-siècle.

La Gazette, regardant tout cela en Maître, murmura :

— Bien, ça, compagnon !

Puis il s'endormit après boire. Le lendemain il avait retrouvé sa voix de châtré et son air cafard. Il reprit sa besace, sa crosse, cacha son bras gauche et partit, tout droit, en chantant, à travers la Crâ, l'herbe blanche jusqu'au nombril.

Hors d'eau, l'intérieur de la chapelle pouvait attendre et Gilbert se sentit libéré d'un grand poids. Patiemment, il se mit à reprendre les joints. Une à une, comme lui avait enseigné le Jojo Tortillé, il remplaça les pierres manquantes, après les avoir taillées de son mieux, dégrossissant à la broche, dressant les angles au burin, comme un vrai Limousin. Il garda pour la fin les pièces de l'archivolte qui, quoique simples, présentaient des difficultés, de même l'abaque, le gros boudin de l'embase et les chapiteaux, qu'il n'entreprendrait que lorsqu'il connaîtrait bien le grain et le nerf de la pierre, lui qui ne comprenait que le fil et l'âme du bois.

Puis, sûr de la réussite, il alterna, suivant le temps, les séances à la chapelle et celles qu'il passait devant sa sellette. Tantôt pierre, tantôt bois, ivre de caresser de la main et de l'œil ces formes qu'il libérait.

De fait, Gilbert ne s'interrompt de sculpter, depuis vendanges, que pour fendre son bois de chauffe et tenir le feu sous sa longue soupe qui réduit, à l'abandon dans une gamelle. Il ouvre la chaudière au cochon, tire une pomme de terre du dessus, qui éclate, farineuse. Avec ça, un morceau de lard, et il retourne à l'établi ou à son échafaudage.

Depuis l'affaire de la chapelle, la Gazette est là, blotti dans l'ombre, drapé dans sa capote de soldat, le feutre rabattu sur l'œil et il regarde « l'enfantement », comme il dit... et il parle. Ou plutôt il psalmodie ses étranges prophéties et ses visions blasphématoires :

— Par le feu de votre soleil et par la fraîcheur de la combe... Par le roc, par la terre où se creuse la tombe...

Qui sera mon dernier berceau... Par le vol de ramier, par le troupeau... Par la mère et l'enfant, par les fruits, par la mort, par l'oiseau... Par l'étoile et la cendre, par le feu, par le temps... Par le cri, par le vent, par l'eau, par la trompette du Jugement qui doit nous rassembler à la fin du temps... Par la pomme d'Adam, oui par la pomme... Je ne crois pas Seigneur au partage des hommes... entre toi et Satan !

Il crie pour répéter : « Je ne crois pas Seigneur au partage des hommes !

— Chante, Gazette, encore ! » dit Gilbert.

Et le vieux continue. Et lorsqu'il s'arrête :

— C'est tout ? demande Gilbert, chante, Gazette, chante, ça m'aide !

Car ces mots lui donnent des idées qu'il traduit en creux et en bosses. C'est sans doute ce que la Gazette appelle : « La transmutation du Verbe en Volumes. »

Un soir, ils en sont à leur étrange collaboration lorsqu'on entend des voix de filles. Elles chantent et rient en montant le sentier. La Gazette, l'œil en feu, s'est levé.

— Voilà les Walkyries ! dit-il, et il se précipite sur le portail qu'il enclenche, ferme la porte qu'il verrouille et se poste près de la lucarne, le bâton à la main, ce bâton taillé et gravé de signes, qu'il appelle sa verge d'Aaron.

Les filles appellent : « Hoho ! Gilbert ! Beau Gilbert ! On vient faire quatre heures chez toi ! Montre-nous tes guignols !

— Cousin ! hoho ! C'est moi Manon ! On apporte le jambon persillé, le fromage fort et le passetougrain ! On va rire ! »

Gilbert est pâle, la gouge à la main. Il est raide comme un échalas.

— Manon est là, Gilbert ! Elle voudrait voir son petit fiancé !

— Ferme tes oreilles, mon fils ! souffle la Gazette. Si tu écoutes leurs voix, c'en est fait de ton œuvre ! Adieu la lumière !

— On voudrait voir tes bonshommes, Gilbert !

— Profanation ! N'écoute pas ! Elle boira ta sève jusqu'à la mort et n'aura de cesse de t'avoir tari !

Les cris redoublent.

— Tu les entends ? Écoute les chèvres lubriques ! Elles voudraient bien t'arracher à ton éternité ! C'est la mission que Belzébuth leur a confiée : racoler, racoler. Faire de toi le bouc, l'étalon qui alimentera la horde où Satan recrute sans merci !

Les filles lancent maintenant des pierres sur le portail. La Gazette s'échauffe :

— Passe ton chemin, putain ! C'est la semence qu'il te faut pour mûrir ton fruit et le livrer à ton prince, le dieu à rebours, l'archange à tête de serpent !

« Passe ! monde infernal de la chair ! Tentation de l'instant ! Laissez Gilbert dans l'incommensurable ! »

Il jette un coup d'œil par la lucarne alors qu'on entend les voix décroître. Il les voit disparaître au tournant :

— Haha, elles battent en retraite ! Vaincues !... Fuyez, pièges à bonheur ! Moules à misère !... Faiseuses d'angoisse ! Racoleuses de Lucifer !...

Il jette encore quelques blasphèmes, puis c'est fini, l'orage manichéen est apaisé. La fureur cathare se réduit comme une peau de chagrin et la Gazette s'endort épuisé.

Gilbert reste seul avec ses visions.

Il sculptera jusqu'au matin.

Ainsi vint Noël.

Les neiges aussi ; bloqué dans sa Rouéchotte, Gilbert ne descendait même plus au village pour chercher son pain. Il avait mis ses pommes de terre en tas dans une écurie vide, il y puisait à merci, ainsi que dans son saloir, car il avait encore pris le temps de tuer son dernier cochon, de le saler du groin à la queue. Un chou-rave dans la marmite, un morceau de côti, une poignée de faviaux, vingt treuffes, tout cuisait ensemble et cela faisait les quinze repas de la semaine. Il ne se mettait même pas à table : il restait debout près du feu, avec la même cuiller, qu'il lavait d'un coup de langue, et ne quittait ensuite la gouge que pour se rouler dans les couvertures qu'il laissait en boule le matin.

5

Ainsi son œuvre prenait corps.

Il venait de mettre le crucifié sur le chantier.

Le dernier dimanche de l'Avent, alors que le froid faisait craquer les branches, il entendit des pas sur le pierrier : c'était la Gazette.

— Bonjour mon fils bien-aimé ! dit le vieux. Je viens de visiter mes paroissiens de l'Arrière-Côte et je vais de ce pas à Châteauneuf, pour faire le Joseph de la crèche !

— La crèche ? C'est donc déjà Noël ? demanda Gilbert qui était fâché avec montre et calendrier.

— Noël est venu, oui, et comme d'habitude j'ai l'écrasant honneur de faire le Joseph !

A Châteauneuf-en-Auxois, les derniers survivants de ce village perché font une crèche vivante. Ils ont pris pour modèle une Nativité du maître de Flemmale, qu'on peut voir au musée de Dijon. Il y a là un Saint-Joseph barbu, un peu chemineau, à croire que la Gazette a été pris pour modèle. Voilà pourquoi c'est lui qui, depuis toujours, joue le personnage.

— Ça ne te fatigue pas trop, Gazette, de rester immobile, comme ça, sous des oripeaux, pendant toute la messe de minuit, toi qui ne peux pas rester une minute sans grûiller ? demanda Gilbert.

— Quatre heures durant ! répondit fièrement le vieux, quatre heures immobile comme ça, les mains jointes, la tête penchée et l'œil tout chaviré !

Il prend la pose, le regard blanc, et reste un instant figé, puis se reprenant :

— Fatigué ? Peut-il y avoir fatigue lorsqu'on est, pendant une nuit, saint Joseph en personne, le père nourricier du maître, *in nomine patris et filii et...* Et devine qui est la Vierge, cette année !

— Pardi, c'est la Marie Bonnardot !

— Tu n'y es pas ! La Marie Bonnardot ne peut plus jouer la Vierge, puisqu'elle vient de se marier ! Cette année, ce sera l'Ève !

— Ève Goë ?

— Oui, l'Ève Goë.

Gilbert rougit. Il vient de revoir le doux visage de cette Ève, sa petite camarade de classe, la fille du sabotier.

— Alors comme ça, l'Ève Goë sera la Vierge ? demande-t-il, la langue sèche.

— Elle le peut, elle le peut ! affirme le vieux en clignant de l'œil. Celle-là, ce n'est pas une Walkyrie !

Il y a un long silence pendant lequel on entend seulement le toc toc du maillet sur le manche du ciseau. Un copeau tombe, puis :

— Boh ! Je pourrais bien y aller, à la messe de minuit de Châteauneuf ! dit Gilbert.

— Oui ?

— C'est bien probable !...

Ce soir-là Gilbert, le cœur battant, dégagea d'un seul coup le front, le nez et l'arcade sourcilière de son Jésus.

Ce n'était pas fignolé, non, mais on aurait cru voir s'exhaler le dernier souffle de l'homme. Le cou était bien un peu trop long, mais il était mieux ainsi, ployé, les veines et les tendons prêts à se rompre. La joue, dès qu'il s'y attaqua se révéla trop creuse, avec ce grand os de la pommette qui rejetait l'œil tout au fond du crâne.

Gilbert était exalté. Au fur et à mesure que la sainte face apparaissait, il se sentait poussé par une puissance mystérieuse à accuser un saillant, à ménager un méplat. Il n'avait jamais appris ni l'anatomie (pardieu non, le cher ignorant !), ni la philosophie, ni la théologie, mais ce crâne, alourdi par l'ignoble couronne des péchés du monde, pendait, bel et bien, tiré vers le sol, comme le fruit mûr de notre rédemption. C'est tout au moins ce que la Gazette en pensait.

Car la Gazette, la bouche ouverte comme un trou dans sa barbe rouge, regardait naître la sainte face. Pendant cinq jours il resta là, mangeant quand Gilbert mangeait, s'endormant lorsqu'il lâchait l'outil, s'éveillant au lait de l'aube, balbutiant :

— Ce particulier-là, c'est Gislebert d'Autun tout revenu !

Ou bien, à voix basse :

— Ce qui compte ce n'est ni le chandelier ni le cierge, ce n'est ni l'or ni la cire : ce qui compte, c'est la flamme du cierge ! Le bois que tu touches, mon fils, n'est plus du bois, c'est de l'âme !

Le soir du sixième jour, qui était la vigile de Noël, alors que Gilbert en était à modeler les paupières, la Gazette s'agita, prit sa verge d'Aaron, noua sa besace, cacha son bras gauche et dit :

— Voilà que je vais partir. Ils m'attendent pour la répétition !

Gilbert posa le ciseau, mit ses brodequins qu'il graissa d'une couenne, enfila son manteau :

— Je pars avec toi.

Les deux hommes entrèrent dans la nuit. La neige était tombée dans la journée de sorte qu'on y voyait presque, dans la lumière bleue qui montait de la terre.

Ils prirent par le rebord de Combraimbeuf, descendirent dans les noirs fourrés de Comboyard, remontèrent en Vaujun et ce furent les hauteurs de la Grande Vendue. Ils marchaient l'un dans les traces de l'autre, la glace pendant à leurs poils, en silence d'abord, puis la Gazette se mit à bourdonner ses antiennes, entrecoupées d'oraisons de sa façon :

Je suis venu, Mephiloseth,

Je suis venu de Nazareth.

Nulle part il n'y a de place.

Et voici que l'on me chasse

Des auberges de Bethléem...

Puis, après un juron :

— Tous ces cochons-là, c'est des vaches !

Ainsi, ils débouchèrent au-dessus de Fontaine-Madame et d'un seul coup tout le panorama leur apparut, sous la lune qui venait de percer : Château-neuf, avec ses tours et ses poivrières, ses maisons en désordre, se détachant devant les profondeurs noires du Morvan. Au centre, le lac de Chazilly brillait comme une lame de serpette.

Par le Grange-Garnier, ils entrèrent dans le village où les lumières étaient allumées parce qu'on attendait les touristes, et ils gagnèrent l'église.

Il y avait là des gens qui préparaient le tableau vivant. Il y avait aussi le brandevinier aux doigts noirs

61

de moût, il y avait le René Patte, un artiste de Dijon, le Fliche et la tante Catherine. Il y avait Mme Levavasseur qui repassait les manteaux.

— Voilà la Gazette ! dit une voix.

— Enfin le voilà ! répétait-on.

— Il est bien entendu, Gazette, que tu ne seras Joseph que si tu n'es pas saoul ! dit un homme.

— Tout exprès, je n'ai bu, pendant une semaine, que la très sainte petite eau de la Rouéchotte ! Gilbert en est témoin !

— ... Et saint Joseph n'était pas manchot ! dit un autre : il te faudra retrouver ton bras gauche !

— Dieu, dans sa grande bonté, a tout prévu ! clame le vieux, il m'a redonné mon bras, le voilà ! *Deo gratias alleluia !*

— Tous les ans nous avons comme ça le miracle de Noël ! dit le Mouillon en éclatant de rire.

Gilbert de la Rouéchotte ne disait rien. Il venait de voir Ève Goë à qui une dame drapait un voile bleu sur ses beaux cheveux noisette. Il voyait son profil charnu, sa pommette haute et ses beaux yeux un peu bridés de Celte. A un moment, elle eut à se tourner et elle vit Gilbert. Elle rougit :

— Toi ? Toi qui te calfeutres dans ta Rouéchotte comme blaireau en terrier, tu es venu à la crèche, par grand-neige ?

— Pour Noël, qu'est-ce qu'on ne ferait pas ? répondit-il. Puis il resta coi.

— On m'a dit que tu faisais des merveilles ?... dit Ève.

— Qui t'a dit ça ? La Gazette, au moins ?

— Oui, la Gazette.

— Vieux beurdin !

L'église bruissait de tout ce tintouin. On amenait le mouton que devait présenter le berger du tableau.

Des filles de la ville, tête nue, en culotte, allaient et venaient pour régler la mise en scène. Gilbert, lui ne bougeait pas. Il regardait Ève. Il la voyait maintenant de face, un peu penchée sur l'enfant qui figurait Jésus. Il la trouva belle, de cette beauté calme et rude, pulpeuse et ferme des Bourguignonnes des Arrière-Côtes et des Monts, où le type s'est conservé depuis la Gaule, probablement, sans beaucoup de mélange, car les envahisseurs, qui tant ravagèrent le Val-de-Saône et le Bas-Dijonnais, n'osèrent trop s'aventurer dans les hauteurs forestières où les Éduens les eussent égorgés au creux de leurs noirs ravins.

Gilbert, en extase, ne vit pas qu'on allumait les cierges et que l'église se remplissait d'une foule venue de toute la région, de Dijon et de Beaune, et même de Paris. Il suivit la messe par cœur, dans sa chaste mémoire d'enfant de chœur, mais il attendait impatiemment la fin.

Lorsque les gens se furent retirés pour aller réveillonner, les acteurs, ankylosés se mirent à remuer comme des pantins.

C'était fini.

Ève Goë redevint la fille du sabotier. Elle rejoignit les autres qui allaient boire le vin chaud. En remontant la ruelle, elle trouva Gilbert qui l'attendait.

— Et tes frères ? dit-il.

— Ils traînent par là, aux cafés de Vandenesse et de Commarin.

— Toujours aussi gueulards ?

— Oh ! tu sais, ils en ont rabattu ! Il n'y a plus de travail pour les bûcherons...

— Bien sûr, avec leurs saloperies de mazout et de butane, qui achète notre beau bois ?... Et ton père ?

— Oh ! lui... c'est pire.

— Pire ?

— Un sabotier, Gilbert ! As-tu réfléchi à ce que devenait un sabotier de soixante-cinq ans, de nos jours de progrès ? Il avait projeté d'acheter une machine qui en faisait cent paires par jour, mais le temps de rattrouper les sous, les gens ne mettaient plus de sabots !

— Pourtant, il en faisait de jolis !

— Faire des jolis sabots, Gilbert, tu vois à quoi ça ressemble encore ? Il a fait ses derniers, sculptés, pour le musée du folklore... C'est tout.

— Alors de quoi vous vivez, bûcherons sans coupe, sabotiers sans sabots ?

— Un peu de tout... Les hommes font le renard, la martre, le putois, le chat sauvage — On a bien une centaine de peaux à écharner pour les emmener à la foire des sauvagines... et puis... des journées par-ci par-là. Ils bricolent.

— Et toi ?

— Oh ! moi, j'avais la couture, dans les fermes, à la journée, mais maintenant les femmes s'habillent à Dijon, au Prisunic. Un coup de voiture et on va chercher un corsage et une chemise.

— Alors ?

— Alors on vit.

Enfin, des gens vinrent les chercher pour rejoindre les réveillonneurs qui, dans le vieux château de Philippe Pot, voulaient les réchauffer d'un bon repas.

La grande salle d'armes était éclairée à torches et flambeaux et chauffée de deux troncs d'arbres qui brasillaient dans la haute cheminée. Les hommes étaient vêtus de noir et les femmes montraient leur douce échine frottée de baumes et de parfum.

Gilbert et Ève étaient assis l'un près de l'autre mais ne pouvaient dire grand-chose car ces gens faisaient grand bruit, en y prenant du plaisir. D'ailleurs ils parlaient avec des mots que ni Ève ni Gilbert ne comprenaient vraiment.

Ève regardait gentiment le fond de son assiette.

— Et toi ? dit-elle, qu'est-ce que tu deviens ?

— Boh...

— On m'a dit... commença Ève.

— On dit trop !

— On ne dit pas assez, Gilbert ! Qu'est-ce que tu mijotes, là-bas dans ton repaire ?

— Tu verras, un jour. Tout le monde verra, et on ne se moquera plus !

— Je me moque, moi ?

— Pas toi, non.

Il allait dire : « Tu es, sûr, la seule qui ne se moque pas ! » mais il n'osa pas.

— Je suis fille de sabotier. Depuis toute petite, le bois et moi...

— C'est vrai ! Toi tu es de ma race !

Elle rougit. Alors il lui dit tout :

— Pour toi, j'ouvrirai ma porte. Tu verras, avant les autres. Tu verras mon Jésus tout afaûtri, tu verras sa mère, tu verras saint Jean...

— Et c'est toi qui as fait tout ça ?

— Dans du noyer, oui. Les deux gros noyers que mon père a abattus il y a huit ans... tu te souviens ?

— Ceux où tu me dénichais les agasses ?

— Oui. Tu sais comme ils étaient gros ?

— Oui. Je connais par cœur ces noyers-là. Tu m'y as pris des agassons, ça ne s'oublie pas !

65

— Je les ai sciés en billes, je les ai ouverts en quartiers. Ah! si tu voyais ce grain! Et cette couleur quand le fer du ciseau a passé dessus!

— Ça doit être bien beau. Je donnerais cher pour voir ça!

— Tu le verras. Toi toute seule... C'est le curé qui m'a demandé de refaire le calvaire des Griottes, qui guérissait les stropiats. J'ai déjà regréé la chapelle, pierre à pierre. Et maintenant je fais les personnages. On y viendra de loin comme dans le temps, en pèlerinage! Marche! Je lui ferai quelque chose de plus beau que ce qu'il croit, le curé!

Autour d'eux, c'était le bruit luxueux et le charabia des gens évolués. La Gazette, lui, ronflait d'orgueil comme une toupie bavaroise, car on le faisait parler, chanter, prophétiser.

— Il est merveilleux! roucoulaient les femmes en se pâmant.

A cause de son fumet rance et de son haleine farouche, il plaisait à ces gens parfumés qui se lavaient, pour sûr, tous les jours, à ces gens avides de pittoresque (le dernier, le peu qui en reste) et de ce « folklore » qu'ils « adorent » après l'avoir trahi depuis trois générations.

Il buvait sec, en distribuant les noix et les noisettes qui gonflaient ses poches; il chanta : le « Mère botté la ché qu'heure », le « Laivou que tu corres don si vite, Piarrot sans chépia » que nul ne comprit mais qu'on baptisa chef-d'œuvre. Un maniaque l'engrangea même dans son magnétophone. Un autre lui dit :

— Savez-vous, monsieur, qu'avec votre barbe, votre

accent, vos propos, à Paris vous pourriez gagner de l'or !

— Je le sais pardieu bien, mon petit, mais Paris n'en est pas digne. Et puis, ici, on a besoin de moi ; si l'élite fout le camp, les croquants deviendront des ilotes...

— Il est formidable ! disaient les femmes.

— Des gens comme moi ? continuait-il, mais il y en a encore plein les friches et les bois, et vous ne les verrez jamais à Paris, ils restent ici pour remplir leur ministère. Ici, dans cette salle, à part moi, le pape des étourneaux, il y a mon premier vicaire. Il est là-bas en train de faire la cour à la Sainte Vierge. C'est lui qui me remplacera lorsque je serai mort. Je le sens qui grandit. Ses grandes ailes commencent à lui pousser. Bientôt il les déploiera et alors la Gazette n'aura plus qu'à crever, cré vains dieux !

On offrit une coupe de champagne qu'Ève accepta, morte de peur. Lorsqu'elle l'eut bue, elle prit la main de Gilbert, car elle se sentait chavirer :

— Maintenant, j'aimerais mieux rentrer, dit-elle.

Ils sortirent. La neige était bleue comme le voile de la Vierge, et Gilbert le dit. Il ajouta :

— Tu étais belle, avec ça sur ta tête !

— Pourtant, répondit-elle, je n'y aime pas tant, me gôner comme ça devant les gens et faire du théâtre !

Ils marchaient dans la haute neige pour rejoindre la maison des Goë qu'on appelait la Communauté, du nom d'une communauté civile, espèce de kolkhoze comme il y en avait chez les Éduens et les Arvernes, et qui avait duré jusqu'à la Révolution.

Par endroits, ils enfonçaient dans la neige jusqu'à mi-jambe et Gilbert prit la jeune fille par le coude, d'un geste instinctif. De ses grands doigts de sculpteur, il tâtait le bras doux et charnu. Il se saoulait de l'haleine d'Ève, que lui apportait le vent. Il était heureux.

Lorsqu'ils arrivèrent à la Communauté, les frères n'étaient pas rentrés et Ève dit au jeune homme :

— Entre. Tu les attendras.

Le père ronflait dans le lit à baldaquin. Ils ranimèrent le feu et restèrent immobiles, dans l'obscurité, assis l'un près de l'autre :

— Ça me fait tout drôle que tu sculptes ! dit-elle.

— Ça te plaît ?

— J'en suis fière, mais ça me fait peur.

— Faut pas ! dit-il en lui prenant la main.

Cinq heures sonnèrent clairement aux clochers de Châteauneuf et de Sainte-Sabine.

— C'est Noël ! dit Gilbert, qui n'en avait pas tant dit en six mois, et je crois qu'on ne peut rien faire de mal le jour de Noël !

Il approcha ses lèvres de la joue ronde et, lui saisissant doucement les épaules, il l'embrassa. Elle resta près de lui, pencha un peu la tête de son côté comme si elle s'apprêtait à lui rendre son baiser, mais un grand bruit se fit dehors. C'étaient les trois frères qui rentraient en poussant des cris de Zaporogues. La porte s'ouvrit en rafale et un paquet de trois gars s'effondra en riant sur les dalles et en réclamant, à grands cris, le rince-cochon. Il fallut les coucher dans leur soupente et, comme le jour naissait, Gilbert sortit. Ève le reconduisit jusqu'à la grange brûlée ; ils ne savaient que dire et ni l'un ni l'autre ne pouvaient se décider. Enfin Gilbert fit un gros effort :

— Laisse-moi finir mon œuvre, Ève, et quand la nouvelle chapelle des Griottes sera inaugurée, le lundi de Pâques, alors je...

Il ne savait comment dire.

— ... Je pourrai parler clairement... Je repars plein de force et d'idées... Je vais faire du bon travail, pour sûr !

— Prends le temps qu'il te faut pour réussir ton travail. Promets-moi... Je te reverrai quand ?

— Au pèlerinage des Griottes... Le lundi de Pâques... Pour l'inauguration... Sûr je te parlerai... En attendant, je penserai à toi !

Il s'écarta d'un pas, puis revint, l'embrassa un bon coup sur les lèvres, se retourna d'un seul mouvement et se mit à courir à grandes enjambées dans la neige de Noël.

6

Gilbert, illuminé par ses souvenirs de Noël, tenait parole. Rentré à la Rouéchotte le vingt-six au matin, il s'était remis à ses personnages dès midi. Le vingt-huit, la Gazette faisait sa réapparition, après deux jours d'hibernation et de diète dans la paille du Bonnardot. Il s'écriait en entrant : « Coucou, c'est moi ! Je me suis dit que le Gilbert ne pouvait pas être sculpteur et cuisinier en même temps. Je suis venu pour être ton valet, en toute humilité, moi, le pape des alouettes, le vicaire des blaireaux ! »

Depuis, le vieux alimentait l'artiste. Quels brouets mes amis ! Quels rogommes ! et quels fumets !

Le matin, il sortait avant jour. « Je vais faire mon marché ! » disait-il, et il faisait la tournée des collets et des tapettes qu'il avait posés la veille.

Il s'y connaissait en saboterie. (Où avait-il encore appris cela ? Peut-être dans une de ses vies antérieures ?) et, avec les gouges et les tarières de Gilbert, il avait fait une paire de sabots à sa façon : le talon en avant, et la pointe en arrière. Il allait donc au colletage avec des sabots normaux puis, à mi-tournée, il mettait les autres, de sorte que si le garde rencontrait ses traces dans la neige et s'il les suivait pour surprendre le braconnier, il s'éloignait de lui. Mais du diable si le garde s'écartait de son poêle par ces temps de glace et de blizzard ! Il aimait bien mieux faire son tarot avec les gendarmes de la brigade qui, eux, avaient bien assez de travail à faire circuler les automobiles et ramasser les victimes de la route. Pendant que la maréchaussée fait des constats d'accidents, les maraudeurs ont beau temps. A quelque chose malheur est bon !

La Gazette avait fourbi les pièges à palette, les cabillottes et les fournotières qui se rouillaient dans le cellier. Il rapportait ainsi un peu de tout : merles, grives, lapins, écureuils, fouines et martres, autant que lièvres et bécasses. Au retour, il dépiautait, plumait, vidait et mêlait tout dans la même gibelotte, sorte de salmis de romanichel, riche en sauce et haut en parfum. Il s'en régalait, avec des pommes de terre cuites au four qu'il écrasait dans le jus, un flot de jus où nageaient les petites bêtes décarcassées et les abats, qu'il mortifiait longuement dans l'eau-de-vie.

Plus c'était réchauffé et meilleur cela devenait.

Ils avalaient ça sans pain, à cheval sur la cuisinière à six trous, où ronflaient des quartiers de foyard stimulés par des poignées de copeaux qu'y jetait le vieux en disant : « Seigneur feu, reçois le présent que je te fais : ces parcelles de bois laissées par l'artiste, inutiles à l'esprit — et transforme-les en chaleur bénéfique pour le corps ! »

Ils mangèrent ainsi des pies, des corbeaux, des renards et même des chats sauvages dont la Gazette disait qu'à force de bouffer tous nos lièvres ils devenaient plus savoureux qu'eux. Mais Gilbert mangeait tout cela avec la même précipitation pour rejoindre sa sellette, parfois fou de la joie d'une réussite, parfois désespéré de ne pouvoir donner forme réelle à ce qu'il imaginait.

Tombant de fatigue, les mains en crampes, il se jetait sur son grabat au jour tombant, alors que la Gazette filait tendre ses pièges et communiquer, dans la dernière rougie, avec je ne sais quels personnages des temps passés.

Au retour, la Gazette écharnait patiemment les peaux, les tendait sur les cadres pour qu'elles ne se racornissent pas et conservent leur valeur.

Un jour, alors que la neige s'était remise à tomber, on entendit heurter à la porte.

— C'est le destin qui frappe ! dit la Gazette.

C'était un monsieur, sac au dos, barbichette au menton, piolet ferré au poing, bandes molletières aux jambes, qui se présenta :

— Veuillez m'excuser, messieurs, mais je suis perdu !

— Et où allez-vous comme ça ? demanda la Gazette.

— Monsieur, après une bonne promenade dans les bois, je cherchais à regagner la vallée pour y reprendre l'autobus pour Dijon.

— Drôle d'idée, monsieur ! la ville est pourrie, restez donc avec nous !

— C'est que... J'ai mon cours à faire demain à la faculté !

— Faites comme moi, s'écria rondement la Gazette, faites votre cours aux renards et aux grillons !

Gilbert s'était réfugié dans l'ombre et n'osait plus manier le maillet, de peur d'attirer l'attention.

— Vous êtes aussi professeur ? demanda le vieux monsieur.

72

— Je le fus! répondit la Gazette.

— Vous mangerez un morceau avec nous, dit Gilbert, et vous coucherez ici, monsieur. Vous ne pourrez pas descendre à la vallée par ce temps. Et puis l'autobus est passé, si ça se trouve, depuis deux heures, en bas!

Le vieux professeur s'était tourné vers Gilbert et resta pétrifié, l'œil rond, la bouche ouverte. A petits pas, comme on approche d'une merlette en train de couver, il avançait vers le fond de la pièce où s'ébauchait maintenant la Madeleine, drapée dans ses plis et ses cheveux, devant tous les autres personnages alignés dans la pénombre :

— Jeune homme... jeune homme... dois-je comprendre que c'est vous qui faites ces merveilles?... Est-ce possible?

Il faisait comme le curé trois mois plus tôt : il passait d'un personnage à l'autre, avançait, reculait, en poussant des petits cris :

— La Providence!... Oui, c'est la Providence qui m'a égaré dans ces hauteurs!

— Êtes-vous sûr que ce n'est pas le diable? grognait la Gazette.

— ... Mais savez-vous que c'est très curieux? continuait le professeur... Quel prodige!... Mais où avez-vous appris, monsieur?

— Appris? ricana la Gazette, croyez-vous qu'on apprenne ces choses? On les connaît depuis des millénaires, ou plutôt elles vous possèdent depuis le commencement du monde! Il suffit d'avoir la simplicité de bien vouloir se laisser faire... Le talent, monsieur, c'est l'obéissance, l'acceptation. Notre Gilbert est celui qui a accepté d'être l'interprète, en toute humilité...

La Gazette faisait des phrases et parlait maintenant

une autre langue qui désorientait Gilbert, et le professeur avait, dans le regard, une drôle de lueur.

— Vous ête son maître ? demanda l'homme au chemineau magnifique.

— Son maître ? Non. Nous avons le même maître. C'est tout.

Et l'homme se reprit à contempler les statues en hochant la tête.

Gilbert reculait dans l'ombre ; c'était comme une marée d'orgueil qui montait en lui. Il se sentait gonflé comme un ballon. Les exclamations de ce monsieur décoré (on voyait un macaron rouge à sa boutonnière) le transformaient, comme un engrais amende une plante.

Il osa dire :

— Ces personnages formeront un groupe qui remplacera l'ancien calvaire des Griottes...

— Mais la chapelle est en ruine, m'a-t-on dit ?

La Gazette faisait à Gilbert signe de se taire, mais le jeune homme, gonflé et rouge comme un coq-dinde, continuait :

— Elle était en ruine, mais je l'ai reconstruite ! Nous avons même trouvé le puits celtique, et la statue de la Vierge Mère, symbole de la Terre qui enfante... avec le pied sur la tête du serpent, qui est la Vouivre.

— C'est très bien, cela, jeune homme ! Je parlerai de vous à des amis...

C'est ainsi que fut mis en marche le troisième mouvement du destin de Gilbert de la Rouéchotte. Sans avoir fait un pas, Gilbert entrait dans le cycle de la vanité et il ne devait plus se passer une heure sans que la Gazette lui répétât :

74

— C'était le diable, Gilbert ! Souviens-toi de ça : c'était le diable !

Ainsi passèrent-ils l'hiver.

Quand vint le carême, le calvaire était conçu, prêt à être monté. Les personnages faisaient procession le long du mur, sur les dalles de la salle commune, dans un prodigieux capharnaüm de copeaux, de vieux linge souillé, de gamelles sales où couraient les poules — six personnages que Gilbert se réservait de fignoler à loisir au cours du carême, mais ce qu'il voulait réussir sans faiblir, c'était le Christ.

Des jours et des jours, il travailla. Les mains, les bras et leur difficile ajustage sur le torse. A vrai dire, au moment de cet assemblage il eut huit jours de fièvre que la Gazette fit passer avec des décoctions de plantes.

Un grand espoir tremblant courait dans ses veines, mais parfois l'image d'Ève se levait, ou bien le parfum de ses cheveux et de sa peau envahissait son souvenir. Alors il jetait l'outil, chaussait ses gros souliers, passait sa grosse veste, ouvrait la porte sur les premières promesses d'un printemps clair et glacé.

Alors que la Gazette grognait en le regardant partir, il faisait cent pas dans le sentier qui l'eût conduit à la Communauté. Sous les halliers sortaient les premiers perce-neige. Il se mettait presque à courir, mais arrivé au gros foyard il s'arrêtait court puis retournait à la Rouéchotte en disant :

— Lundi de Pâques ! Pas avant !

Et il se remettait à l'établi.

Le jour de la Quinquagésime, il était en train de mettre la dernière main à la plaie du côté, lorsqu'on entendit des pas sur les gravières d'en bas. La Gazette grimpa à la lucarne :

— Deux hommes ! souffla-t-il. Le professeur ! il est là ! Avec lui, un escogriffe qui ne sait pas marcher ! C'est celui-là, le diable ! l'autre n'était qu'un diablotin ! Va te cacher !

Gilbert sauta dans les friches par l'imposte du fenil et se percha dans sa cachette : le grand chêne à demi foudroyé où jadis se perchaient les pintades de sa mère. De là-haut, blotti comme un chat sauvage, il vit arriver les étrangers. C'était bien le professeur et, avec lui, un homme vêtu de gris clair, chaussé de souliers fins, des souliers cirés, comme une image de catalogue.

— Nous venons voir notre ami sculpteur, dit le professeur.

— Il est absent, et vous emmerde ! répondit la Gazette.

— Il est absent ? Comme c'est dommage ! Un jeune homme si remarquable !

Gilbert entendait tout cela, car l'encoignure des granges et du pigeonnier renvoyait le son, juste dans sa direction.

— Croyez-moi, monsieur Regenheim, disait le professeur à son compagnon, je n'ai jamais vu de personnalité si attachante... Quant à ses œuvres c'est tout simplement prodigieux !

Gilbert hélas entendait ces mots qui faisaient, dans sa tête, le bruit d'un essaim d'abeilles.

— Peut-être qu'en l'absence de l'artiste (oui, il avait dit « l'artiste » !) nous pourrions voir ses œuvres ?

Là-dessus, ils étaient entrés, surprenant la Gazette qui grondait : « Hélà hélà ! Cette demeure est sacrée, n'y entre pas qui veut ! Vous vous croyez au musée de Dijon ! »

Mais les deux curieux n'en avaient cure, ils venaient d'apercevoir les statues, dans la pénombre enfumée et

76

ils s'étaient précipités vers elles. Gilbert entendit encore les cris de la Gazette, débordé : « Doucement, doucement messieurs ! » Puis des exclamations : « Étonnant !... Remarquable !... »

Alors, poussé par une force mauvaise, Gilbert descendit de son perchoir et, à pas de loup, s'approcha de la porte laissée ouverte, et il entendit...

— Ce qui m'étonne, disait le professeur, c'est que ce jeune homme ait retrouvé l'esprit, sans rien copier, des admirables sculpteurs d'Autun, de Vézelay...

— Vous êtes sûr que ce jeune homme n'a jamais fréquenté les milieux artistiques, universitaires, intellectuels ?... demandait l'homme aux souliers bas.

La Gazette ricanait :

— Lui ? il est peut-être allé six fois à Dijon dans toute sa jeune vie, et il en est revenu encore plus vite ! Son plus long voyage c'est la foire d'Arnay !

— ... Curieuse résurgence, en effet, des rythmes et de la prodigieuse aisance des grands Bourguignons du douzième siècle...

— Et vous mettez ça sur le compte du hasard ? persiflait la Gazette. Curieuse coïncidence, dites-vous !... Mais cet homme dont vous parlez, connaissez-vous seulement son nom ?

— Mon Dieu non...

— Son nom est GISLEBERT ! Entendez-vous ?... Gislebert !... C'est Gislebert d'Autun, en personne, revenu pour sauver la Bourgogne de la banalité et de la laideur de votre vingtième siècle ! hurlait le vieux devenu violet comme quetsche.

— Je ne vous suivrai pas jusque-là, mon cher, disait doucement le professeur, mais il faut admettre...

— Êtes-vous bien sûr, répétait l'autre, que ce jeune homme n'a pas été pollué par la fréquentation de

77

milieux... euh... artistiques... Euh... Je veux parler des sphères commerciales, si j'ose dire...

— J'en mettrais ma main au feu, répondait le brave professeur. D'ailleurs, quand vous le connaîtrez, vous comprendrez tout de suite... C'est un pur !

— Professeur, dit la Gazette, vous me plaisez lorsque vous parlez ainsi. Oui, c'est un pur d'entre les purs !

— Pourriez-vous dire à votre ami Gislebert... euh... puisque Gislebert il y a, que je voudrais l'aider... euh... le montrer à Paris...

— A Paris ? Haha ! je m'en doutais !... Ne peut-on faire un pet sans l'aller faire sentir à Paris ?... Haha ! Mais d'abord Paris n'est pas digne de Gilbert, et ensuite Gilbert se fout de Paris, bordel de dieux !

— Mais c'est insensé ! Voilà un talent qui se perd !

— Pour vous, on se perd si on ne prête pas l'oreille aux âneries d'un quarteron de cuistres parisiens ?... Non môssieu. Notre Gilbert...

Il continuait sur ce ton, mais Gilbert venait d'apparaître dans l'encadrement de la porte. Sans pouvoir résister il allait au-devant de l'étranger, attiré par une force inconnue.

Le professeur le vit :

— Mais le voilà ! s'écria-t-il. Mon cher ami, dit-il au jeune homme, j'ai parlé de vous autour de moi et votre cas a intéressé M. Rabenheim...

— Regenheim ! rectifia l'autre.

— Et M. Regenheim s'occupe de plusieurs galeries d'art à Paris ainsi que d'une académie... Il vous offre de vous emmener là-bas...

— Oui... euh... j'aimerais pouvoir vous offrir un séjour à Paris pour vous former... euh... Vous emmèneriez vos œuvres... euh...

— C'est que ces six statues m'ont été commandées par le curé pour remplacer le calvaire des Griottes ! dit Gilbert.

— Commandées ? Vous avez bien dit commandées ?... Vous voyez bien qu'il a été contaminé ! gémit M. Regenheim. Et combien vous a-t-on proposé pour ce travail ?

— Que voulez-vous dire ?

— Quelle somme ?... Quel prix ?

Gilbert ouvrit des yeux ronds :

— De l'argent ? Pour le calvaire des Griottes qui guérissait les stropiats ?... C'était pour mon plaisir à moi, et pour le salut de mon âme.

— A la bonne heure ! soupira Regenheim soulagé. Voilà comme je comprends l'artiste !

— Alors vous comprendrez, monsieur, que ces six personnages iront aux Griottes, et qu'ils y resteront jusqu'à ce que le bois soit transformé en charpie par les tarets du temps, et ce n'est pas pour demain : j'ai bien choisi mon bois, croyez-moi, il durera !

— Bravo ! approuva Regenheim avec une grande douceur. Euh... Je pense que vous faites là un superbe cadeau aux ronces, aux geais et aux vipères, mais... euh... c'est tout à votre honneur !

— Oh ! mes statues y seront en bonne compagnie !

— Vraiment ?

— Il y a là, dans le puits, la statue de la Vierge Mère...

Le professeur expliqua :

— Oui, il paraît qu'ils ont trouvé une très vieille figure de femme au fond du puits, et cela me paraît du plus haut intérêt !

— Et qu'en ont-ils fait ?

— Ils l'ont remise à sa place.

— ... Emmurée, ajouta Gilbert, le pied sur la Vouivre, où elle doit être.

— Emmurée ? Comme c'est amusant, approuvait l'autre alors que le professeur revenait au sujet.

— Votre calvaire restera donc là, en bonne compagnie. Et comme je vous comprends !

Puis Regenheim insistait :

— ... Mais il y a les autres sculptures, toutes les autres... que vous pourriez emmener... euh... vous n'avez pas de famille ?

— Non, je vis seul ici.

— Mais c'est magnifique ! Vous êtes libre ! Vous êtes jeune ! Vous avez du talent !... Euh... Bien sûr, vous accusez encore une grande maladresse... Euh... et un souci de la réalité... euh... qui nuisent grandement à l'expression des valeurs subconscientes... euh... ainsi qu'à la prise de conscience d'une dimension nouvelle... euh... nécessaire dans le contexte actuel... euh... pour sublimer les valeurs essentielles... euh... et donner un relief métaphysique...

— Ta gueule ! hurla tout à coup la Gazette, qui venait d'empoigner sa verge d'Aaron et en faisait un terrible moulinet. Ta gueule !... Surveille tes phrases, Satan !... Contrôle tes mots qui ne veulent rien dire ! Ça peut prendre auprès des « évolués », mais ici, dans la grandeur des friches et des bois, ça ne vaut pas une vesse-de-loup ! Pas même une merde de blaireau !... *Vade retro, Satana !...* Je t'ai reconnu !

La Gazette, avec une promptitude extraordinaire, s'était jeté sur Regenheim en hurlant ses meilleures injures, Gilbert l'immobilisa, non sans difficulté, alors que le vieux hurlait :

— Toi ? Mon fils bien-aimé ? Toi ? Tu oses porter la main sur le druide, Toi, mon cher enfant ?...

Les hommes sortirent. La Gazette s'effondra, et Gilbert sortit pour les reconduire :

— Ne prenez pas garde ! leur dit-il, c'est un vieux fou.

— Délicieux personnage ! euh... Comment l'appelez-vous ?

— La Gazette.

— C'est charmant ! C'est un sobriquet, n'est-ce pas ?

— Oui. Personne ne connaît son nom...

— C'est très pittoresque !... Écoutez !

Ils se turent et se retournèrent. Ils virent alors la Gazette, chargé de son bissac, qui disparaissait dans les buissons, tournant le dos à la Rouéchotte en chantant à tue-tête les prières de l'exorcisme. Lorsqu'il eut disparu, Regenheim, avec un grand sourire jaune, dit à Gilbert :

— Réfléchissez à ce que je vous ai proposé, jeune homme. Je voudrais faire de vous un grand artiste ! Euh... J'aime tellement la jeunesse... euh... l'Art... et les artistes désintéressés...

Gilbert les regarda s'éloigner et se dit :

— M'en voilà tout revorché !

Son cœur battait à grands coups.

Le poison était inoculé. Il allait faire son œuvre.

7

Gilbert se retrouva seul et, pour la première fois, il sut ce que sont le silence et la solitude, mais il se remit au travail. Il voulait revoir Ève sans rougir le lundi de Pâques, pour l'inauguration.

Il eut une drôle d'idée : il n'avait plus de cuisinier et c'était le carême : il jeûnerait. Il pensait se débarrasser ainsi de l'orgueil qu'il sentait s'infiltrer petit à petit en lui et l'envahir, comme Socrate avait senti la ciguë paralyser progressivement tous ses membres et monter vers le cœur.

Jeûner, comme ses grands-parents et ses parents : la soupe aux cailloux, les légumes, quelques œufs, pas de sucre, pas de viande. D'ailleurs le saloir était maintenant vide et les six poules recommençaient à pondre.

Gilbert entra en carême comme à Cîteaux, ou presque : soupe au chou-rave, avec deux gousses d'ail en guise de beurre, des patates au four, un œuf à la coque ou, le dimanche, une omelette.

Dès la première semaine, alors que le froid redevenait piquant, il en fut récompensé : chaque coup de ciseau était une réussite. Il s'étonnait pourtant que le vieux curé ne s'inquiétât pas de savoir où il en était de son travail, car en somme, trente jours à peine les séparaient de l'inauguration du calvaire, et il en avait quelque souci.

Un jour, pourtant, il vit arriver, à grandes enjambées, la Gazette en personne.

— Gilbert, dit-il, malgré que tu m'aies brutalisé, injurié, renié et crucifié, je ne veux pas te laisser seul dans ton grand malheur !...

— Quel malheur ?

— Le curé, Gilbert !... Le vieux curé..

— Oui... Alors ?

— Il est mort ! Et avec lui tout est mort !

— Tout est mort ?

— Oui... Voilà : je suis arrivé pour la mise en bière. Tout le monde était là, tous les gens des villages, et ceux des fermes. Je me suis mis à la file, pour aller jeter ma petite goutte d'eau bénite, quand une auto est arrivée. Un bonhomme est descendu. Il portait un pardessus gris sur un complet, bien taillé ma foi, une chemise blanche et une cravate. Je le vois qui tire une serviette noire de son auto et qui vient vers moi. « Tiens, je me dis, voilà bien sûr un représentant de machines agricoles qui vient vendre ses saloperies. Il tombe mal, tous ses clients seront à l'enterrement ! » Bon. Il s'approche, et tu sais ce que me dit le Dédé Tortillé ? Il me dit : « La Gazette, tu le vois, celui-là ? Eh ben, c'est notre nouveau curé ! — Le nouveau curé ? Bordel de dieux de l'Olympe ! Le nouveau curé, ce voyageur de commerce ? Comment tu le sais que c'est un curé ? — Je le sais parce que je le sais, comme tout le monde le sait ! — Foutre bleu ! Ça un curé ? Mais alors je suis bel et bien le monseigneur des grenouilles, oui ! Et le Vigoureux peut bien être le pape ! Et n'importe qui !... Tout est mort, Gilbert !... Oui tout est mort, et j'enrage de ne pas être encore mort moi-même ! »

Gilbert ne donnait plus ses amoureux petits coups de maillet sur le manche de son ciseau. Il était raide, là, comme foudroyé.

— Mais alors... murmura-t-il... mais alors ?... Mon calvaire ? C'était le vieux curé qui l'avait commandé !... Alors... moi ?

Il prit sa canadienne, son passe-montagne déchiré et partit comme un fou, en hurlant :

— Viens, Gazette !

Les voilà qui dévalent les raccourcis. On dirait deux frelons en colère. Ils roulent jusqu'au bas des éboulis. Une heure après, ils sont à la cure. Ils sonnent. C'est le représentant des machines agricoles qui vient ouvrir, mais il n'a plus son beau complet. Il est en chandail gris à col roulé, en pantalon de velours et il fume la pipe. Maintenant on dirait un moniteur de culture physique un peu surmené.

— On voudrait voir le curé.

— C'est moi.

— Nous sommes deux de vos paroissiens, dit la Gazette, nous venons de la Rouéchotte.

— Entrez, dit l'autre.

Et les voilà assis en face du jeune prêtre.

— On m'a parlé de vous. Vous êtes sculpteur ? dit-il à Gilbert.

— Oui. On vous a dit que j'ai regréé les murs de la chapelle des Griottes, que j'ai retaillé les modillons, refait la toiture en laves, rétabli les colonnettes, re-sculpté un chapiteau, deux culs-de-lampe ? On vous a dit que je sculpte un nouveau calvaire en bois, avec six personnages et le Christ ?

— Oui, on m'a dit, répond l'autre en faisant un sourire contraint, on m'a dit ça !

Il se tait. Il cherche ses mots dans son sac :

— Bien sûr, je serais très heureux de voir ça, ça doit être très amusant... euh... je veux dire très curieux...

— Ni curieux ni amusant, dit la Gazette, c'est le Christ crucifié, brisé, rendant l'âme...

— Oh ! je ne doute pas de la valeur artistique et... euh... disons « folklorique » d'un tel travail... C'est certainement très bien... Vous me montrerez ça un jour...

— Un jour ?... Mais tout de suite ! Vous n'avez qu'à monter avec nous.

— Je n'ai pas ma voiture... et...

— Une voiture ? coupe la Gazette, vous ne voulez pas dire qu'un jeune gaillard comme vous a besoin d'une voiture pour faire tant seulement trois kilomètres ?

— Mais c'est le temps... Je n'ai pas le temps... J'ai à m'installer, à prendre contact... Au mois de mai, par exemple, j'aurai sans doute un moment pour aller vous voir...

— Au mois de mai ? Mais l'inauguration est prévue pour le lundi de Pâques, le 18 avril, pour le pèlerinage des Griottes...

Le curé se tortilla sur sa chaise avec la figure d'un qui vient de mâcher par inadvertance une grappe d'épine-vinette.

— ... C'est que... voyez-vous...

— Monseigneur l'évêque est prévenu, il a promis de venir avec le père abbé de Cîteaux et le vicaire capitulaire ! ajouta la Gazette.

— Je doute que monseigneur ait le temps de venir présider une cérémonie, charmante sans doute, mais si peu en accord avec les options de la nouvelle pastorale. Je suis même sûr qu'il ne viendra pas... (il remâcha sa salive, qui devait être amère car il grimaça)... pour tout vous dire : le pèlerinage des Griottes est supprimé.

— Supprimé ! hurla la Gazette, mais les stropiats ? Les estropiés passaient sous le socle de la croix, et ils étaient guéris, pourvu qu'ils aient eu le cœur pur et qu'ils aient récité, pendant neuf jours, neuf « pater » et neuf « ave ».

— Mon Dieu, voyez-vous... Comment vous dire ? dit le curé (on dirait un constipé à qui on vient d'administrer une cuillerée d'huile de ricin)... nous n'avons pas besoin de pèlerinages à guérison, de crèches avec beaux rois et jolis bergers, d'apparitions ou de miracles...

La Gazette s'échauffe :

— Mais ce calvaire n'est pas une foutaise pour enfants de Marie, dit-il, c'est le bois de nos monts et de nos pierrailles qui arrive à exprimer la douleur de l'humanité devant l'innocence immolée !

— Quel est, mon pauvre ami, ce panthéisme ? ce dolorisme ? Mais nous voilà revenus en plein romantisme et en plein paganisme ! Ce n'est plus cela, la religion, mon ami !

Puis prenant une voix doctorale :

— ... Ce qu'il faut maintenant, c'est se ressourcer, etrouver l'essence de la foi, ne faire ni lyrisme ni poésie. Ce que les hommes veulent entendre, c'est la parole du Christ mais pas notre petite chanson... Ni surtout celle des arbres ou de nos monts, comme vous dites ! Et surtout, pas de Jésus à qui l'on demande de guérir un eczéma ou de redresser un pied bot, non.

— Pourquoi pas, tant que vous y êtes, l'empêcher de ressusciter le troisième jour ? s'exclama la Gazette.

Saint Paul a dit : « Si le Christ n'est pas ressuscité votre prédication est vaine, et vaine est votre foi ! »

Ce n'est plus un vieux chemineau qui parle, c'est un clerc. Et Gilbert pense à ce qu'on dit un peu partout : que la Gazette est un prêtre défroqué.

— Mais là n'est pas la question ! coupe le jeune curé.

Il veut être jovial, bon enfant, sportif.

— Mais Gislebert ? demande la Gazette.

— Quel Gislebert ?

— Celui qui a sculpté le tympan de la cathédrale Saint-Lazare d'Autun ! A quoi sert-il ?

Le curé hésite en souriant :

— Je vous ai bien dit que nous n'avons plus besoin de sculpteurs de cathédrales, ni même de cathédrales ! Une cathédrale ? des statues ? des Sacrés-Cœurs bien dorés ? Pour quoi faire ? Une bonne salle chauffée, pratique, oui, pour y étudier les cas sociaux, avoir des contacts, provoquer le dialogue...

— Mais mon calvaire ? gémit Gilbert.

— Ton calvaire ? répond l'abbé qui passe au tutoiement, eh bien, tu le continueras mon vieux ! C'est très bien de sculpter. Ça vaut mieux que de traîner les cafés !...

Puis, lui donnant une grande tape sur l'épaule :

— J'irai les voir, tes statues, et je t'expliquerai. cher camarade ! A bientôt !

— Mais le pèlerinage ? répétait Gilbert.

— Plus de pèlerinage, camarade, finis les pèlerinages ! De toute façon il n'y venait plus que les vieilles bigotes, à vos pèlerinages champêtres... Il est plus important de nous rassembler pour lutter, tous ensemble, pour une plus grande justice sociale !... C'est cela, le « règne de Dieu » !... « Que ton règne arrive », ça veut dire que cesse l'exploitation de l'homme par l'homme ! Et il ne s'agit pas de demander à Dieu que ce règne arrive, il faut l'établir nous-mêmes...

— Tu fais fausse route, curé : Ce n'est pas l'homme qui exploite l'homme ! L'homme n'a d'autre ennemi que sa propre ambition, qui le torture !

« Plus de cathédrales, plus de pèlerinages, plus de chapelle des Griottes, plus de calvaire ! » Voilà ce qui sonne dans la tête de Gilbert.

« Plus de sculpteurs, plus d'art, plus d'artistes, plus de médiums, plus d'élite ! » ronchonne la Gazette.

Ils sortent comme un coup de vent et, du même pas, voilà Gilbert parti en direction de la Communauté. Il monte les raccourcis, traverse les grands bois, il marche comme un dératé et la Gazette ne peut le suivre. Il court. Il arrive chez Ève qui est en train de donner aux poules. Elle essuie ses belles mains dans son tablier et se précipite à sa rencontre :

— Gilbert !

— Ève !... J'avais fait le vœu de ne te revoir que lorsque mon calvaire serait sur son socle, le lundi de Pâques, mais ce qui m'arrive...

— Qu'est-ce qui t'arrive, Gilbert ?

— Le vieux curé est mort ! l'évêque supprime tous les pèlerinages, toutes les statues, toutes les églises, toutes les cathédrales !

— Qu'est-ce que tu racontes ?

— La vérité vraie ! C'est la nouvelle religion ! C'est le nouveau curé qui vient de nous le dire ! J'ai œuvré pour rien, Ève !

— Pas pour rien, mon Gilbert ! Ce qui est bien fait est bien fait.

— J'ai voulu te revoir tout de suite. Je n'attendrai

pas le lundi de Pâques. Je briserai le carême. Je suis venu pour te dire que je tiens à toi, très fort, Ève, et que je t'épouserai quand j'aurai figure de quelqu'un, quand je reviendrai avec la figure de quelqu'un !

— Tu pars ?

— Oui. Je vais où il faut. Tes frères montent à la Rouéchotte, prennent mes poules, mes lapins, mes brebis, ma jument, tout... C'est pour vous. Toi, bien doucement, tu attends le Gilbert. Tout par un beau matin tu le verras revenir par Fontaine-Madame et « Coucou me revoilà ! » Ce sera pour le mariage !

— Mais quand ?

— Pleure pas, ça ne traînera pas ! Avec la gouge et le ciseau que j'ai, je ne serai pas long. On m'attend là-bas !

— Où ça ?

— Tu verras ! Attends-moi ici.

— Je t'attendrai, pour sûr, mon Gilbert !

Comme il rentrait à la Rouéchotte, rompu de ces deux courses, il entendit parler dans sa maison. Le Regenheim était là, avec un autre bonhomme et la Gazette les tenait en respect avec le fusil de Gilbert.

— Vous n'y toucherez pas, que je vous dis, à moins de passer dessus ma carcasse morte !

Il protégeait de son corps les œuvres entassées.

Gilbert entra.

Il poussa rudement le vieux, lui prit le fusil des mains :

— Laisse-nous, Gazette. Que voulez-vous de moi, messieurs ?

— Je vous présente le baron Marchais, dit Regenheim. Je lui ai parlé de vous. Il vient de voir vos œuvres et il s'intéresse à vous...

Le baron Marchais était haut comme une panouille

de maïs. Son crâne était dégarni, bien qu'il fût jeune encore. Il portait un bleu de travail qui faisait accordéon sur des escarpins fantaisie, un gros pull-over à col roulé, sous un veston de tweed, luxueux, et par-dessus tout cela, une grosse canadienne fourrée. Lorsqu'il l'avait vu, Gilbert s'était dit : « Qu'est-ce que c'est que ce forain ? »

Il était accroupi au milieu des statues qu'il avait sorties du cellier et étalées sur les dalles de la grande salle. Il fumait une drôle de cigarette enfilée dans un tube de métal jaune rallongé de dix bons centimètres de bois noir, qu'il tenait entre le pouce et l'index de la main gauche. De la droite il soutenait une statue qu'il faisait jouer dans la lumière.

Sans quitter sa position, il parla :

— Je pense, jeune homme que vous avez... mon Dieu qu'il fait froid ici... que vous avez tout ce qu'il faut... C'est glacial... pour réussir... Vous n'allumez donc jamais de feu dans cette turne ?

— L'hiver, monsieur, on fait des feux de bordes, quand il fait froid, répondit Gilbert.

— Quand il fait froid ?... Mais on gèle ! Nous venons de faire l'ascension sur de la neige gelée, et...

— C'est encore le carême, dit Gilbert, mais on sent venir le printemps.

— Ah ! vous sentez venir le printemps, vous ? Moi, je n'ai jamais eu aussi froid de ma vie !... Donc vous êtes un sculpteur-né. Ce n'est pas discutable. Il me semble que vous avez un avenir... Mais si vous restez ici, dans vos friches et vos bois... mon Dieu qu'il fait froid... vous ne pourrez jamais vous épanouir !... Que serez-vous ? Rien... Et pourtant ce serait un crime de laisser ce talent inemployé... Bien entendu, il vous faudra des conseils, une formation solide... Nous vous donnerons tout cela... si vous le voulez...

— Dites-moi ce que je dois faire! dit résolument Gilbert.

Le baron eut un arrêt, il releva lentement la tête du côté de Regenheim qu'il regarda d'une façon curieuse, avec une sorte de sourire, imperceptible et ambigu.

— Mais rien, mon cher ami, répondit Regenheim, rien!... Euh... vous sculpterez... C'est tout... Euh... Vous venez à Paris, vous suivez les cours de grands professeurs... Euh... Et vous sculptez...

— Mais je suis pauvre, je n'ai rien pour payer...

Regenheim eut un geste large, fit « Euh... », puis regarda le baron :

— Ça c'est notre affaire! Notre rôle, notre vocation, à nous, c'est de découvrir et de révéler les jeunes talents... Euh... Le baron est un homme admirable, euh... qui consacre, oui je peux bien le dire, n'est-ce pas, qui consacre sa vie à cette œuvre merveilleuse qu'est la prospection des talents en France, cette France... euh... si riche en valeurs... euh... mais en valeurs ignorées... euh... enfouies... comme ici... euh... dans les friches et les monts de Bourgogne... euh... cette Bourgogne si fertile... euh... en fortes personnalités... euh...

Il continuait, mais le baron Marchais, à genoux palpait les rondeurs de la Madeleine, l'œil fixe et la bouche entrouverte. Il resta ainsi pendant de longues minutes alors que Regenheim poussait sa phrase en ahanant comme un apprenti pousse le riflard.

Il y eut un silence lorsque Regenheim eut fini son couplet sur la France, la Bourgogne et les Bourguignons. La Gazette, amadoué, s'approchait à petits pas et l'on entendit, par la porte ouverte, la cloche de

Busserotte, au loin, par-dessus les bois de Thueyts. Puis encore le silence. Gilbert comptait les battements de son cœur. Enfin le baron retira le fume-cigarette de sa bouche, attendit un long moment, puis :

— Personnellement, je suis prêt à vous aider. Je peux vous offrir trois ans d'études à Paris. Je peux vous procurer une chambre... Oh... très modeste... Une sorte d'atelier... Les cours de l'Académie...

— De l'Académie ? murmura Gilbert.

— Je les paierai pour vous... ne vous inquiétez pas... Vous me rembourserez quand j'aurai fait de vous un grand sculpteur... A quoi me servirait d'être riche si je ne me rendais pas utile ?

A ce moment, on entendit un murmure, c'était la Gazette qui était tombé à genoux et, ayant posé le fusil, récitait, en hâte, le *Veni Sancte Spiritus.*

— Monsieur, dit Gilbert, ici on n'a plus besoin d'artistes paraît-il ! On n'a plus besoin de cathédrales, plus besoin de statues, plus besoin de personne ! Plus besoin de moi ! On me chasse ! Personne ne me comprend !

— C'est inouï ! s'exclamait Regenheim.

— Je n'ai plus rien à faire ici. Je suis prêt à partir tout de suite !

Les deux Parisiens se regardèrent.

— Qu'entendez-vous par là ? demanda le baron qui venait de sortir un monocle de sa poche et l'ajustait à grand-peine devant son œil droit.

— Je mets la clé sur la porte. J'ai donné tantôt mes poules, mes lapins, ma jument, ma vache, mes brebis... et je pars avec vous !

— Et vos sculptures ? demanda Regenheim.

— Le calvaire était fait pour les geais et les blai-

reaux, il restera aux blaireaux et aux geais ! Mais tout
le reste...

— Le reste, dit Regenheim précipitamment, le reste
pourrait peut-être constituer une première exposition
que nous ferions dans la galerie que je mets bien
volontiers à votre disposition...

— Certainement pas ! coupa vivement le baron Marchais avec un mielleux sourire. Ce sont des œuvres de
jeunesse, très intéressantes pour nous, mais pleines
d'inexpérience... Si vous le voulez bien nous les conser-
verons en souvenir de cette époque où vous sculptiez
sans maître et sans principes. Emmenez-les pour que
vous puissiez, en vous référant à elles, mesurer vos
progrès...

— Et mon bois ? Le bois de mes noyers ? Je l'emmène aussi ?

— Eh bien, puisque vous le voulez nous vous emmè-
nerons aussi ces morceaux de bois ! dit le baron d'un
air condescendant, ils vous serviront peut-être et vous
inspireront sans doute !

Gilbert ne comprenait pas bien tous ces grands mots,
surtout parce qu'ils étaient prononcés avec cet accent
que devaient avoir jadis les Incroyables, mais il jubi-
lait. Ce sale petit curé allait voir si sa sculpture était
une amusette, un « folklore » comme il disait ! Des
gens décorés, des professeurs, des barons, eux, en
reconnaissaient la valeur. Il les suivrait !

Le camion était venu jusque dans la cour de la
Rouéchotte et le moteur avait grogné pour en arriver
là. Gilbert avait alors préparé deux ou trois nippes
qu'il avait roulées dans la valise à quatre nœuds
pendant que Regenheim et le baron, aidés du chauf-
feur, sans autre forme de procès, chargeaient les
sculptures. Il y en avait plus de deux cents, depuis les

racines grattées du début, devenues monstres apoca-
lyptiques, jusqu'aux pleureuses, aux madones, aux
pietà, aux mater dolorosa, aux prophètes, aux davids,
aux ézéchiels, aux jérémies et autres jobs. Ils chargèrent
aussi les trois stères de bons bois d'œuvre, noyer et
merisier de quartier et vieilles poutres de chêne, que
Gilbert avait entreposés dans le bûcher.

La Gazette avait assisté à tous ces préparatifs, la
lèvre tremblante, caché dans le fenil. Il vit Gilbert
monter dans le camion. Il vit le camion démarrer.
Alors il eut comme un hoquet, ses yeux se révulsèrent
et il se mit à lancer d'une voix terrible les phrases
mystérieuses par lesquelles il commençait ses vaticinations qui, le plus souvent, comble de coquetterie,
étaient en alexandrins :

— « ... Le silence de Dieu gronde comme un orage. »
« J'attends la voix qui doit tonner dans les nuages ! »
Puis, les yeux au ciel, les mains écartées comme un
orant :

— ... « Ô Dieu ! Dis-moi que je ne me suis pas
leurré ! »

Dodelinant de la tête, l'œil fixe, il se leva et, tout à
coup, ce fut le visionnaire :

— ... Je vois Gilbert... Il part sans détourner la tête !
Il passe devant le presbytère et il ricane !... Les voilà
sur la grand-route... Pauvre enfant !

Il descendit par l'échelle bancale, reprit sa verge
d'Aaron, sa besace, et sans même revenir pour fermer
la porte, qui battait sur le vide, s'en alla, sous le ciel vif
de mars où de grands nuages passaient sur les monts
noirs. Il courait presque, faisant de grands moulinets
avec son gourdin crochu, interpellant les grands vols
de sarcelles qui glissaient, entre nuées et terre, pour
s'étaler, en riches éventails, sur la nacre des étangs.

Il court toujours sur la petite route, entre les versants, parmi les forêts à taillis où rappellent les bécasses. Il traverse les villages. Ses cheveux battent au vent. Il a perdu le contrôle de ses gestes. Il a même sorti son bras gauche et il l'agite avec l'autre pour donner plus de force à ses prophéties.

Au passage, on l'interpelle : « Alors, Gazette, te v'là ben en avance sur ta tournée de printemps ! » Ou bien : « Quoi donc qui t'arrive ? T'es en pataroux ? »

Il clame :

— Tout est mort ! On vient d'enlever Gilbert ! Avec toutes ses œuvres ! Et moi, je vas mourir ! Et vous ? Qu'allez-vous devenir, orphelins, sans poète ? Pauvres cadets ! Sans rossignol, que deviennent les crapauds ?

On lui offre ici une goutte de prune, là le verre de marc.

— Dis-nous où il est parti, le Gilbert, et je débouche le passetougrain !

— Raconte et je vas chercher la bouteille d'aligoté !

Lui, il divague. Il passe sa main sale sur ses petits yeux plissés. Il ouvre la bouche, et alors c'est l'aède, c'est le druide. Il vient en ligne droite des forêts éduennes. Il parle en lisant dans les étoiles qui s'allument :

— Gilbert ?... Il est dans un camion. Je le vois... Ils sont sur l'autoroute... Ils ont quitté la Bourgogne... Ils sont entrés en France !... Ah malheur !...

Quelques heures plus tard :

— Il vient d'arriver dans les faubourgs de Vitry... Le voilà à la porte d'Italie... Il débouche sur une grande place toute ronde... Ah ! voilà le camion qui l'emmène dans des rues tristes... Il n'y a plus d'arbres ! Plus d'arbres, mes amis !... Des façades grises... encore des façades grises !... Bordel des dieux, je ne vois plus que du macadam et du plâtre sale...

— Et qu'est-ce que tu vois encore, Gazette ?

— Plus d'arbres... plus jamais d'arbres, ni d'herbe ! C'est le désert... Gilbert est tout seul avec les poils de sa jeune barbe et ses ongles sales !... Le camion s'est arrêté !... Ah ! non, il n'est plus tout seul, le Gilbert, voilà des gens... On décharge ses statues. On les met dans une grande salle nue, les unes à côté des autres... Qu'est-ce qu'ils vont en faire ?... Gilbert vient de s'asseoir sur un escabeau, la tête entre ses mains... Pauvre Gilbert !...

« Attention ! Des gens viennent d'entrer... Ah ! je vois une fille !... Pouah ! Une fille !... Une fille avec un pantalon ! Gilbert, Gilbert, attention !... La femme, Gilbert !... La femme ! monstre cloué sur l'arbre de l'engeance ! Pilori où le mâle avide et crucifié, lèche, enivré, la plaie où meurt son espérance, car il y versera le germe du péché... »

La Gazette s'arrête, haletant, l'œil retourné.

— Et qu'est-ce que tu vois encore, Gazette ? demandent les gens.

— Encore une goutte, patron ! répond la Gazette en tendant son verre, j'ai le gosier sec, foutre bleu ! Faut pas laisser glisser la Gazette hein ! Vous en avez encore besoin puisque le Gilbert est parti !... Encore une goutte de mirabelle, patron, et je te dis ce qui arrive, à c't'heure, à notre Gilbert !...

On lui verse une rasade. Il boit, essuie sa moustache.

— ... Voilà ce que je vois : la fille caresse les statues ! Ah ! cette main de putain sur la chair sacrée des noyers de la Rouéchotte !... C'est le scandale, mes fils !... Buvons la sainte petite eau-de-vie !

— Oui, Gazette, purifie-toi ! clame l'hôte... Purifions-nous tous et buvons, cré vains dieux !... Alors ? qu'est-ce qu'elle fait, la fille ?

— Elle parle.

— Et qu'est-ce qu'elle dit ?

— ... J'en sais rien.

— Elle ne parle pas français ?

— Si ! Mais je la comprends pas.

— Allons, bois encore un coup Gazette, et tu vas comprendre !

— Elle parle français, mais les mots n'ont plus le même sens.

— Boh pardi ! C'est toi qu'as pas les idées bien claires ! Bois donc, ça va te les éclaircir !

Il boit.

— Elle parle et le Gilbert écoute !... Attention Gilbert ! Attention ! Prends garde ! C'est Satan !...

Il hurle. Il balaie la table d'un coup de son bâton et il dégringole le perron. Il traverse, en zigzaguant, le pâtis et va s'affaler sur les orties sèches...

De ce jour, la Gazette ne sortit plus de cette fureur sacrée de visionnaire. Il courait le pays. On le vit à Semur, à Saulieu, à Lamargelle, à Saint-Seine, à Nuits, à Nolay, jusqu'à Autun. En Mâconnais comme en Morvan, en Arrière-Côte comme en Auxois. On le voyait trotter sur tous les chemins, on l'entendait prêcher dans les ruines de Thil et le lendemain sur la butte de Mont-Saint-Jean. Un jour, au pied de la Rochepot, un autre jour autour de l'abbaye de Fontenay. Il ne cessait de parler seul, en proie à un délire qui finit par en imposer à toute la population :

— Ce n'est pas l'alcool qui le rend comme ça ! Il y a autre chose ! c'est pas Dieu possible !

Il ne cessait de raconter en langage symbolique ce qui se passait à plus de trois cents kilomètres, et dans les plus petits détails. Hallucination ? Imagination subtile ? Seconde vue ? Voyait-il vraiment ce qu'il disait ?

— Tout est mort ! clamait-il. Pataugez aux marécages, crapauds borgnes ! et tremblez ! Gilbert de la Rouéchotte est pour lors entouré de serpents !

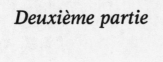

Deuxième partie

1

Si quelqu'un avait pu enregistrer, bout à bout, ces prodigieuses vaticinations, il aurait eu une chronique épique du séjour que devait faire Gilbert de la Rouéchotte dans ce que l'on appelle « le milieu artistique » de la capitale.

En réalité, Gilbert était logé dans un de ces ateliers comme on en voit tant dans les quatorzième et quinzième arrondissements, en plein Montparnasse. C'était, au fond d'une cour crasseuse, une sorte de haut entrepôt de six étages. Toute la façade nord était vitrée et, à l'intérieur, on voyait des cases, toutes pareilles : les ateliers.

Celui de Gilbert était au rez-de-chaussée. Le précédent locataire y avait laissé un lit-divan défoncé, deux escabeaux, un réchaud à gaz et un seau de toilette qu'il fallait aller verser dans la cour, une table, un balai déplumé.

Aussitôt entré, Gilbert s'était assis sur le divan. Il avait, sur la luette, une gorgée de salive amère qui ne voulait ni remonter ni descendre, car, par le vitrage qui éclairait le local, il voyait un mur droit, de plâtre pourri, et une alignée verticale de fenêtres qui montait,

montait. Il avait essayé de voir le ciel et il n'y était parvenu qu'en se penchant à mi-corps par la tabatière et en relevant la tête jusqu'à s'en dénuquer.

Il avait déballé ses hardes, ses outils et mangé sur le pouce le morceau de lard froid dont le parfum se développa brutalement.

Son couteau à la main, il coupait son lard sur son pouce gras, et, au fur et à mesure, taillait des petits cubes de pain qu'il portait parcimonieusement à sa bouche. Il déballait ses œufs lorsqu'une fille entra en disant : « Bonjour.

— Bonjour », répondit Gilbert.

Elle caressa les statues. (Ah ! cette main de putain sur la chair sacrée des noyers de la Rouéchotte !)

— Sculpteur ?

— On dirait ! répondit-il.

Elle le regarda manger :

— T'es merveilleux, avec ton couteau et ton bout de lard !

Puis après avoir siffloté en tirant la couverture du divan :

— T'as une cigarette ?

— Non. Je ne fume pas.

— Tu veux que je t'aide à t'installer ?

— C'est tout installé.

— T'es étranger ?... Hongrois, hein ? Avec tes pommettes saillantes et tes « r » roulés ?... Ou bien russe ?... Oui, t'es russe ! dit-elle avec gourmandise et délectation. T'es pas russe non plus ?... Alors quoi : pas russe, pas hongrois... Tu ne serais pas irlandais, des fois ?... Oui, avec tes yeux rêveurs et ta tête de cochon tu serais bien irlandais ?

Gilbert avait dit simplement :

— Je suis bourguignon, tout bonnement.

Elle avait eu l'air déçue. Puis, après un temps :

— Moi je suis modèle. J'étais le modèle de Pisatti...
Tu connais ?

— Non.

— Le surréaliste italien ! Tu sais bien ! Il habitait
ici... Je lui faisais la cuisine et tout... Je peux être aussi
ton modèle, si tu veux... et je peux faire ta bouffe aussi.
Tu n'as qu'à dire.

Elle tourna un instant autour de lui. Il pensa :

— Voilà Manon toute retrouvée. Je ne vais pas
tarder à sentir sa main se glisser entre mon cou et ma
chemise !

Elle s'approche, en effet, et reste un instant derrière
lui :

— Moi, je m'appelle Vera... dit-elle.

— Verrat ? Et il éclata d'un rire sonore qui fit
trembler une vitre de la verrière. Verrat ? Haha ! C'est
pas un nom de chrétienne, ça !

Elle le regarda sans comprendre, puis elle prit un
morceau de pain et se mit à le dévorer. Il lui montra le
quartier de lard :

— Prenez. C'est du lard de mon saloir !

Elle avait ouvert le tiroir d'une table cachée dans
une sorte de cagibi, elle en avait sorti un couteau et,
très familière, avait coupé une énorme tranche de lard
gras qu'elle se mit à dévorer.

— Vous aviez faim ? Fallait le dire ! grogna Gilbert.

— Ce qu'il est bon, ton lard, dit-elle la bouche
pleine. Ça me rappelle...

Il cassait, à petits coups, la coquille d'un œuf dur.

— Ça vous rappelle ?

— ... Le lard de chez moi.

Elle fit main basse sur deux œufs durs qu'elle

103

escamota prestement dans sa grande bouche charnue, après quoi elle dit : « Tu permets ?

— Verrat !... Verrat ! répétait Gilbert, c'est pas un nom de chrétien !

— C'est un nom russe ! dit-elle la bouche pleine.

— Vous êtes russe ? »

Elle ne répondit pas et se contenta de répéter :

— Si tu as besoin d'un modèle, je suis à ta disposition... Et je peux faire ta cuisine.

Elle attendit un long moment, une heure peut-être, et comme Gilbert ne disait rien, elle retourna dans le cagibi, sortit une poêle, alluma le gaz, coupa deux tranches de lard, les mit à griller, prit les six œufs crus, les cassa sur le lard.

Ils mangèrent encore, à même la poêle, avec une cuiller et une fourchette qu'elle était allée chercher quelque part dans le couloir.

La nuit était tombée là-dessus. Gilbert attendait le baron ou Regenheim. Mais personne ne vint. Vera avait pris un balai et faisait consciencieusement le ménage. Quand elle eut fini, elle sortit. Gilbert fit un geste pour la rattraper afin de la remercier, mais elle rentrait déjà, tenant à la main une couverture et une valise cabossée. Elle l'ouvrit, y replaça la cuiller et la fourchette, elle en sortit une brosse à dents, un linge de toilette, une savonnette, un peigne, une brosse qu'elle disposa sur la table.

Gilbert jeta un coup d'œil dans la valise : du linge de femme, douteux, y était entassé en désordre, mais à l'intérieur du couvercle, il vit une petite étiquette, coupée dans du papier d'écolier, sur laquelle étaient écrits un nom et une adresse : Françoise Le Bolloc'h, Ker Daniel en Plouvorn. Finistère.

En déroulant sa méchante couverture, Vera eut une hésitation :

— Si tu permets, je coucherai là... J'habitais ici avec Pisatti. Il est parti et m'a laissée sans argent...

— Tu prendras le lit, dit Gilbert de la Rouéchotte.

— Oh non! dit-elle vivement, je n'oserais jamais.

— J'ai l'habitude, va, de coucher n'importe où !

— T'es un bon gars, mais je n'oserai jamais.

Finalement, ils partagèrent le lit en deux : Vera prit le matelas qu'elle étala sur le plancher, et Gilbert eut le sommier.

Le lendemain, lorsque Gilbert se réveilla, il eut un regard vers le grabat de la fille : il était vide. Vera était partie. Il en fut effrayé, parce qu'il avait peur de sortir seul : il était sûr de se perdre et de ne pouvoir jamais retrouver ni sa rue, ni son escalier, ni sa porte et il n'avait plus rien à manger. Il attendit. Cette fille lui manquait. Sans elle il n'eût même pas su allumer le gaz, et puis sa pauvre petite présence de déracinée lui tenait chaud.

Enfin, vers dix heures, le baron Marchais entra :

— Te voilà, mon fils! dit-il. Tu es bien ici ?

— Je veux revenir à la Rouéchotte.

— Tu n'y penses pas !

— Je n'ai plus de provisions.

— Plus de provisions ?...

— Et je n'ai pas un sou en poche... Je n'ai pas pensé à ça.

— Mais mon fils il fallait me le dire...

— Vous me logez, monsieur le baron, c'est déjà beaucoup !

105

— Pas monsieur le baron, mais « baron », tout court.

— Vous me logez et je ne veux pas mendier. Je veux retourner dans mes bois. J'ai le « temps durer » de mes pièges...

— Pas question. Je suis ton père. Je vais t'avancer l'argent dont tu as besoin...

— Je n'aime pas devoir.

— Je te comprends, mais il faut démarrer. Tu me rembourseras quand tu auras fait tes premières ventes...

— Mes premières ventes ?

— Mais oui. Pour l'instant, il faut manger et te mettre au travail !

Le baron sortait des billets de son portefeuille :

— Voilà de quoi vivre une semaine ! dit-il.

— Non.

— Ne fais pas l'imbécile. Prends toujours ça. Je vais le noter sur mon petit carnet, pour ne pas l'oublier. Tu vois, je ne te mens pas : je te fais un petit compte, à ton nom, sur mon petit carnet. Tu me rembourseras quand tu pourras. Je ne peux pas mieux te dire !

A ce moment, Vera-Françoise rentra :

— Tiens, te voilà, toi ? dit le baron en riant. Ma parole, tu fais partie des meubles ?

Puis se retournant vers Gilbert :

— Plains-toi : je te fournis un lit garni !

Puis changeant de ton :

— Habille-toi, je t'emmène à l'Académie ! Il faut penser aux choses sérieuses.

L'Académie était dans une sorte de hall avec un toit en verre. Des hommes et des femmes nus, montés sur des estrades se tenaient immobiles dans des positions invraisemblables. Il y avait une vieille femme, le ventre et les fesses tombants, la poitrine flasque, qui sans la moindre gêne se tenait les jambes écartées, les mains posées sur ses grosses cuisses boursouflées. Il y avait aussi une jeune fille, très belle. Tout autour, des gars et des filles dessinaient.

Le baron présenta Gilbert à Fumassier, le patron de l'Académie.

— Ah ! c'est toi le berger bourguignon ? avait-il dit. Tu me montreras ce que tu fais.

Dans la même journée, il avait montré « ce qu'il faisait ». Fumassier était venu dans l'atelier et il avait vu. Il était resté interloqué. Pendant une heure, il avait manipulé les « pièces », comme il disait (« une belle pièce ! une pièce intéressante ! ») ou bien les « choses » (« voilà une bonne " chose " ! cette " chose " n'est pas aboutie »).

Gilbert n'y avait rien compris du tout, mais lorsque Fumassier s'était écrié :

— Bon ! Eh bien, ce qu'il te faut maintenant, c'est du dessin ! Du dessin et encore du dessin !

Il avait répondu :

— Mais je n'ai jamais dessiné !

— C'est justement !

— Mais je ne comprends rien à plat ! Je ne comprends que les bosses !

— Un bon sculpteur doit être un bon dessinateur ! avait affirmé Fumassier en faisant juter sa pipe.

Lorsque Fumassier les avait quittés, le baron avait dit à Gilbert : « Ce que je veux, c'est que tu comprennes qu'à l'Académie, tu peux trouver des modèles et une ambiance de création. Ne t'occupe pas tellement des théories de Fumassier, suis ta nature !...

— Mais... les frais ?... avait dit Gilbert.

— Quels frais ?

— L'Académie.

— Ne t'occupe pas : je les note sur mon petit carnet ! Tu me rembourseras quand tu pourras !

— Ça me gêne gros ! »

Gilbert vécut entre son atelier, où Vera dormait sur son grabat et faisait la cuisine, et l'Académie, où il venait chercher ces « contacts enrichissants » dont lui parlait le baron.

Saoulé par les paroles creuses de Fumassier, roulé par le baron et Regenheim dans la farine des belles promesses, il n'avait plus goût à travailler. Il se levait le matin, à la pointe de l'aube, regardait Vera roulée dans sa couverture, sur son matelas, vérifiait le fil de ses ciseaux en hochant la tête, tripotait une ou deux belles billes de noyer où il retrouvait le parfum de ses vergers pentus, et, vidé de son enthousiasme par les mots creux de Fumassier et le petit carnet du baron, il se demandait comment il allait s'y prendre pour sculpter.

— Peut-on encore créer quand on jase tant ? Peut-on encore avoir envie de tailler un morceau de bois quand on dit et qu'on entend tant de foutaises ?

« Quand ils parlent, tous ces gars-là, pensait Gilbert, on dirait des noix sèches qui dévalent l'escalier de mon grenier. »

A l'Académie, où il se rendait plein de bonne volonté il tentait de dessiner. Ça ne ressemblait à rien, comme bien on pense. La face plate d'une feuille de papier le laissait sec et inerte. Comment faire saillir les volumes là-dessus ? Comment gonfler les lèvres, crisper les

108

doigts, onduler les plis ? Il lui fallait les rondeurs, les bosses et les méplats, et, par-dessus tout, il lui fallait ruser avec le fil du bois ou avec le grain et la belle défense de la pierre, et il lui fallait le parfum. Sans maillet, sans ciseau, sans lutte, il n'était pas foutu de concevoir une forme.

... Et Fumassier parlait... Et l'Académie bourdonnait, ronronnait, et lui, Gilbert, pour qui la sculpture faisait partie de la vie des friches silencieuses, se rongeait de solitude au milieu de cette foule et restait stérile comme les orangs-outans du jardin des Plantes.

... Et là-bas, en Bourgogne, la Gazette se démenait comme un épouvantail dans les halliers du côté de Sombernon ou au-dessus des roches de Bouilland, en criant :

— Ils nous le tueront, notre Gilbert ! Nous l'abîmeront, nous l'émousserons, nous le châtrerons !

On le vit remonter aux sources de la Seine, qui fut aux temps druidiques un lieu de pèlerinage. Il fit un long discours au-dessus de l'eau claire et y jeta une petite sculpture qu'il avait ramassée, grosse comme une topette, dans le cellier du Gilbert. Il la regarda flotter, puis la suivit au fil du ruisseau, en prononçant des paroles magiques, puis il se prit à pleurer :

— ... Il est fait, notre Gilbert, pour sculpter des saints et des saintes, des apôtres et des prophètes, des Jésus et des Ponce-Pilate, des mauvais et des bons larrons, pour le salut de nos âmes et l'enchantement de son coin de terre... Là-bas, il lui faut regarder des filles nues, des pouffiasses avec leur nombril de travers, leurs seins flasques, leurs derrières fendus, leurs varices, leurs touffes et leurs toisons impudiques ! Et pour dire quoi ? Rien !

« Rien !

« La forme pour la forme !

« Un violon sans cordes, sans archet ni son...

« Pauvre Gilbert ! Je te vois : tu les regardes se promener à tâtons dans le désert de l'abstraction, se payant de mots !... »

La Gazette ne se trompait pas (où diable allait-il chercher tout cela ?) Gilbert regardait ses condisciples : ils restaient de longues heures à contempler leurs « chefs-d'œuvre ». Cela ne ressemblait pourtant qu'à un os usé, à une pelure de patate, à un trou de balle, à une charpie, à un fœtus de rien. Ce n'était qu'une forme. Et là devant, ils jasaient pendant des heures en employant des mots qui n'étaient que des mots : « Quel rythme ! »... « La musique de l'informel ! »... « L'impact du virtuel sur la sensibilité brute ! »

C'était le délire verbal devant le délire des volumes pervertis et des formes adultérées. Il en arrivait à se demander pourquoi l'on déshabillait des hommes et des femmes, leur faisant montrer leur cul à tout le monde, pour en arriver à enfanter ces horreurs incompréhensibles devant lesquelles garçons et filles, surtout les filles, feignaient de suffoquer de plaisir et s'efforçaient de tomber en transe.

Il rentrait alors dans son atelier, regardait ses quartiers de bois et les trouvait beaucoup plus beaux, comme ça, tout bruts, que les œuvres « élaborées » par ses confrères, puis il se consolait en contemplant ses chères créatures, ses fidèles compagnons, ses enfants vibrants et purs... Mais sera-t-il désormais capable d'en créer d'autres ?

Eux autres prétendaient, comme ils disaient, « concevoir » une forme, *a priori,* dans leur cervelle, et la réaliser ensuite.

— Ça vous vient de la tête, leur disait-il, et ça descend à l'outil par vos bras et vos mains ! Moi, c'est tout le contraire : je prends un bout de bois ou un caillou. La forme est cachée dedans, bien sûr, j'enlève ce qu'il y a de trop et je la trouve !

Mais pour la trouver à coup sûr, il lui fallait être dans un certain état de grâce qu'il ne pouvait trouver, semblait-il, que si ses deux pieds étaient en contact avec le sol d'où tout venait :

— Ça me remonte par les pieds et par les jambes jusqu'aux mains et à l'outil ! Là-bas, chez moi, à la Rouéchotte, sur ma roche perchée, je sens bien que ça me frétille dans les doigts de pied, comme un courant électrique, et ça me remonte le long des cuisses, entre les jambes, par le rebeuilleux, jusqu'au bout des doigts ! A ce moment-là, faut que je prenne la gouge, y'a pas à tergiverser, et c'est elle qui va chercher la forme !...

Tout le monde riait. Sauf Sylvie.

Sylvie était une fille sombre et qu'il jugeait perverse. Dès le premier jour, il l'avait remarquée parce qu'elle ressemblait à Ève Goë. Mais elle avait les lèvres, les joues et les paupières enduites de blanc, de noir, de vert, de bleu et de mauve, avec une tignasse éparse qui lui retombait dans les yeux. Un vrai carnaval. Pourtant là-dessous on voyait bien qu'elle avait la peau nette, l'oreille dégagée, fraîche et ourlée comme un joli petit champignon. Un long cou mince comme celui d'un chevreuil. Elle ne prenait pas part aux conversations et on la voyait s'asseoir un peu à l'écart, écoutant. Parfois, on la surprenait en train d'écrire quelque chose sur un petit carnet.

Quand Gilbert avait osé mettre son grain de sel pour la première fois, elle avait vivement levé les yeux et l'avait regardé d'une drôle de façon. Un peu comme le savant qui, au milieu des pierrailles, rencontre tout à coup la hache de silex. Son œil noir comme un nerprun avait eu un petit éclat persistant. On aurait dit une braise qui s'allume.

Après, elle était venue à lui, les lèvres serrées. Elle lui avait parlé de subjectivité. Du diable si Gilbert avait compris !

— Redites-moi voir ça en français ! lui avait-il répondu.

Elle avait eu un sourire sec et s'était tue, mais elle était restée près de lui, son joli menton pointu sur le dos de la main, pour le regarder avec persistance. C'est alors qu'il l'avait prise en haine, car, malgré ses cheveux fous et son air avachi, elle ressemblait à celle qu'il aimait.

— Mais quand tu sculptes, tu cherches bien à te rapprocher de la forme que tu as d'abord imaginée ? lui avait-elle dit ensuite.

— Non. Ça me vient du fondement, par les veines, par les tripes. Ça me court sous la peau.

— Mais tu nous as parlé d'un calvaire, avec des personnages que le curé t'avait commandé...

— Oui.

— Il a bien fallu que tu l'imagines, que tu le composes ?

— Non. J'avais ça en moi, comme ça, depuis peut-être mille ou deux mille ans !

C'est en marchant sur le boulevard Montparnasse qu'ils avaient cette conversation.

— Ça m'intéresse, dit-elle. Je voudrais bien voir ce que tu fais.

— Boh ! ça n'a rien à voir avec ce qu'on voit tout par là !

— Je voudrais voir, quand même.

Lorsqu'ils étaient entrés dans l'atelier, ils avaient trouvé Vera et un homme enlacés sur le divan crevé. Ils s'étaient vivement dénoués et, l'air gêné, étaient sortis.

Sylvie n'avait pas bronché mais lorsque les deux amoureux avaient fermé la porte, Gilbert avait dit :

— Ça par exemple ! En voilà une particulière !

Mais Sylvie, tout aussitôt, s'était précipitée vers l'énorme amas de statues que Vera, pour faire le ménage, avait empilées dans une partie de la salle. Après avoir tripoté, une à une, les œuvres qu'elle pouvait atteindre, elle avait dit :

— Mais qu'est-ce que tu es venu chercher à l'Académie ?...

— Je ne sais pas trop. Monsieur le baron m'a dit qu'il fallait que je vienne à Paris pour y montrer ça. Je suis venu.

— C'est bien dommage.

— C'est bien ce que me disait la Gazette !

— La Gazette ?

— Un vieux beurdin. Le pape des blaireaux.

— Le pape des blaireaux ?

— Le vicaire des lapins de garenne ! Le chapelain des renards, le chaste pasteur des merles et des alouettes ! Des fois, il dit qu'il est le dernier des druides, d'autres fois, il se croit le fils d'un curé et d'une putain... Il parle grec, latin, et des tas d'autres langues que je ne comprends pas.

— Il habite chez toi ?

— Il n'habite nulle part. Une nuit dans ma grange, une nuit dans un fossé. Le jour d'après il est aux cinq

113

cents tonnerres. Il piège la sauvagine et fait sécher les peaux dans ma chambre à four.

— Et que fait-il de ces peaux ?

— Il les vend, pardi, à la foire aux sauvagines à Chalon.

Pendant qu'il racontait ainsi la vie de la Gazette, Sylvie le regardait. Elle était toute remuée par ce jeune mâle au naïf parler et au fur et à mesure qu'il décrivait le bois, les pierriers, les friches, les ravins, elle avait l'impression de découvrir un monde.

Il se laissa aller à chanter l'hymne pathétique qui vient aux lèvres de tous les déracinés :

— Là-bas... Chez nous... Dans mon pays... Tout est beau, tout est bon !... En ce moment fondent les dernières neiges. C'est mars. On laboure. On sème les carêmes. Le vent souffle d'est et sèche joliment les terres. Il fait clair, on voit jusqu'au mont Beuvray d'un côté jusqu'au mont Blanc de l'autre, par-dessus la plaine de la Saône. Ah ! les jolis lointains bleus du côté des grandes chaumes d'Auvenay ! Et les cornouillers qui fleurissent à cette heure... C'est le moment où la martre a le plus beau poil... le renard aussi...

— Et la Gazette ? demandait la fille, avide de cette éternelle nouveauté de la vie des campagnes qu'elle ne connaissait pas.

— La Gazette ? Ha ! Je le vois, sa besace sur l'épaule, son bras gauche caché dessous, sa verge d'Aaron en main droite. Il dévale les sentiers au-dessus de Sampigny. Il grimpe le Rome-Château de Saint-Sernin, au-dessus des dernières vignes. Maintenant je le vois qui traverse les Arrière-Côtes, il enjambe l'Ouche, il monte sur le Senn-Goll de Sainte-Sabine... Je l'entends qui chante l'office de sixte juste à l'endroit où il va couper le gui des chênes...

— Le gui des chênes ?

— Oui, avec sa serpette d'or.

— Il a une serpette d'or ?

— Diable ! Il n'a rien, ne possède rien, mais il a une serpette d'or !

— Tu l'as vue ?

— Pardi ! Il me la donnera, à sa mort, avec sa crosse et tous ses secrets qu'il m'a dit, quand je prendrai sa succession !

— Sa succession ?

— Oui. Sur le Senn-Goll, qu'il a dit, tout juste avant ma mort, je te passerai mes pouvoirs et tu deviendras le grand druide !

— Le grand druide ? Toi ?

— Oui. Je monterai en grade quoi ! Pour le moment, je suis eubage.

— Eubage ?

— C'est la Gazette qui le dit !

— Ça, c'est prodigieux !

La grande exaltation de mystifier, si particulière à notre race, l'empoignait. Cette fille savante de grands mots lui semblait la proie parfaite. Une de ces filles qui n'ignorent rien de Freud mais qui croient que le rat est le mâle de la souris et la grenouille la femme du crapaud, comme on l'entend dire journellement à la télévision. Il sentait en lui « se gonfler le boyau de la mystification ».

— Et le gui, qu'en fait-il ? demandait Sylvie.

Alors il éclata d'un rire sonore et, donnant un grand coup de poing sur la table, en la regardant droit dans les yeux :

— Sacrée Parigote ! Il va le vendre pour le jour de l'an ! Et avec l'argent, il va prendre une bonne muflée !

Étendu dans la paille de la grange Garnier, roulé

dans sa grande capote d'artilleur de 1918, la Gazette, au même moment, souriait aux anges.

C'était le moment où, dans l'atelier, Gilbert demandait à Sylvie :

— Et toi ?... Tu sculptes ? tu gribouilles ?...

— Oh! moi, je suis sociologue, répondait la fille.

— Socio... ?

— Je fais une licence de sociologie.

— Qu'est-ce que ça fabrique, un sociologue ? demanda Gilbert.

Alors, dans la grange Garnier, la Gazette se retournait tout d'une pièce en criant :

— Une fille !... Une fille technocrate !... *Vade retro Satana !*

Enfin ç'avait été l'équinoxe de printemps.

A cette époque de l'année, tout le monde le savait dans la région : la Gazette prenait la grande fièvre. On le voyait, et surtout on l'entendait. Il ne parlait plus en latin, mais en une espèce de charabia, en chantonnant une sorte de mélopée. Il parcourait les campagnes selon un itinéraire bizarre, toujours le même, grimpant le plus souvent sur les sommets forestiers, depuis le Haut-Folin jusqu'à la butte de Vergy, depuis Saffres jusqu'à la Pierre-qui-Vire, au Tasselot, à Alise, le vieil Alésia, et enfin au Beuvray, où il se trouvait toujours pour la nuit de l'équinoxe, celle du vingt et un mars.

Des gars curieux l'avaient voulu suivre, ils n'y étaient jamais parvenus, et pourtant Dieu sait qu'ils avaient bonnes pattes, mais lui semblait se déplacer à la vitesse des sangliers qui, en une nuit, sautent de plateau de Langres en Morvan. Certains forestiers l'avaient surpris, perché sur les pierres couchées que les savants appellent des dolmens. Il semblait y célébrer un office, les bras écartés, se tournant vers les quatre points cardinaux en prononçant des paroles abracadabrantes. Les forestiers disaient cela, mais tout le monde savait que les forestiers sont de grands hâbleurs.

Quoi qu'il en soit, cette année-là, notre Gazette était, au soir du vingt mars, au sommet du Beuvray. Il y passait la nuit sans boire ni manger, se livrant à sa pantomime, chantant, de sa voix aiguë, des sortes de psaumes sauvages, puis au lever du soleil, il était pris de son délire. Ayant planté sa verge en terre, il en mesurait l'ombre, semblait faire des calculs, se couchait à plat ventre sur le sol, mangeant de la terre, se vautrant sur les pierres plates et enfin, sortant de sa besace un merle vivant qu'il avait pris Dieu seul sait où, l'égorgeait, tourné vers le soleil levant.

Les chevreuils le voyaient recueillir les trois gouttes de sang qui sortaient, comme à regret, du petit cadavre, et dessiner, sur son front, trois traits en forme de patte d'oie.

Dans la matinée, on le voyait descendre à grandes enjambées vers Saint-Léger, et, par je ne sais quel miracle, il entrait dans Autun, sur le premier coup de midi.

Là, le regard encore fixe, il montait les ruelles qui conduisent à la cathédrale, s'arrêtait devant une porte, au plus sombre d'un passage, et faisait résonner le heurtoir.

— La Gazette! C'est toi! disait une voix gaillarde, quelle surprise!

— Il n'y a pas de surprise, frère : je reviens de célébrer le grand office d'équinoxe, en communion avec l'âme de tous mes frères défunts, et aussi avec ceux qui, en Bretagne et chez tous les Gaëls, restent fidèles encore...

Celui qui ouvrait la porte était un solide chanoine lunetté, vêtu d'une blouse noire de maquignon. On voyait que c'était un prêtre, à la douceur boudinée de ses doigts, à la façon dont il écartait, en parlant, les mains, comme pour un orémus, et aussi, il faut bien le dire, au grain très fin que donne, à la peau, le gras ecclésiastique.

C'était, ni plus ni moins, le chanoine Robelot, l'archéologue, le chantre, l'historien et l'amant de la cathédrale Saint-Lazare, dont il avait dressé le catalogue de toutes les pierres.

En faisant entrer la Gazette dans la pièce où il travaillait, il disait en riant :

— Ta passion mégalithique ne t'a pas coupé l'appétit, je parie ?

— Bien au contraire. Tu sais que le jeûne est de rigueur pour le solstice...

— Je sais que le carême... disait le chanoine.

— ... qui encadre le solstice... coupait le vieux.

— ... mais qui précède l'agonie du Christ... continuait l'abbé.

— ... pour mieux fêter la résurrection du soleil, continuait le vieux.

— ... Me laisseras-tu parler ? Je sais, dis-je, que le carême est encore pour toi une période de jeûne et de mortification, Gazette, mais je ne saurais trop te prêcher la prudence à ce sujet !... A ton âge...

— Tu sais bien que je n'ai pas d'âge et que le jeûne rajeunit !

Pendant que le chanoine sortait un quignon de pain, un fromage fort et des pommes, la Gazette s'étant déchaussé demandait :

— Chanoine, tu viens de dire que, « pour moi », le carême était encore une période de jeûne. Est-ce que par hasard il ne le serait plus pour les autres ?

— L'Église a considérablement adouci ses prescriptions à ce sujet. Le vendredi même...

— Tu diras à tes monseigneurs qu'ils sont fous ! le jeûne est une nécessité astronomique ! A cette époque solaire, un impératif magnétique, aussi nécessaire que l'inclinaison de l'axe de ta cathédrale de 46 degrés et 54 minutes sur le parallèle ! Aussi fondamental que le rapport entre le parallèle et les dimensions de ton sanctuaire ! Aussi inévitable que la place du maître-autel là où l'avaient placé les constructeurs, qui étaient de Grands Initiés ! Aussi conséquent que l'eau des fonts baptismaux ! Aussi impérieux que la construction de vos cathédrales sur les anciens lieux dolméniques !

— Que me chantes-tu là, Gazette ? Le solstice te tourne la tête ! Les lieux dolméniques n'ont aucun rapport avec les cathédrales !

La Gazette s'était levé, son couteau ouvert dans la main droite, son pain dans la main gauche :

— Alors, chanoine, dis-moi pourquoi la Vierge, dans tes cathédrales, met le pied sur le serpent ? Pourquoi les saints Michel transpercent le dragon de leur lance, sinon pour symboliser le contact du sanctuaire avec la Vouivre, ce courant tellurique qui affleure là, et pas ailleurs, pour le capter et en faire profiter les hommes ?

— Tu déraisonnes ! disait doucement le chanoine, tu mêles la Vierge, la très sainte mère du Sauveur, à des histoires de magie...

— Mais la Vierge qui devait enfanter est un symbole vieux comme le monde, curé ! Les vieux druides honoraient, dans la forêt carnute, à Chartres, la *Virgo paritura* bien avant la naissance du Christ, clergeon !

La Gazette continuait :

— Mais tes cathédrales ne sont que des perfectionnements du dolmen ! Regarde-les bien. Regarde aussi les dolmens : cette énorme dalle posée sur deux rangées de pierres dressées, c'est la voûte posée sur ses piliers, et tout cela orienté dans le même sens que tous les dolmens du monde ! aux mêmes endroits. C'est de la pierre sous tension ! Thomas incrédule ! De la pierre sous tension qui capte et amplifie les courants telluriques ! La cathédrale, c'est l'athanor parfait, avec contact d'eau ! C'est...

La Gazette, au comble de l'excitation s'étranglait d'un morceau de pain sec :

— Gazette ! disait l'abbé, tu me fais gros de chagrin ! Toi ? Tu mêles notre sainte religion à ces fariboles des temps païens ?

La Gazette se taisait farouchement et marchait de long en large dans la pièce où les livres, les manuscrits jonchaient le sol, avec des casseroles sales et d'anciens instruments aratoires dont le chanoine faisait, en secret, collection.

Ayant sacrifié à la coutume de la très vieille polémique qui les opposait, les deux hommes se mirent à casser solidement la croûte. Quand ils eurent fini, la Gazette qui, pour un temps, avait abandonné son air naïf et sa voix de fausset, se leva, essuya son couteau sur le fond de sa culotte et dit :

— Maintenant que je suis restauré, je vais repartir...

— Déjà ? Tu ne dors pas un peu, après cette épuisante nuit de culte coupable ?

— Dans un lit ? Tu sais bien que je n'y peux pas fermer l'œil ! Je dormirai dans la grange du Roussi, en passant à Dracy-Saint-Loup !

— Mais tu pars comme ça, sans me demander où j'en suis du bestiaire de ma cathédrale ?

— J'aime mieux pas ! Tu me mettrais encore dans tous mes états en me donnant les interprétations erronées de ta symbolique !... Non, je pars ! Et ne faut-il pas que je sois, pour le lundi de Pâques, à la chapelle des Griottes ?

— Vous y faites toujours votre pèlerinage ? demanda ironiquement le chanoine.

— Le pèlerinage ! J'y serai tantôt le seul pèlerin ! Peut-être y aura-t-il cinq vieilles femmes, au milieu des friches, à s'agenouiller sous la voûte en cul-de-four de la chapelle !

— Mais on m'a dit qu'elle était effondrée ?

— Elle le fut, môssieu le conservateur des cailloux sacrés ! Mais nous l'avons reconstruite !

— Qui ? Toi ?

— Moi, oui, mais surtout Gilbert de la Rouéchotte !

— Ton gratteur d'écorce ?

— Oui, Gilbert en qui je voyais mon successeur ! Nous l'avons reconstruite dans toutes les règles, au-dessus de la source.

— ... Sur la Vouivre ?

— Sur la Vouivre, comme tu dis, mécréant de chanoine !

« C'est Gilbert qui a tout rétabli, sous mes ordres, et je suis sûr que lorsque le calvaire qu'il a sculpté sera posé, les stropiats pourront y retourner : ils y seront guéris quoi qu'en dise le commis voyageur qui là-bas nous tient lieu de curé ! Un curé qui n'a plus le sens du sacré ! »

Puis le vieux chemineau sentencieux se tourna vers son hôte :

— Gilbert de la Rouéchotte ! Retiens bien ce nom !

J'en fais un Grand Initié ! La corde à treize nœuds n'a pas de secrets pour lui !... Gilbert ! Retiens bien : Gilbert de la Rouéchotte !

Le chanoine souriait :

— Mais je me suis laissé dire que ton Gilbert était parti ! Parti pour Paris, conseillé par monsieur Viardot, l'archéologue archiviste dijonnais ?

— J'ai fait ce qu'il fallait pour qu'il revienne, curé ! J'ai parlé à l'eau de la Seine. Elle m'a répondu : il reviendra, et alors je pourrai mourir !...

« Il reviendra, vivifié par des fréquentations curieuses, dangereuses, délétères...

« Il reviendra !...

« Il reviendra !... »

La Gazette s'éloignait. On entendait sa voix décroître : « Il reviendra !... Il reviendra !... »

La Gazette marcha comme un fou qu'il était. Il coucha dans la grange du Roussi, à Dracy-Saint-Loup. Lorsque le Roussi lui demanda :

— Et alors, Gazette, tu vois toujours des choses, quand tu fermes les yeux ?

— Oui, Roussi, je vois !

— Et qu'est-ce que tu vois ?

— Je vois un carnet !

— Un carnet ?

— Oui, je vois un petit carnet, avec des chiffres dessus !

... La Gazette est de plus en plus fou ! pensa le Roussi.

2

Mais là-bas, à Paris, il y avait, en effet, un petit carnet. Le petit carnet de Regenheim et du baron.

Chaque fois que ces deux hommes venaient à l'atelier, Gilbert trouvait que le premier ressemblait à un brochet, et l'autre à un renard. Un renard argenté, car la mèche de cheveux qui lui restait, et qu'il utilisait savamment, était d'un beau blanc, tirant sur le mauve.

Chaque fois que ces deux dangereux animaux venaient voir le berger bourguignon, ils lui disaient :

— Alors ? On progresse ?

— Je ne peux pas travailler !

— Mais pourquoi ?

— Peut-être que vos académiciens m'en coupent l'envie ; ou bien peut-être que...

— Peut-être... ?

— Peut-être que, comme disait la Gazette, je n'ai plus le contact...

— Le contact ?

— ... Le contact, qu'il disait, avec le sol bourguignon...

— ... C'est ridicule.

— ... Les courants... qu'il appelait ça... ou encore « la Vouivre ».

— Trêve de plaisanteries ! coupait le baron.

— La vérité, c'est que je ne peux plus travailler..

— Période d'adaptation... euh... bien compréhensible... euh... Mais ça viendra, ça viendra ! disait Regenheim.

— Ton tempérament... (mon Dieu qu'il fait froid ici !...) ton tempérament saura bien s'expliciter ! minaudait le baron.

— Tu es une nature. Une nature, ça surnage ! ajoutait l'autre.

Gilbert tirait sur les poils de sa barbe :

— En attendant, je ne sculpte pas ; je ne vends rien et je vis à vos crochets !

— Ça viendra... Ne t'impatiente pas !

— Je vous dois des sous...

— Tu nous dois des sous, euh... c'est entendu, mais...

Et le baron sortait alors le petit carnet. Il l'ouvrait à la page du compte « Gilbert ».

— Tu vois, disait-il, tu n'es pas tout seul : regarde, tous ces jeunes gens me doivent des sous, comme tu dis...

Il feuilletait alors le carnet en disant :

— Tiens, regarde, ami. Tous ces gens-là me doivent de l'argent ! Les uns me remboursent en espèces, lorsqu'ils en ont, les autres en nature... J'aide ainsi les jeunes artistes talentueux... C'est ma passion...

— C'est sa passion ! répétait Regenheim en souriant.

Là-dessus, il additionnait, gravement, passait sa jolie main fine sur ses tempes délicates, refermait le petit carnet d'un air gêné :

— Je crois que je pourrai tenir le coup !... Ah ! mon Dieu que c'est terrible d'avoir des goûts si raffinés !

Il remettait ses gants :

— Mais travaille, mon garçon, sculpte ! Sculpte, mon petit ! Sois bien gentil !

Il sortait en laissant derrière lui un parfum tellement désagréable aux narines de l'habitant de la Rouéchotte qu'il ouvrait la tabatière et respirait à grandes goulées. Mais il ne tardait pas à refermer car l'air qu'il avalait lors (c'était tout simplement l'air de Paris) lui paraissait irrespirable.

Une autre fois, le petit baron avait dit :

— Mon petit Gilbert, je t'en prie, fiche-moi cette femme à la porte ! Elle me dégoûte !

— Moi aussi.

— D'ailleurs je t'interdis de recevoir des femmes ici Elles t'empêchent de travailler...

Il contemplait ses ongles roses :

— ... Et puis elles sont dégoûtantes !

Il soupirait à fendre l'âme :

— Ah ! si seulement tu travaillais !... Je t'en supplie mon petit Gilbert, travaille ! Je ne pourrai pas toujours te nourrir à ne rien faire !

Et Pâques était venu.

Gilbert n'avait pas de calendrier, ne comptant pas les jours, mais il avait senti dans son corps que c'était la Résurrection. Peut-être avait-il entendu, dominant le bruit de la rue, le chant des cloches de Notre-Dame. Il s'était alors mis à tourner en rond dans son atelier qui ressemblait à une fosse. Vera, qu'il n'avait pas encore mise à la porte, replaçait sa brosse à dents et sa savonnette dans sa valise cabossée, faisait sécher sur une ficelle tendue ses petites culottes transparentes, grosses comme la main d'un zouave, puis elle avait commencé à laver, dans une cuvette, la chemise et le caleçon de Gilbert, sans dire un mot, résignée, le regard buté.

— Laisse ! lui avait dit Gilbert.

— C'est mon boulot : tu me loges et tu me nourris, je te dois bien ça...

— Je te nourris avec l'argent d'un autre. De l'argent que je n'ai pas gagné ; je n'y ai aucun mérite !

Elle était en pyjama, la veste à peine boutonnée. Nue là-dessous, les cheveux en désordre, une cigarette aux lèvres. Elle ne faisait pas de manières pour se pencher en avant et tendre le bras juste devant lui.

Alors il avait pensé à Ève et il était sorti sans rien dire. Il s'était jeté dans la rue et avait marché sans savoir. Il avait erré dans la laideur du quatorzième arrondissement et tout à coup il s'était mis à descendre vers la Seine et, comme l'aiguille se tourne vers le pôle, comme la fleur se tourne vers le soleil, il était arrivé à Notre-Dame.

Comme il contournait l'abside, haubanée, comme on sait, par ses arcs-boutants, il tomba sur un drôle de chantier caché dans les buis qui contournent les chapelles absidiales : des moellons étaient là, empilés près d'une scie à pierre. Tout près, gisaient des gargouilles brisées, des roses ébréchées, des modillons lépreux, des galbes érodés, des claveaux rongés par le temps. Sur le sol, des poussières et des brisures de pierre.

Gilbert accrocha ses grands doigts au grillage qui le séparait de ces trésors. Là, il n'en fallait pas douter, on sculptait la pierre. Gilbert comprit confusément que les pierres de la cathédrale, comme les cellules d'un corps vivant, mouraient une à une, depuis les temps, et que les hommes qui travaillaient là les remplaçaient au fur et à mesure.

Enfin une enclave de fraîcheur et de vie dans ce Paris brûlant et vide ! Enfin la Terre Sainte !

— Il est fermé ce chantier ? demanda-t-il à un gardien qui s'approchait.

— Diable ! dit l'autre avec l'accent rouergat, le jour de Pâques, vous voudriez qu'ils travaillent ? ces pauvres bougres ?... Vous êtes du métier, peut-être ?

— Oui, dit Gilbert en rougissant.

— Hé bé, revenez sur semaine, jeune homme, et vous y trouverez des compagnons.

— Je reviendrai ! dit Gilbert.

Plus facilement qu'il ne pensait il put trouver son chemin pour remonter à Montparnasse et comme il arrivait très tard près de son atelier, il aperçut Vera, debout sur le trottoir, au coin d'une petite ruelle, son petit sac pendu au bout du bras. Un homme venait de l'aborder. Ils parlèrent un instant puis l'homme s'éloigna. Elle s'approcha lentement d'un autre qui, les mains dans les poches, ralentissait en passant près d'elle. Elle fit alors promptement demi-tour, s'engagea dans le passage, où l'homme la suivit, et il les vit entrer dans son propre atelier.

Il crut comprendre alors de quelle façon Vera-Françoise Le Belloc'h, de Ker Daniel en Plouvorn, abusait gentiment de l'hospitalité qu'il lui offrait. Il attendit que l'homme fût ressorti pour entrer chez lui.

Il trouva Vera occupée à sa toilette et n'eut pas le courage de lui dire un mot de reproche car elle se mit aussitôt à faire la cuisine en disant : « Je ne t'attendais pas si tôt. »

Ils mangèrent en silence, puis Vera se dévêtit devant lui, non sans ostentation, et se pelotonna sur son matelas. Gilbert s'étendit sur son sommier et, pour la première fois de sa vie, ne put s'endormir avant minuit.

Tout à coup, dans la nuit, il pensa :

— Demain, lundi de Pâques ! C'est le pèlerinage des Griottes.

Et il se surprit à ricaner amèrement.

Ainsi se passa le jour de Pâques pour Gilbert de la Rouéchotte.

Lundi de Pâques.

Les mirabelliers et les prunelliers sont fleuris. Sur le coup de huit heures, on croit voir voleter partout leurs pétales, mais c'est la neige qui tombe.

— La neige du coucou ! crie la Gazette à tout venant. C'est le printemps ! C'est le pèlerinage des Griottes !

Mais personne ne l'écoute.

— Que cette neigeotte ne vous décourage pas, bandes d'otus ! A midi vous crèverez de chaud !

Et il avance. Il traverse Bessey, Bligny, passe par Thorey, le Pont-d'Ouche. Il répète :

— C'est le pèlerinage des Griottes !

— Ils vont voir, pense-t-il en riant sous cape, ils vont voir si le pèlerinage est supprimé ! Je vais courir par tous les villages et je vais rameuter tout le monde ! Ils vont tous me suivre et nous monterons là-haut en chantant, et l'évêque verra si le pèlerinage des Griottes est supprimé !

Et il rit.

— C'est le pèlerinage des Griottes ! crie-t-il en passant en Bruant. Mais il regarde derrière lui et il s'aperçoit que personne ne le suit. Les gens ont d'autres choses à faire que d'aller au pèlerinage des Griottes : ils lavent leur automobile pour aller se tuer sur l'autoroute toute neuve qui fait une saignée blanche dans les monts. Tous rient en le regardant passer, crosse en main, la croix celte dessinée à la craie sur sa capote rapiécée, un bandeau de linge blanc ceignant son front sous son chapeau, un bandeau marqué de trois traits figurant une patte d'oie.

Alors il se fâche et jette l'anathème. Furieux, il marche. Le voilà qui attaque, dans les bois de foyards, la longue montée. Il marche en chantant des hymnes inconnus. Peut-être même les invente-t-il au fur et à mesure. Il traverse maintenant les grandes friches, petit point noir sur l'immensité fauve des grandes herbes couchées par l'hiver. Puis il gagne la source de Vivre-Haute. C'est là qu'il voit, au loin, une fille qui, elle aussi, monte en pèlerinage. Elle est seule. Elle porte un panier noir à couvercle, et c'est à cela qu'il la reconnaît : c'est Ève Goë. Elle l'a entendu bramer et elle l'attend.

— Nous serons deux pèlerins, Ève, pas davantage, va !

— Je n'aurais pas voulu manquer ! dit-elle doucement.

Et ils descendent ensemble à la fontaine Bélise. La Gazette s'y arrête et marmonne des phrases incompréhensibles.

— C'est pour qui, ton charabia ? demande Ève qui s'amuse.

— A la fontaine Bélise, pardi, je prie Belisa, épouse et sœur de Belen, grand dieu des Gaules, un et inconnaissable !

Là-dessus il se remet en route en chantant, d'une voix angélique, le suave *Salve Regina* de Cîteaux, le plus beau gémissement d'amour pour une femme vierge qu'ait jamais poussé un homme cloîtré.

Lorsqu'il en est aux sublimes supplications : *O*

clemens, o pia, o dulcis virgo Maria!, sa voix se fait toute fluette, toute tendue, et il ne lui reste plus qu'un souffle pour sangloter amen.

— Je ne te comprends pas, Gazette, dit Ève : là-bas tu priais je ne sais quelle déesse païenne et tout de suite après voilà que tu chantes la Vierge Marie ?

— C'est la même, ma mie ! La terre nourricière fécondée sans autre recours que celui du ciel, le pur espoir des hommes !

— Et tu te dis tantôt druide, tantôt évêque ?

— Mais c'est tout un... Ou plutôt ce devrait être...

— Et ta crosse, Gazette ? On dit que c'est un crochet que tu as courbé au feu pour chaparder plus facilement les pommes en passant le long des vergers ?

Il se penche à son oreille et murmure :

— C'est le sceptre d'Osiris, le dieu ressuscité, symbole du renouveau de la nature qui renaît de sa pourriture. Il figure à la partie supérieure du pschent des Pharaons, puis on le voit dans la main d'Aaron, puis c'est le bâton de Moïse qui refleurit... C'est aussi, hélas ! la crosse de l'évêque, qui n'en mérite pas tant, car c'est l'attribut des Grands Initiés et les évêques d'aujourd'hui ne sont plus que de Grands Ignorants, des jean-foutre mitrés qui suppriment les pèlerinages sur les lieux dolméniques, changent la place géométrique de l'autel dans les sanctuaires, construisent des églises qui ne sont que des halles mortes, sans références aux astres, ni à l'écliptique, ni au Nombre, ni à l'heptagone.

Il hurle tout à coup :

— L'heptagone ! L'étoile à sept branches ! symbole de l'Incarnation ! L'imprégnation du quaternaire matériel par la Trinité ! Quatre et trois sept, quatre et trois sept, quatre et trois sept...

Ainsi la Gazette repartait dans son éternel monologue que seul peut-être le chanoine Robelot eût pu comprendre. Pour lors, le vieux frayait le chemin, un de ces vieux sentiers jadis battus et maintenant effacés. Ève chantonnait derrière lui en suçant une herbe sèche.

Lorsqu'ils arrivèrent, il ne neigeait plus depuis belle lurette. Un clair soleil faisait briller comme soc le clocher de Châteauneuf. Ils s'assirent un instant. Comme il avait posé sa fameuse crosse, la fille fit le geste de la prendre, mais d'un bond il fut sur elle et la lui retira brutalement des mains.

— Laisse la science au savant, fille ! La femme la plus pure n'est pas digne de l'empoigner !

Elle éclata de rire.

— C'est de quel bois ? dit-elle, on dirait du noisetier ?

— C'est du coudrier rouge, ma mie, l'arbre le plus sensible au respir de la vouivre. C'est le bois des trouveurs de source.

— Et ces marques qui sont gravées dessus ?

— C'est la gamme.

— La gamme ? fit-elle en gloussant, c'est donc aussi un instrument de musique ?

— Tout est musique, ma mie, parce que tout est harmonie, et l'harmonie est rapport...

Il lui montra les crans : « Voici l'intervalle de seconde, l'intervalle de tierce, de quarte, celui de quinte, jusqu'à l'intervalle d'octave ; le monde est construit là-dessus. »

— Je ne comprends pas, dit Ève. J'ai beau écouter ta gamme, je n'entends goutte.

— L'harmonie régit les rapports. Elle s'exprime en nombres. Avec ma canne, on peut construire l'univers ou une cathédrale. Une cathédrale qui fonctionne... On peut mettre en harmonie le monument avec la Terre !

Il planta sa canne en terre, marqua d'un fétu la longueur de son ombre, puis la coucha et lut sur sa tige comme sur une horloge :

— Dans une heure ce sera le zénith. Au soleil il est onze heures. Il est donc midi de votre heure...

— Ta gamme donne aussi l'heure, Gazette ?

— Tout est en harmonie avec le temps, ma mie. La seconde est neuf huitièmes, la tierce est six huitièmes, la quarte est vingt-sept vingtièmes, la quinte est de trois demis, la sixte est de huit cinquièmes... Dans une cathédrale la tierce donne les chapiteaux du chœur, la quinte donne le chapiteau du triforium et l'octave donne les chapiteaux de base de la voûte, voilà pourquoi... Mais que vais-je dire là à une pissouse, dont le nom est fendu en deux comme une vulve ? Ève... Ève ! vulve du monde !

Il prit la fille par la main :

— Viens donc plutôt que je te montre notre œuvre !

Il lui fit visiter la petite chapelle, lui montra la croisée d'ogives puis l'eau noire au fond du puits en disant :

— L'eau et la pierre se répondent, juste sur le même ton. Mais attention ! C'est là le secret ! Il faut connaître le Nombre qui régit le rapport ! Attention !...

Ève caressait les murs :

— Ainsi, c'est Gilbert qui a fait ça ?

— Oui, Gilbert de la Rouéchotte, mon vicaire, mon eubage.

Elle eut une petite mine chiffonnée pour dire :

— Toi qui sais tout, Gazette, montre-le-moi, mon Gilbert. Où est-il ?

132

— Et d'abord, ce n'est pas « ton » Gilbert. C'est le mien.

— Si tu veux. Mais dis-moi où il est à cette heure.

Le vieux décortiqua une cigarette qui traînait dans sa poche, jeta le tabac dans sa grande bouche édentée, ferma les yeux, mit les mains en avant. On le vit se raidir puis, d'une voix haut perchée :

— Gilbert ?... Le pauvre cher enfant !... Je le vois. Il est au centre d'un triangle...

— D'un triangle ?

— Oui. A l'un des angles il y a un juif qui ressemble à un brochet, à l'autre angle il y a la prostituée... au troisième angle il y a le pédéraste !

Ève n'avait retenu que la prostituée :

— Mais c'est affreux ! cria-t-elle.

— Ma mie, c'est l'inévitable trinité qui gravite autour de l'homme de talent ! répondit le vieux fou en crachant le jus noir de sa chique.

— Mais cette femme ?...

— Elle ? C'est la moins dangereuse.

— Mais qu'est-ce qu'elle lui fait ?

— Elle le protège...

— Et lui ?

— Lui ? Il ne la connaît pas.

— Ah ! bon, fit la fille tranquillisée.

Un vol de ramiers mauves passa, avec un bruit de soie.

— Et les autres, qu'est-ce qu'ils lui font ?

— Les autres ?... Ah ! les chareignes ! Ils s'apprêtent à le dépouiller !

— Le dépouiller !

— Oui. C'était nécessaire. Comme ça il reviendra comme il faut, les mains vides, ayant tout perdu, tout gagné...

133

— Tout perdu ?

— Mais gagné la connaissance et l'humilité ! Après, il sera disponible. Il reviendra nu, et je lui donnerai ma crosse et je pourrai mourir ! Oui, mourir enfin ! J'en ai assez de traîner comme ça depuis les temps...

Ève commençait à pleurer doucement :

— Mais que fait-il, maintenant ?

— Le juif est près de lui... il l'enduit de salive comme le boa enrobe sa proie avant de l'engloutir...

Ève sanglotait maintenant à en perdre le souffle. Il lui prit la main et l'entraîna près de la dalle du puits. Il la souleva :

— Tu vas toucher la Vierge Noire, qui n'est autre que Belisama, la Vierge-de-sous-terre. Elle te donnera le réconfort...

Il descendit les quelques marches du puits, chercha la statuette dans sa petite niche et ne l'y trouvant pas sortit de la caverne comme un fou, et se mit à courir en criant :

— Au voleur ! Au voleur !... On a volé Belisama ! On a volé la Vierge Noire !...

En deux minutes, il eut disparu.

Une heure plus tard, il entrait en trombe dans l'église du village. Il trouva le jeune abbé en pull-over rouge et en salopette, en train de fixer sur un tailloir un beau haut-parleur tout neuf.

— Curé !... Curé !... On a volé la Vierge Noire des Griottes.

— La Vierge Noire ? ricana le curé.

— Oui, celle de sous terre, dans le puits celtique !...

— Passez-moi donc plutôt la pince qui est là sur le banc ! dit le curé, alors que le vieux s'échauffait :

— Mais il faut faire quelque chose... Porter plainte... Il faut...

134

La Gazette était resté la bouche ouverte, les yeux révulsés, l'index pointé vers une petite niche vide :

— Là !... Là !... râla-t-il. Là !... Le Saint-Thibault !... On l'a volé aussi !

C'était une statuette en bois polychrome qu'on promenait jadis au bout d'un bâton doré, pour la fête du village. Il n'était plus sur son reposoir.

— J'ai vendu le Saint-Thibault, la Vierge Noire et tout le saint-frusquin ! dit l'abbé en tournant posément une vis.

— Vendu ?...

— Oui. Il me fallait de l'argent pour sonoriser l'église et équiper le foyer des jeunes, et faire tant de choses utiles... J'ai vendu tout ça à un brave commerçant en antiquités qui passait par là...

— Quand ?... Dis-moi quand, cureton ?

— A peu près au moment où Gilbert de la Rouéchotte est parti.

— C'était un grand bonhomme qui ressemblait à un brochet ?

— Si on veut, oui, répondit en riant le clerc électricien. Un certain Regenheim...

— Le diable ! hurla la Gazette. Tu as vendu nos encolpions au diable, foutu curé !

— Je ne sais si c'est au diable, mais les billets qu'il m'a donnés...

La Gazette s'était enfui. On l'entendait qui dévalait la grand-rue en clamant :

— ... Le curé a vendu la Vierge-de-sous-terre !... Il a vendu Saint-Thibault, le grand Druide ! Votre maître !

Et les gens sur le pas de leur porte riaient en disant : « Encore la Gazette qu'a pas soif ! »

135

Là-bas, au fond du quatorzième arrondissement, en ce mardi de Pâques, Gilbert recevait effectivement la visite de Regenheim, et l'on verra comment la Gazette ne disait pas des paroles en l'air.

— Ça ne peut pas durer comme ça, jeune homme ! disait Regenheim. Tu ne produis rien, tu ne travailles pas et le baron Marchais te loge, te nourrit, paie tes cours...

— Je le sais pardi bien.

— On n'a pas idée d'un garçon ingrat comme toi !

— Ne dites pas ça, monsieur Regenheim (il prononçait Regenème), je veux rembourser !

— Rembourser ? Mais avec quoi mon pauvre petit ?

— Je trouverai bien...

— ... J'ai honte, oui mon petit Gilbert, j'ai honte, moi, Maurice Regenheim, honorablement connu sur la place de Paris, de t'avoir présenté au baron Marchais. Jamais je ne vivrai assez pour me faire pardonner de l'avoir engagé à faire ces dépenses pour un ingrat qui se moque de lui !...

— Je ne me moque pas de lui, vous le savez bien, mais ici je ne peux pas travailler.

L'autre s'était assis sur le grabat et se lamentait, au bord des larmes :

— Mais qu'est-ce que j'ai fait au Bon Dieu, geignait-il. Je trouve un artiste dans le besoin, je le présente au baron qui ne peut pas voir souffrir les jeunes sans leur distribuer son argent ! Un homme qui se saigne aux quatre veines pour leur donner les moyens de cultiver leur talent ! Et voilà qu'au lieu de travailler, mon protégé se vautre dans le vice et la débauche, traîne avec une femme de mauvaise vie...

— Vous allez vous taire, hein ?

— Et voilà maintenant qu'il me brutalise ! Moi qui ai tant fait pour lui !

— D'accord, je vous dois, mais arrêtez de m'injurier ! cria Gilbert, et laissez cette femme !

Maintenant Regenheim pleurait tout à fait :

— Hi hi ! Mais que vous ai-je fait, seigneur Dieu ? Et comment vais-je dédommager ce bon baron Marchais ?

C'est à ce moment que Vera était sortie en tempête du cagibi où elle se réfugiait chaque fois que l'un des deux hommes arrivait :

— Mais puisqu'il vous dit qu'il vous paiera ! criat-elle.

— Mais avec quoi ma pauvre enfant ?

— Je ne suis pas votre pauvre enfant, je suis une femme de mauvaise vie !... Et ne pleurnichez pas comme ça, vous me dégoûtez !

— Et elle aussi m'injurie ? Ah ! c'est vraiment trop injuste pour moi ! Voilà comment je suis payé de mon dévouement !

— Combien lui faut-il, à votre baron ?

La fille cherchait dans son sac, y prenait une liasse de billets, la jetait sur la table. A cette vue, Regenheim s'arrêta de pleurer :

— Mais je ne sais pas exactement ma chère petite. Je ne suis pas un comptable moi et je n'ai jamais fait attention aux choses de l'argent ! Hélas !

— Combien ? qu'on en finisse avec vos jérémiades ! insista-t-elle.

Gilbert s'était levé :

— Toi, Vera, retourne à ton cagibi. C'est une affaire d'hommes, ça !

— Mon argent est aussi une affaire d'hommes. Ce sont des hommes qui me l'ont donné.

— Tais-toi et fous le camp, tu m'entends ! Je n'ai

jamais demandé un centime à une femme, je ne commencerai pas avec toi.

Regenheim très gentiment disait :

— Mais laisse-la faire, mon petit ! Si elle veut payer... Ça la regarde !... Elle te doit bien ça ! Elle a vécu avec toi sur l'argent que te donnait le baron ! Elle a du cœur cette petite !

Gilbert ramassait la poignée de billets et la remettait de force dans le sac, le jetait sur la table en disant : « Reprends ça. Je ne suis pas un maquereau, moi !

— C'est pour ne plus voir sa sale gueule de poisson avarié ! cria-t-elle. Je lui donne ses sous et on ne le revoit plus !

— Fous le camp ! hurla Gilbert, ou je vas te reveuiller moi ! »

Vera mit ses bas en se retroussant jusqu'aux fesses, ramassa son sac, prit sa valise cabossée.

— Tu as tort, disait Regenheim doucement, puisqu'elle veut payer !

Elle sortit en claquant la porte et on entendit le tac tac décroissant de ses hauts talons pointus.

— Enfin... je vois que tu es un bon garçon, plein de noblesse. Tu as de l'honneur ! dit Regenheim.

— Je vous paierai, mais ne me demandez pas de sculpter ni de faire le guignol dans vos académies. Donnez-moi du travail, n'importe quoi ! J'en ai assez de mendier !

— Mon pauvre enfant, voyons les choses calmement, disait doucement l'antiquaire. Tu dois peut-être cent mille anciens francs au baron...

— Cent mille ? Déjà ? C'est plus que je ne dépense en un an à la Rouéchotte ! coupa Gilbert, tout capon.

— A Paris, l'argent file vite !

138

— Diable ! On paie le poireau ! On paie le persil ! On paie même l'eau !

— Mais ça ne fait jamais que mille nouveaux francs ! ajouta Regenheim qui continua en souriant : « Je veux te défendre contre toi-même, contre ta paresse. Pour t'obliger à travailler, tu vas me signer un petit papier. Tu vas t'engager sur ton honneur à faire deux sculptures par mois. Deux par mois, que diable, ce n'est pas la mer à boire, hein ? »

Regenheim sortait un papier de sa poche et le dépliait en disant :

— J'ai pensé à ça depuis un moment. Ça me travaille. J'ai une dette envers le baron et ça m'empêche de dormir...

— Moi aussi !

— Je m'en doute, mon cher enfant, te connaissant comme je te connais. Alors voilà ce que j'ai combiné, comme ça, dans ma pauvre petite tête : tu vas me signer ce papier : « Je reconnais devoir, à M. Loïs Marchais, demeurant à Paris, rue tatatata, mille francs, qu'il m'a prêtés pour me permettre de me livrer à la sculpture. Je m'engage à lui rembourser cette somme aussitôt que ma production artistique me le permettra, soit en espèces, soit en nature. Je m'engage en outre (ça c'est pour t'obliger à travailler) à produire deux sculptures par mois. »

Il posa le papier sur la table.

— Avec ça, ton honneur est sauf. Tu n'as rien demandé, tu n'as pas mendié. On t'a fait une avance, c'est tout ! Tu vas signer tout simplement ici et tu seras bien obligé de travailler ! Le papa Regenheim a bon cœur et il veut ton bien !

Gilbert relu le papier :

— Ça me va ! dit-il... Deux sculptures par mois, c'est bien le diable si je n'y arrive pas...

— Surtout n'en parle pas au baron, lui si délicat, si timide ; il serait vexé de savoir que j'ai été dur pour toi. Mais si j'ai été dur, c'est pour ton bien !

Il lui tendit son stylo et Gilbert signa.

Or, à ce moment, en ce mardi de Pâques, la Gazette eut comme un malaise. Le père et le frère Goë, en remontant à la Communauté, le trouvèrent affalé sur le chemin, l'œil perdu dans les lointains où l'Arroux se glissait vers la Loire. Ils l'interpellèrent, mais il ne répondit pas. A la maison, ils lui versèrent un verre de vin, trinquèrent, burent à leur tour, mais lui ne bougea pas.

— Malade, que t'es ? lui demandèrent-ils.

Il se mit alors à réciter, tout d'une traite :

— Le curé a vendu la Vierge Noire, il a vendu Saint-Thibault et Gilbert a vendu... a vendu...

— Va lui chercher l'eau de vipère ! dit le père Goë. Il aura pris froid au ventre par ce temps de remuement de sève. On gèle à neuf heures, on brûle à dix !

Ève apporta la bouteille renflée où une vipère avait été noyée dans l'eau-de-vie de prune, lâchant son venin pour renforcer l'alcool. Ils lui en versèrent une rasade qu'il but d'un trait.

— Aïe ! Cré mille loups-garous, ça revorche ! dit-il.

— Ça remonte ! affirmèrent les autres.

Ils lui en versèrent encore un plein verre, dont il fit cul sec, puis il se leva, gagna en titubant la grange où il tomba, tout d'une masse, sur la paille folle, alors que Caïn, Abel, Adam Goë et leur père, les mains au ventre, riaient de tout leur cœur.

3

Gilbert avait promis de sculpter, il sculptait. Ou plutôt il tentait de sculpter, car si là-haut, à la Rouéchotte, sculpter était un plaisir de tout son corps, ici c'était autre chose.

D'abord les autres lui avaient appris des mots et les mots sont les ennemis de la plastique. Les mots sont le poison du peintre et le glas du sculpteur. On ne sculpte pas avec sa langue. Si chaque fois qu'on prend le ciseau on entend des bêtises comme « harmonie », « rythme », « projection du subconscient », « impact du virtuel », comme Gilbert en entendait chaque jour, on est pour ainsi dire paralysé et ce qu'on fait est mou et froid comme une limace, vide et inutile comme un pet. Oui, l'œuvre, alors, n'est qu'un pet de la cervelle.

Gilbert avait certes pris un beau morceau de noyer, il l'avait installé sur sa sellette et il le regardait, mais, écrasé par les discours de Fumassier, il ne savait par quel bout s'y prendre et la colère bouillonnait. Ça montait dans sa gorge comme une surchauffe dans le col de l'alambic...

Et puis Sylvie arrivait. Il aimait la voir entrer, car

avec elle entrait Ève. Mais c'était une fausse Ève, avec des odeurs de je ne sais quelle pharmacie.

Elle lui disait :

— Tu es seul ?

— Je suis toujours seul.

— Pourtant, l'autre jour, cette fille ?...

— Elle faisait son métier chez moi. Je l'ai déhorée...

— Dehorée !... Vous avez vraiment une langue à part, en Bourgogne !

Il avait le sarcasme à fleur de peau. Il éclata :

— Et si vous croyez qu'on le comprend, votre charabia à vous, à Paris ! Avec vos « parkings », vos « marketings », vos « shoppings », vos « virtuels », vos « impacts », votre « cybernétique », vos « options », vos...

Elle s'était étendue sur le lit. Elle lui dit doucement d'une voix sourde, en le regardant s'exciter :

— Sauvage !

Elle portait un grand manteau qui traînait sur ses talons, mais dessous, elle avait une jupe tellement courte qu'on voyait la naissance des fesses. Elle releva ses longues cuisses bien lisses et douces à regarder.

Gilbert s'écarta pudiquement. Non, jamais Ève n'aurait montré la fossette du genou ! Il pensa : Mais qu'est-ce qu'elles ont donc ces particulières ?

Il lui tourna le dos pour continuer :

— Il y a des jours où je ne comprends pas un mot de ce que vous dites, toi, Fumassier, et les autres !

— Pourtant...

— Y'a pas de pourtant ! hurla-t-il.

Elle le regardait, ahurie. La tempête éclata :

— ...Et puis j'en ai prou de ton Paris ! J'en ai prou de vos Hongrois, de vos Russes, de votre Mao, de vos picassos, de vos gargallos, de vos ostrogoths, de vos

142

sociologues, de vos gauchistes!... C'est une troche d'herbe que je voudrais voir. Et ça fait sept éternités que je n'ai vu ni une pâture, ni une vesse-de-loup, ni un gouet, ni un châtron, ni une taure, ni un gratte-cul, ni une taupinière! Rien que du macadam, du ciment et des énervés avec des filles en chaleur qui gigotent dessus en se donnant des airs de prophètes! Je n'ai même pas vu le soleil!

« Et par là-dessus, j'en ai prou de votre Art, de vos « structurations », de vos « prises de conscience »...!

« Je ne suis pas un artiste, moi. Je ne suis pas un intellectuel de gauche ou de droite. Je suis un sous-développé, un songe-creux, un tue-bois, un râpe-cailloux et je sens que je m'en vas foutre mon camp d'ici en pas tardant! »

Elle s'était levée :

— Bon. Eh bien, bonsoir! dit-elle d'un air détaché. Je descends à Censier, à la Fac, pour une manif. Viens donc, ça te calmera : on va tout casser!

Comme elle sortait, il jeta, heureux de dire :

— Ah! vous m'avez l'air d'une sacrée manifestante, oui, vous et les autres! Des manifestantes qui rôdent en Triumph décapotables, en Jaguar culbutées, entre une licence de sociologie et une séance pratique d'éducation sexuelle!

Sa race, pudique en gestes, mais truculente en paroles, venait de débonder. D'abord intimidé par les grands mots et les airs de tout savoir de ces gens-là, il avait d'un coup retrouvé la simplicité, la clairvoyance, le bon sens, la rondeur.

L'idée lui était venue de gagner Notre-Dame et le chantier de sculpture. Il se jeta dans la rue. Sylvie était devant lui. Sa longue houppelande bordée de fourrure lui donnait l'air d'un boyard de Pierre le Grand. Il la

143

vit monter dans sa jolie petite voiture de trois millions d'anciens francs et démarrer en catastrophe.

A grands pas, il se mit à marcher pour user sa colère et peut-être aussi pour éteindre l'incendie qu'avaient allumé, dans ses veines, les cuisses de Sylvie.

— Sacré bon Dieu de petiote! disait-il en courant. C'est pas permis! Encore une qui sera tout étonnée de ce qui va lui arriver un beau jour! Pourtant, ce serait dommage. Elle est jar bien dure!...

Ainsi grondant, il fut happé par la bande de l'Académie. « Voilà le berger bourguignon! »

Ils descendaient ensemble le boulevard Raspail, pour gagner la Galerie Karfunkelstein où un certain Breninsky et un prétendu Molocz exposaient « leurs dernières œuvres ».

— Il faut voir ça, Gilbert, disait Fumassier en crachotant dans sa pipe, ce sont vraiment les deux grands maîtres de l'Informel!

Ils entrèrent dans une première salle. Une foule était déjà là, où Fumassier, bouffarde au poing, baisa des mains. Les smokings et les robes de cocktail frayaient avec les pulls et les blue-jeans déteints. Aux murs, de grandes toiles, larges comme des draps de lit, étaient souillées de couleurs sales, barbouillées comme au hasard, dans tous les sens. Par-ci par-là, la pâte avait été frottée avec un torchon ou une brosse. Ailleurs, elle était coagulée en gros caillots, cloquée en bulles, desséchée en squamosités, tartinée en grasses épaisseurs maladroites sur la belle et saine matière de la toile qui, fort heureusement, apparaissait encore, par endroits.

Fumassier professait :

— Ça débouche de plain-pied sur la métaphysique instinctive. C'est en prise directe sur la conscience formelle, et pourtant je vous ferai remarquer que, techniquement parlant, c'est prodigieusement construit !...

— Techniquement parlant !... répétait Gilbert.

Sobrement, après de longs silences méditatifs, les hommes, avec des « euh » et des « onh », disaient :

— C'est parce que c'est prodigieusement construit que ça touche les profondeurs virtuelles...

— ... Profondeurs virtuelles... murmurait Gilbert.

— C'est indiscutable ! reprenait un autre, la couleur circule. Tout est là. Pas une faille, pas une brèche. C'est formidablement homogène !

— Formidablement homogène ! gloussait Gilbert.

— Tout s'équilibre merveilleusement !

D'autres contemplaient longuement, le menton dans la main, allant d'une toile à l'autre, brusquement intéressés, semblait-il, par une petite croûte de fiente dorée posée comme ça dans une espèce de bouse, une sorte de caca nappé de pus verdâtre.

Les femmes, moins concentrées, ou plus imprudentes, s'exclamaient avec autorité :

— C'est viscéral !... C'est tonitruant !

—Viscéral ? se demandait Gilbert. Ce serait-il pas plutôt intestinal ?

Tout cela, c'était pour Breninsky, le peintre. « Brenn » pour les connaisseurs. Mais l'affiche disait que Molocz, lui, était sculpteur, Gilbert, qui venait de s'asseoir sur un drôle de bloc de pierre posé là, osa demander :

— Et les sculptures du collègue, où sont-elles donc ?

— Vous êtes assis dessus ! lui répondit-on.

Il avait bien vu, un peu partout, des sortes d'énormes pierres percées, assez semblables à celles qu'on trouve en grande quantité derrière la Rouéchotte, mais il

145

avait cru tout bonnement qu'on les avait disposées dans la salle pour servir de sièges.

C'étaient les « œuvres » du grand Molocz, maître incontesté de la « sculpture impactuelle ». Il y en avait une pleine salle au sous-sol, où Gilbert avait cru voir le dépôt de matériaux des plâtriers qui, visiblement, n'avaient pas encore fini d'installer cette galerie.

Il reçut comme un choc qui donna le coup d'envoi à l'une de ces fameuses colères dont Sylvie se délectait. La foule ronronnait doucement. Tout à coup un silence déférent se fit. Une vieille femme excessivement flasque, qui était Betty Karfunkelstein, directrice de la Galerie et critique d'art célèbre, s'était avancée au centre de la salle.

— Mes chers amis, dit-elle, j'ai le plaisir de vous annoncer que monsieur Lopa, représentant monsieur le Ministre, vient de se rendre acquéreur pour l'État, de cinq œuvres majeures de notre ami Breninsky...

On l'applaudit. Un petit monsieur souriant salua avec une grande modestie.

— C'est Breninsky ? demandèrent les innocents.

— Non, c'est le représentant du ministre ! leur répondit-on, alors que la mère Karfunkelstein continuait :

— Cette distinction vient récompenser un artiste dont l'extraordinaire talent remet tout en question...

Alors on entendit une voix énorme, une voix des friches et des bois :

— Pour sûr que oui, que ça remet tout en question !

Tout le monde se tourna vers Gilbert, car c'était lui qui, debout sur une sculpture impactuelle, venait de parler. Tous ces regards braqués sur lui excitèrent au plus haut point sa faconde de mystificateur :

— Foutus peigne-culs ! lança-t-il à plein gosier, vous

ne voyez pas que ces deux paroissiens-là se moquent de vous ? Et que le représentant du ministère se fout des contribuables ! Je vas vous en donner, moi, du « maître de l'informel » ! « Maîtres de l'imposture », oui plutôt ! Il n'y a pas un beuzenot de chez moi qu'ait pas fait ça sur la porte de sa grange pour torcher son pinceau !

« Et c'est pour voir de pareilles guoguenettes qu'on m'a fait sortir de mon trou de blaireau ?

« Mais il n'y a pas une betterave de ma grange, pas un chou-rave de ma cave qui ne soit un chef-d'œuvre à ce train-là ! Ma basse-cour est l'Institut, et mes poules peuvent exposer leurs fientes brillantes et chamarrées comme des agates, et ma truie peut voir ses merdes achetées par l'État... »

Le brouhaha naissait. Pour le dominer, Gilbert hurla :

— ... et il n'y a pas un seul artiste dans ce taborgniau de bordel de cinq cents milliards de dieux ! Ou s'il y en a, eh ben ! moi je vous le dis les gars, qu'ils se cachent bien et se dépêchent de désapprendre pour qu'on ne s'en aperçoive pas !

Les gens s'étaient réveillés. Les plus proches tentaient d'abattre Gilbert de son piédestal impactuel. Un éphèbe s'était précipité au téléphone et appelait la police. Finalement, Gilbert fut renversé. Il était maintenant aux prises avec une dizaine de personnes. Fumassier, grand seigneur, tentait de calmer tout le monde :

— Gilbert ! disait-il, je te prie de respecter le travail des autres. Toute création artistique est digne de respect !

— Je ne vois là-dedans ni art ni création, hurlait le Bourguignon, et que le pape me hongre s'il y a tantôt ici quelque chose de respectable !

D'un violent mouvement tournant, il s'était dégagé. Des filles criaient, des hommes s'approchaient.

— Retirez ce que vous venez de dire! braillait un gaillard que Gilbert envoya rouler d'un seul revers de bras :

— Viens le chercher toi-même, foutu baveux!... Des maîtres de la parlote, voilà ce que je vois ici, oui, des discoureurs de la palette! Des charlatans, sûr, mais d'artistes? point!

Certains voulaient lui faire ravaler ses paroles, mais les gens de la Rouéchotte ont autant de coffre que de gosier. Les autres tapaient, mais les gens des friches ont le poing dur et ne sentent pas les coups pourvu qu'ils soient un tantinet en colère. Il vint un moment où il allait s'effondrer sous le nombre, alors il gagna le coin où l'on avait dressé le buffet du vernissage sur une lourde table Louis XIII. Il la culbuta, renversant les gâteaux et les petits fours, la prit par le plateau, la souleva les pattes en l'air à bout de bras et la fit tourner au-dessus de sa tête.

Les trois serveurs le regardaient faire en riant sous cape. L'un d'eux, qui était sans doute né pas loin de Saint-Sauge, lui murmura :

— Vas-y, le Morvandiau! Fais-leur voir!

C'est à ce moment qu'arriva la police :

— Hé bé, hé bé! Qu'est-ce qui se passe ici? dit le brigadier. Encore des contestataires?

— Vous arrivez à pic! lui répondit Gilbert. Ils auraient bien été capables de m'étriper!

Gilbert fut emmené.

Le panier à salade où l'on ballottait le champion du bon sens, croisa, en descendant le boulevard, les

148

groupes qui venaient de massacrer le bureau du recteur, la bibliothèque de Buffon, et de brûler quelques voitures de bourgeois entre la Halle-aux-vins et le carrefour Saint-Michel, alors que Sylvie regagnait Neuilly dans sa Triumph.

Gilbert était au comble de la joie : il avait mal dit, certes, mais il avait dit. Il avait vidé la pochée qui, depuis son arrivée à Paris, se remplissait un peu plus chaque jour, et il se sentait léger comme une bergeronnette.

Le commissaire, lui, ne l'avait pas pris pour un contestataire. Il avait très bien compris qu'il avait devant lui un Poquelin de village qui, dans des circonstances fortuites, avait ramassé le fouet et, d'abondance de cœur, avait flanqué une bonne volée de vérités à un quarteron de dégénérés officiels.

Gilbert lui racontait, non sans verve, avec ses mots grenus, le vernissage interrompu. Le commissaire riait sous cape et gloussait de plaisir :

— J'aurais voulu être là ! pensait-il.

Puis, regardant le Bourguignon salé :

— Et quel beau personnage !... Mais c'est un conteur-né, ce garçon-là ! Quelle carrière ! Avec cette gueule et cet accent !

— Je sculptais, bien tranquille dans mon câyon, sur ma montagne, expliquait Gilbert, et vous voyez pas, monsieur le commissaire, qu'ils sont venus me prier et me supplier : « Un homme comme vous, jeune homme, un sculpteur de votre talent, ne peut pas rester ici dans ses caillasses et ses épines ! Il faut venir à Paris ! » Venir à Paris ! J'ai été assez bête pour les écouter. C'était pour voir les couenneries des maîtres de l'informel ! C'était pour entendre leurs oracles ! Ils m'ont fait quitter ma vache, mes gélines, mon larrey, mes étoules, ma Rouéchotte, pour traîner ma bon Dieu de jeunesse devant leurs saloperies ! J'en avais par-dessus le leûtot, moi, de leurs âneries ! Alors j'ai débondé !...

Longtemps, longtemps, le commissaire fit jaser Gilbert qui, en bon Bourguignon, ne se faisait pas prier pour en rajouter. Enfin il appela le brigadier :

— Brigadier, vous allez me mettre ce jeune homme au frigidaire. J'en aurai sans doute encore besoin demain...

Il pensait en effet pouvoir encore se régaler.

C'est ainsi que Gilbert de la Rouéchotte fit son entrée au violon du commissariat de Saint-Germain-des-Prés. Il y fit connaissance d'un personnage sympathique : un clochard qu'on appelait « l'Ingénieur ».

C'était un grand dépendeur d'andouilles, au langage précieux, qui devait être libéré le lendemain matin, et qui entreprit tout de suite de lui expliquer qu'il était l'inventeur du savon dur, dont la formule lui avait été volée par une grande maison américaine. Après lui avoir exposé l'astucieuse formule de saponification qui eût pu faire sa fortune, l'Ingénieur dit à Gilbert :

— Mais je parle de moi et j'oublie, cher ami, de vous demander ce qui me vaut l'honneur de faire votre connaissance.

Gilbert se mit donc à conter, pour la troisième fois, son homérique combat de la galerie Karfunkelstein. Récit revu et corrigé, et abondamment complété, qui enthousiasma l'Ingénieur.

Au matin, lorsqu'on vint chercher le vieux, il se leva très digne, tendit la main à Gilbert :

— Jeune homme, vous me plaisez beaucoup. Vous êtes un homme remarquable, et il en faudrait des milliers comme vous pour redresser cette société décadente ! Permettez-moi de vous dire que, si vous avez besoin d'aide en quoi que ce soit, vous me trouverez : la nuit, sous le pont de Bercy, sous l'arche de la rive gauche, et le jour, sous le pont de l'Archevêché. Voici ma carte de visite.

Il tendit un petit bristol fort crasseux et écorné où Gilbert lut :

Jean MISSERON
Ingénieur T.P.M.
ancien élève de l'École Centrale
18, boulevard Brune, Paris XIVe

— Merci, dit Gilbert.

Vivement l'autre reprit la carte, s'excusa, sortit de sa poche un crayon, biffa l'adresse et écrivit :

Pont de Bercy, rive gauche

et la rendit à Gilbert.

4

Le premier quartier de la lune rousse provoquait
chez la Gazette une très grande agitation. Quelques
jours avant la lunaison, où qu'il fût, il se mettait en
route, de ferme en ferme, payant son pain et sa paille
de menues nouvelles et de grandioses prophéties. Il
gagnait ainsi Saint-Germain-Source-Seine. On le
voyait, un beau matin, non loin de Fromenteau, sur
l'immense plateau sec où le mont Tasselot érige sa
pyramide usée par les vents de Champagne et de
Lorraine. Au lever du soleil il était à son sommet.

Là, comme chaque année, il s'orientait. On voyait
tournoyer sa crosse, on entendait trembloter sa voix et
il partait droit devant lui. Son itinéraire paraissait
bizarre mais lui, décidé, suivait sans hésiter un chemin
jalonné de mystérieuses connivences.

Cette année-là, comme Gilbert entrait au violon de
Saint-Germain-des-Prés, on le voyait donc se diriger
vers Malain. Il arrivait ainsi au rebord de la haute
falaise de Baulme-la-Roche et là, s'asseyait pour admirer une fois de plus le cirque de Mesmont qui se
creusait à ses pieds.

En face, les hautes barrières forestières du Plan de

Suzan, de la montagne de Velars et du mont Afrique, coupées comme au couteau par le ravin qu'y avait creusé l'Ouche.

Au milieu de cette conque verte, où blanchissait déjà l'écume de l'épine en fleur, la butte sacrée de Mesmont qu'il saluait ainsi :

— Salut ville sacrée ! Salut sainte métropole aux confins des pays lingon, séquane, mandubien et éduen !

Il tendait l'oreille : « J'entends encore les clameurs de la grande bataille !... J'entends les trompes faites de cornes d'auroch et la voix puissante des prêtres de Belen ! »

Ce qu'il entendait, c'était le rapide de Paris à Marseille qui, à ses pieds, surgissant du tunnel de Blaisy, grondait en se faufilant dans les combes noires, comme un aspic, minuscule dans la profondeur. Il descendait vers Dijon, la Saône, le Rhône, la Méditerranée.

La Gazette se gardait bien de descendre dans les bas-fonds, par les raidillons. Il gagnait Sombernon, le sommet de la Brenne, en contournant l'à-pic. Là il rencontrait Porcherot, l'ancien forestier, buvait avec lui la chopine à l'Auberge du Vieux-Château, chez le François Vincenot.

— Salutas, peux garde ! disait-il au forestier.

— Alors te voilà revenu ? On ne veut pas tarder à voir sortir les mousserons !

— La lune me conduit, tu le sais ! C'est elle qui réveille ma mie...

— Parle pas des absents, Gazette !

— Ma verge d'Araon a frémi !

— Les frémissements doivent plus être bien drus !

— Les sèves sont en marche !

— Sapré vieux fou ! ricanait le peux garde.

Puis la Gazette continuait par les hauteurs d'Aubigny, saluait les tumulus de Civry, buvait aux sources de la Vandenesse, et longeait les à-pics de Baume, dont le soleil du matin sculptait les crevasses et, de là, gagnait Maconge.

Un géographe pouvait voir qu'il longeait ainsi, du haut des belvédères, la ligne de faîte qui partage les eaux entre Seine, Loire et Rhône. En réalité, et si l'on y regarde de plus près, on peut voir qu'il suivait à peu près la grande faille qui coupe la région en deux et gagne le vieux Morvan. Les savants d'aujourd'hui l'appellent la faille de Mâlain. Lui y voyait la tête de la grande Vouivre, ce serpent par lequel les Celtes personnifiaient les courants mystérieux. Pas à pas, il en suivait les méandres, jalonnés par les hauts lieux druidiques, sur les crêtes, aujourd'hui désertes, où l'on n'entend plus que les pattes de renards gratter sur les cailloux.

Au fur et à mesure qu'il avançait vers le granit morvandiau, son agitation croissait. A Maconge, il était au comble de l'excitation, car, après avoir passé le canal de Bourgogne, il butait sur les travaux de l'autoroute. Là, il se signait, et piquait une grande colère, s'emportant contre cette foutue saignée :

— Assez de mal, qu'on a eu ici, lui disait le contremaître.

— Vous ne m'étonnez pas mes jolis ! Et pourquoi avez-vous eu tant de mal, pourriez-vous me le dire ?

— On a rencontré un affleurement d'arkose qui a cassé nos forets !

— Pardi ! hurlait le vieux, c'était le dos de la Vouivre !

« Et vous appelez ça de l'arkose ? Vous avez blessé le dos de la Grande Vouivre ! La carapace de la Vouivre !

154

Vous avez arraché les écailles qu'elle se fait en se retournant dans sa caverne ! »

A la nuit, il arrivait à Maconge, montait sur le calvaire-reposoir, où il voyait encore un dolmen, et les bras en croix prêchait les chiens du village qui lui faisaient un joli concert.

— Oui mes tout beaux, leur disait-il, vous avez reconnu le Grand Druide ! Vous ! qui êtes toujours auprès des fils du Tonnerre et qu'on retrouve au bout du chemin des étoiles !

Puis il vaticinait :

— Salut, Maconge, toit du monde celtique ! Maître des trois versants ! Centre sacré du triangle des eaux ! Tête de la Vouivre source d'éternelle jeunesse !

Alors il se débrayettait et se tournant successivement vers trois points qu'il connaissait, il pissait trois fois en disant :

— Une goutte pour la Manche, une goutte pour l'Atlantique, une goutte pour la Méditerranée !

Alors les gars qui l'avaient suivi dans la nuit noire se mettaient à battre le fond de vieilles casseroles en hurlant. La Gazette croyait entendre la clameur des vieilles castes sacerdotales des Éduens et entrait en transe. Les gars le prenaient sur leurs épaules pour lui faire un triomphe dérisoire. Ils le promenaient dans l'obscurité autour du pâtis pour finalement s'affaler dans une troche d'orties. Et la Gazette racontait :

— Au nom du Père et du Fils et du Saint-Esprit.

« Le cancer a rongé le foie du Daudis de la Grenette. Le cancer a bouffé l'utérus de l'Amélie Gagnepain. Le cancer a grignoté le gésier du Baptiste des Commes. Tous morts qu'ils sont ! Le cancer a sucé le poumon du Lazare Cuzot, et les tripes du Mimi Barbouillé de Vodans. Tous morts qu'ils sont !

— Tous ? demandaient les gars en claquant des dents.

— Tous ! Et voilà ce qu'il en coûte de se laver tous les matins avec du savon, de mettre des engrais chimiques dans la terre, notre mère à tous !

— ... Et Gilbert ? demandaient les gars, Gilbert ? » Le Grand Druide se recueillait :

— Gilbert ? Foutre bleu, je le vois en prison !

— En prison ? le Gilbert ?

— Oui, mais il est sorti du triangle maudit, et si la police le maintient dans ses ergastules, il en ressortira purifié ! Hosanna ! — Je continue : les chantiers de l'autoroute ont blessé le dos de la Grande Vouivre. Coupé son souffle, qu'ils ont ! Et déjà il n'y a plus d'eau à Commarin, à Montoillot, à Chailly, à Chezilly et dans tout le pays d'Arnay !

— Alors comme ça, le Gilbert est en prison ? demandaient les frères Goë, qui ne manquaient pas une frairie.

Le lendemain matin, Ève apprenait ainsi que Gilbert était condamné, et la rumeur s'en répandait dans tout le pays.

La Gazette, lui, continuait son étonnant pèlerinage. Rien ne l'arrêtait, ni buisson, ni bouchure, ni breuil, ni chaume.

Si on l'avait suivi, on l'aurait vu se précipiter vers la source de l'Arroux à Culètre, embrasser le menhir de Pierre-Pointe, gravir les hautes friches de Corabeuf et de Santosse, noyées dans le ciel de mai, pour déboucher enfin sur le cirque du Bout-du-Monde et les falaises de Cormot d'où jaillissent les eaux lustrales de la Cozanne, qui coulent vers les vignes.

Là il s'asseyait au bord de l'abîme, interpellant les grands nuages blancs qui passaient. A ses pieds, battaient contre le rocher les dernières vagues de la vigne qui s'infiltraient par les hautes côtes de Beaune, ourlées de pierres sèches et d'amandiers. Derrière lui, une tempête d'arbres avec leur écume de buissons et des odeurs de source, partout.

Bien des gens avaient tenté de le suivre, mais ouiche! bien qu'il fût déjà à deux jours de marche de son point de départ, il trottait encore comme un chevreuil.

— Il y a du bouc dans cet homme-là! soufflaient les poursuivants. Pour sûr c'est un pied-fourchu! Mais il a beau courir, on aura son secret!

Mais au coin d'une murée, il disparaissait. On pouvait croire qu'il s'était envolé.

Plus loin, on lui demandait :

— Alors, Gazette, toujours jeune?

— Pardi! La belle endormie rajeunit ses amants! disait-il. Plus je la caresse et plus elle me comble!

On riait :

— Dis voir un peu comment qu'elle te caresse?

Il trottinait encore, grimpant à travers friches et vignes folles sur le versant du mont de Rème puis gravissant les escarpements de Rome-Château.

Il y parvenait, le soir. Un rideau violet montait des profondeurs de la Saône, alors que le village perché de Saint-Sernin, éclairé en plein, entre ses murs de pierre sèche, faisait son picotin sauvage, tout rose de plaisir, tout en haut, au risque de culbuter au fond des Maranges.

On se demandait où il passait la nuit.

On se demandait même s'il dormait, car le lendemain, aux mêmes heures du crépuscule, on le trouvait, plus vert que jamais, trogne rouge et chanson aux lèvres, au Mont-Saint-Vincent, aux confins du Charo-

157

lais, à cheval sur les vallées de la Guize et de l'Arconce, puis le lendemain à la butte de Suin et la nuit suivante sur la montagne de Saint-Cyr.

Par les crêtes, il avait ainsi traversé, du nord au sud tout le pays bourguignon. Il ne s'arrêtait que lorsque les gens ne roulaient plus les « r », au col des Écharneaux, et cela se situait juste à l'endroit où, par chance, la République avait placé le pointillé qui sépare la Saône-et-Loire du département du Rhône.

Si on lui demandait ce qu'il allait y faire, il disait :

— Mon diocèse va jusque-là, il est juste que j'y aille aussi.

Quand on lui payait à boire, il racontait son périple : « Comme tous les ans j'ai caressé la grande Vouivre de la tête à la queue. Voilà le secret de mon éternelle jeunesse !

— Et quel âge as-tu, Gazette ?

— Certains disent que je suis né le même jour que Convictiolan, roi des Éduens, comptez !

— Pour rester jeune et vigueuriot comme t'es, comment que tu as fait, dis voir ?

— Moi ? Je suis resté filialement collé à la mamelle de la Terre. Je la suce comme l'enfant suce sa mère. J'ai échappé à la barbarie romaine, j'ai échappé à la barbarie de la religion de Rome, j'ai conservé le symbole, la liberté et la lumière. Eux ? Au nom de la religion, ils ont brisé les symboles religieux, au nom de la liberté, ils ont brisé les portes de la liberté, au nom de la lumière, ils ont brisé les portes de la lumière, au nom de Dieu, ils ont étouffé le sens du sacré !

— On ne peut pas parler avec toi, Gazette, tu mélanges tout !... Tu réponds toujours à côté. On n'y comprend rien !

— Tant pis pour vous ! » criait-il en éclatant de rire, et il repartait vers le nord.

Je ne sais comment il s'y prenait, avec ses vieilles petites jambes un peu torses, mais moins d'une semaine plus tard, on le voyait au signal druidique d'Uchon, à la chapelle de la Certenue, en forêt de Planoise, et, par la cascade de Brise-Cou, il tombait sans crier gare sur les premières maisons d'Autun qui dégringolaient en désordre vers le tertre sacré où, au-dessus de l'amas des toits biscornus de la ville, se dresse, à l'endroit qu'il faut, la cathédrale, au milieu d'un des sites les plus beaux de France.

Là, il courait reprendre l'interminable dispute avec l'abbé Robelot :

— Salut, chanoine ! lui disait-il.

— Salut, pape des escargots ! Ta santé est bonne, je te vois dru comme une grive draine !

— Je reviens de mon grand périple, je suis plein de force !

— Sûr que la marche est un exercice salutaire !

— Au diable la marche ! Je te parle des forces psychiques !

— Je vois : celles que donnent les courants telluriques !

— ... Quand on sait les capter aux sources, oui !

A cette réponse, le chanoine riait jusqu'à la pituite.

— Tu peux rire chanoine !... Oh ! Je sais que pour toi le pardon et les grâces ne s'obtiennent qu'à confesse. Mais pour nous...

A ce moment le chanoine sortait le pot de fromage fort et coupait des tranches de pain. Il faisait ensuite des rôties qu'il mettait à griller devant le feu de sa cuisinière dont il abattait la porte. C'est alors qu'un parfum vigoureux se répandait bientôt dans la cuisine,

159

et au fur et à mesure que montait cette croustillante et vibrante odeur, la voix de la Gazette mollissait pour n'être plus qu'un murmure courtois, de plus en plus modeste et consentant ! Et il mangeait. Le chanoine le regardant dévorer les rôties disait :

— Que voilà donc un sage qui sait profiter des bienfaits de la terre, notre mère à tous !

La Gazette se calmait. Il devenait doux et conciliant, récitant inlassablement, entre ses gencives sans dents :

— J'ai vu les sources de Jeute ! Ah ! quelle honte, chanoine ! Les sources de Jeute sont maintenant prisonnières ! Ils les ont captées dans le ciment ! Comment veux-tu que les choses se passent selon le plan si on emprisonne les sources de Jeute ? La Jouvence parfaite dans des tuyaux !... Et à Meilly ils ont percé la peau du dos de la Vouivre avec leurs monstres de ferraille, pour que passe l'autoroute ! Et on s'étonne des malheurs qui nous arrivent !... Et puis j'ai vu Tasselot, j'ai vu Mesmont, j'ai vu Rème et Sène, j'ai vu Mont-Saint-Vincent et j'ai vu Suin, j'ai vu la montagne de Saint-Cyr...

— Si je te suis bien, tu visites toutes les hauteurs bourguignonnes ?

— Pas toutes, non !

Il se penchait à l'oreille du curé pour murmurer :

— A la lune rousse, je relève tous les Grands Jalons !

— Les grands jalons ?

— Oui... Mais n'en parlons pas davantage : c'est affaire d'initié ! Mais par-dessus tout, ce que j'ai vu, chanoine, c'est la Bourgogne. Pour moi, le périple de la lune rousse, c'est la fête des retrouvailles ! Toujours la plus belle, qu'elle est !

Il se mettait ainsi à délirer d'amour pour son pays, les yeux chavirés, et avec des termes tellement précis

160

qu'on aurait pu croire qu'il parlait d'une femme qu'il aurait vraiment aimée.

— Et Gilbert ? demandait le chanoine pour changer de robinet et boire un peu de tous les crus du vieux fou.

— Ah ! Gilbert, disait la Gazette changeant de mine et de voix, Gilbert ! J'avais commencé son initiation et puis il a voulu partir... Pour lors, le cher ange est en prison.

— En prison ?

— Oui. Je l'y ai vu cette nuit. Il était entre les quatre murs d'un cachot.

— Tiens tiens ?

— Et puis je l'en ai vu sortir... Mais pour sûr qu'il se prépare pour lui des heures terribles !

5

En se rendant à la Sorbonne, Sylvie ne put s'empêcher de passer à l'atelier de Gilbert. Pour la première
fois de sa vie elle venait de rencontrer la simplicité, et
la simplicité la fascinait. Elle ne pouvait plus passer
une heure sans penser à cet ours mal léché qui lui était
venu du fond des friches d'une Arrière-Côte qu'elle ne
soupçonnait même pas. Elle aimait lui poser des
questions, car toutes ses réponses étaient différentes de
ce qu'elle entendait à longueur de journée dans sa
famille, à la Sorbonne ou dans les cafés de la rive
gauche où elle allait fumer ses cigarettes et chercher le
piment de sa vie.

Beaucoup de ses camarades aimaient à se donner des
airs de paysan du Danube en laissant pousser leur poil,
en portant des pantalons sales et rapiécés et des
chaussures éculées, ou en parlant un langage grossier.

Au début, elle s'en était laissé imposer par ce savant
négligé, mais elle avait vite compris que tout cela était
faux. Il y avait des magasins de luxe spécialisés dans la
vente de vêtements élimés.

Et puis n'est pas crasseux qui veut.

Gilbert, lui, portait une chemise grise, un pantalon

de velours d'Amiens, parfumé comme une morille et luisant comme une croupière, une veste de coutil avec des boutons représentant des têtes de sanglier ou de chevreuil, mais l'usure en était sincère et cela venait tout droit de chez le Jean Voisin de Bligny ou de chez Gamet de Sombernon.

Ses mots aussi étaient de provenance directe, garantis d'origine. Une fille du seizième arrondissement peut parfaitement faire la différence, pour peu qu'elle ait un rognon de jugeote et ne soit pas trop enrayée dans l'ornière monotone du snobisme.

En plus, bien qu'il eût une figure de bois avec un grand nez de travers, elle le trouvait beau. Et il l'était, avec ses narines mobiles et sa crinière en jachère. Oui, il était beau à sa façon, comme les poulains que l'on rencontre dans les hautes pâtures enneigées de son pays, avec leurs grands poils encroûtés d'argile et farouchement musqués...

Ses yeux aussi, elle les aimait, pourtant ils n'étaient ni beaux, ni grands, trop remontés par les pommettes dures, mais il y avait, tout au mitan, une paillette de malicieuse vigueur.

Elle aimait surtout ses os. Oui, c'est ainsi. Ses os raides comme cornouiller, qui saillaient ici ou là, aux épaules, aux poignets. Elle aimait aussi ses mains, avec ce pouce écarté, courbé en dehors comme spatule et presque aussi long que l'index. Des mains de sculpteur. Des mains qui doivent, d'un seul toucher, prendre votre mesure et s'en souvenir à jamais, pour les siècles des siècles.

Bien trop renseignée sur les choses de l'amour, elle pensait qu'il devait faire bon être prise dans cet étau. Mais voilà : le moyen de s'y faire enserrer ?

Ah ! ce n'était pas le gars à se mettre en chaleur pour

163

un frôlement de genou ! Ce n'était pas le coquin à avancer le museau aussitôt qu'on lui faisait voir lèvre entrouverte ! Diable non. Elle l'avait bien vu, et Vera aussi.

Au contraire, avec lui la femme qui s'offrait était sûre de le voir mettre le nez dehors en disant : « Je vais voir par là si je ne trouverai pas des morilles ! » Elle savait très bien qu'à s'approcher de lui les nichons en avant, on risquait tout bonnement qu'il vous retourne une calotte.

Pour tout dire, il voulait prendre, et non être pris.

C'était un homme. Un vrai, tenant par sa réserve la femme à sa vraie place qui est d'être choisie, désirée, prise et honorée. Elle aurait donné cher pour une caresse de cette peau calleuse, car elle savait qu'elle serait timide et douce. Peut-être même serait-ce la première qu'il donnerait ?

Bref, elle monta donc le boulevard des Invalides et fut bientôt devant la porte de l'atelier. Elle n'eut pas besoin de l'ouvrir : deux hommes étaient là, Regenheim et un autre, qui tripotaient innocemment ses curieuses statues, semblant en faire l'inventaire.

— Je voudrais voir Gilbert, leur dit-elle.

Ils eurent un petit air gêné, s'excusèrent. Ils ne savaient pas où était Gilbert. Ils l'attendaient.

Elle fit un saut à l'Académie. Elle vit Fumassier :

— Ton cher Gilbert est en taule, ma petite Sylvie.

— En taule ?

— Oui. Ce bon petit berger bourguignon s'est permis de faire scandale et de tout casser à la Galerie Kar...

— Lui ? Gilbert ?

— Oui ma chère. Il a proféré des insanités devant

tous les invités du vernissage ! Je suis déshonoré ! Un de mes élèves ! me faire ça, à moi, à la Galerie de Betty !

— Ce n'est pas vrai ?

— ... Et il n'a même pas attendu que le représentant du ministre soit parti !...

— Non ?

— ... Il a même choisi le moment où la mère Kar annonçait que cinq toiles étaient achetées par l'État, pour hurler des injures !

— Des injures ? A qui ?

— A l'œuvre de Breninsky, de Molocz, tout simplement !

— Non, ce n'est pas vrai ! criait Sylvie pâmée.

— Il s'en est pris à tout le monde, même à la commission des Beaux-Arts qui achetait, aux admirateurs, à la presse, et même à nous, disant que nous n'étions pas des artistes... enfin tous les poncifs bourgeois contre l'Art de Progrès !... Finalement, on l'a rossé !

— Vous l'avez rossé ?

— ... Mais il avait eu quand même le temps de casser une table, d'assommer trois invités !...

L'exaltation de Sylvie croissait au fur et à mesure qu'il énumérait ; finalement elle éclata de rire :

— Bravo ! En voilà un qui cachait bien son jeu ! Il me plaît !

— On le sait qu'il te plaît ! Tu le bouffes des yeux, ton autodidacte !

— Voilà un petit côté contestataire qui me le rend encore plus sympathique !

— Tu permets ? les contestataires, c'est nous !

— Mais lui, il conteste la contestation, c'est encore plus original !... Et où est-il ?

165

— Il doit moisir sur la paille humide du poste de police de Saint-Germain-des-Prés !

— J'y vais !

La petite Triumph rouge fit un malheur en se rangeant le long du trottoir du commissariat. Quatre agents se précipitèrent, prêts à ramasser les blessés.

— Je voudrais parler au commissaire !

— C'est pour quoi ?

— C'est pour l'affaire de la Galerie Karfunkelstein !

Et elle entra, croyant que sur le vu de sa bonne mine et de ses faux cils on lui permettrait de voir le commissaire. On l'endigua. On lui apprit que Gilbert avait été libéré une heure plus tôt. On ne savait pas où il était allé. On l'avait vu se diriger du côté de l'Odéon, de la Seine. Alors, découragée, elle rentra chez elle.

La Seine. Oui... C'est elle qu'il était allé rejoindre, en se disant :

— Il y a un peu d'eau bourguignonne qui coule là-bas dedans !

« Oh ! on ne la reconnaît guère, pour sûr, toute mêlée qu'elle est avec d'autres, et surtout avec les égouts et leurs sales vomissures d'usines, mais elle est là quand même ! Et je suis sûr qu'elle ne s'y mélange pas ! Je la connais : ça m'étonnerait qu'elle accepte comme ça de se laisser modifier ! »

Un quart d'heure plus tard il entrait dans le square Notre-Dame, longeait le transept sud et contournait l'abside là où il savait trouver des sculpteurs, des vrais.

Le chantier était encore vide. Le gardien qui le reconnut lui dit : « Ils chôment aujourd'hui, c'est la fête de leur corporation. Ils font ça à la Maison des Compagnons du Tour de France...

166

— Les Compagnons du Tour de France ? Ça existe encore ?

— Si ça existe ? Il ne faudrait pas en douter devant eux ! Ils ne s'embarrasseraient pas pour vous le prouver, qu'ils existent ! »

Gilbert eut comme un émerveillement : ainsi les Compagnons du Tour de France existaient encore ! Les Compagnons du Devoir, les Enfants de Maître Jacques, les Enfants de Salomon, ces « œuvriers », ces constructeurs initiés dont la Gazette lui rebattait les oreilles ? Gilbert avait pris cela pour une légende du vieux, mais là, ce gardien de square ne pouvait se faire l'écho d'une plaisanterie. Ainsi donc ces hommes existaient toujours, et ils habitaient non loin de cette Notre-Dame qui tient, sur le sol français, la place de l'étoile 1336 dans la constellation de la Vierge !

Le soleil qui tombait derrière la tour Eiffel embrasa tout à coup tous les vitraux de la nef.

Il resta un instant à regarder couler l'eau. Il lui sembla, mais c'était certainement un rêve, y voir passer un petit morceau de bois qui ressemblait à une de ses premières sculptures.

Il remonta ainsi le courant pour gagner le pont de Bercy.

Lorsqu'il arriva sous le pont à double étage où grondait le métro, il trouva l'Ingénieur qui, au milieu d'un groupe vautré dans de vieux journaux, pérorait en pelotant bouteille. Il en était à expliquer l'influence de l'ordre de Calatrava sur les découvertes de Christophe Colomb. Il s'interrompit lorsqu'il vit Gilbert :

— Vous voilà, mon fils ! Je savais bien qu'un homme comme vous rejoindrait tôt ou tard l'université libre de Bercy ! Le campus ripuaire du quai d'Austerlitz !

167

Asseyez-vous mon fils et communiez avec nous sous les deux espèces !

Les autres grognèrent, dans l'ombre, qu'un nouvel élève devait payer en liquide son inscription. C'était la règle. Gilbert erra dans le quartier du boulevard de la Gare et dans un infâme troquet qui vendait « à emporter », acheta, de ses ultimes deniers, trois litres et un pain, et revint prendre place parmi les élèves de l'Ingénieur.

On le fêta, on le choya. Une vieille ribaude l'appela son petit mignon et tenta de l'embrasser. Il resta là un long moment et partit discrètement lorsqu'il éprouva un furieux besoin de se gratter, jurant de ne jamais remettre les pieds dans cette frairie.

Il remonta derechef par la Maube où grouillait la cloche internationale. Il avait cru trouver réconfort auprès de cet « ingénieur », mais il était désemparé. Tout le repoussait dans cette grande ville. Non jamais il n'aurait cru que la ville lumière fût si hostile :

— Et dire que ces Parigots, quand ils viennent en vacances font la fine bouche devant un fumier et n'osent mettre leur nez dans le bûcher où sèchent mes peaux, à cause de l'odeur ! mais leur ville est plus sale que ma soue et leur rivière, leur Seine qu'ils chantent sur tous les tons, elle pue plus que charogne !

Comme il poussait la porte de son atelier il trouva Regenheim assis sur son lit, tenant à la main le petit carnet du baron :

— Tu ne te contentes pas d'abuser de notre bonté, mon petit Gilbert, mais tu nous déshonores ? dit le brochet.

— Je vous déshonore, moi ?

— Oui. Tout le monde sait que tu es notre protégé et tu vas faire un scandale dans la plus célèbre galerie de

Paris, devant les œuvres de deux des plus purs artistes de notre temps ?...

— Si c'est ça les purs artistes, alors moi je suis le pape Paul VI !

— ... Et cela devant les représentants des plus hautes instances et certains membres de la Commission qui font les achats pour l'État !...

— Mais il faut bien vite les empêcher de foutre en l'air l'argent des contribuables ! C'est ce que j'ai tenté de faire, et je recommencerai, je vous le promets ! Il ne faut pas que l'on continue à montrer ça comme des œuvres d'art ! C'est de la merde ! de la merde tartinée, de la merde gratinée, mais de la merde !

— A ton aise, mais ne compte pas sur nous pour payer la casse !

Regenheim avait sorti un papier qu'il dépliait lentement :

— Voilà le papier que tu as signé mon cher : Je soussigné... reconnais devoir à monsieur... la somme de mille francs qu'il m'a prêtée pour me permettre de me livrer à la sculpture. Je m'engage...

Regenheim releva son grand nez et fixa Gilbert en disant :

— Alors ? Où est-elle, cette production ?

Comme Gilbert haussait les épaules :

— Ah ! tu nous as bien trompés, le bon baron et moi ! Je veux vous payer... Je n'aime pas devoir !... Mais qu'as-tu fait pour essayer de nous rembourser ? Non seulement tu n'as même pas pris le ciseau en main, ni tenté d'ébaucher quelque chose mais tu t'es permis de faire scandale et de te livrer à des voies de fait qui nous portent grand préjudice, à nous, tes bienfaiteurs !

Il se mit à pleurer :

— Et voilà ce qu'il en coûte de vouloir combler de

bienfaits un jeune homme comme toi !... Mais nous allons crever de faim, le baron et moi !... Moi, ça n'a pas d'importance, mais le baron ? Lui, si bon !...

C'était la première fois que Gilbert avait affaire avec un homme de cette espèce. Il le regardait pleurer et se tordre les mains, et ce spectacle l'incommodait.

— ... Voilà où conduit la bonté ! gémissait Regenheim.

« Ma parole, pensa Gilbert, c'est Jérémie tout craché que ce particulier-là ! »

A cet instant il se souvenait effectivement de la figure du Jérémie qu'il avait vu, magistralement sculpté par Claus Sluter, sur une des faces du Puits des Prophètes de la Chartreuse de Champmol, à Dijon. C'étaient les mêmes yeux perdus au fond de leurs repaires, le même nez en cornichon, la même bouche pleureuse, le même menton en galoche, le même poil rare un peu huilé et frisotté.

Regenheim, changeant de ton, continuait :

— Nous allons réussir à convaincre cette bonne dame Karfunkelstein de retirer sa plainte, nous la dédommagerons de ce que tu as cassé chez elle, nous ferons encore ça pour toi, mais nos cent mille francs, mon petit Gilbert ?...

— J'en ai prou de vos bontés et de vos petit Gilbert ! coupa le Bourguignon. Je vendrai la Rouéchotte s'il le faut mais je vous dédommagerai ! Assez de psaumes, monsieur. Si je n'ai pas un sou ici, je ne suis pas en peine de les trouver vos malheureux cent mille francs ! Prenez-moi tout ce que vous voudrez ! Me resteront encore deux bonnes jambes pour trimarder jusque chez moi. Il y a encore des granges pour dormir de ce côté-là, et des restes de soupe au lard qui ne doivent rien à personne dans les fermes des écarts !

Regenheim, subitement, ne pleurait plus :

— Mais j'y pense, dit-il, je puis encore faire quelque chose pour toi Gilbert...

— Oh! monsieur, assez de bontés comme ça! Qu'on fasse quelque chose pour moi, j'y aime pas tant! Ils coûtent cher, vos cadeaux!

— ... Mais sur le papier que tu as signé, il est dit ceci : Je m'engage à le rembourser soit en espèces, soit en nature, n'est-ce pas ?

— Oui. Et alors ?

— Alors ? Mais c'est tout simple. Tu vas voir comme je suis arrangeant : je te reprends tous ces morceaux de bois que tu as voulu apporter ici, et tu ne nous dois plus rien! Nous sommes volés, le baron et moi, mais nous aurons au moins un souvenir de toi!

— Emportez ce bric-à-brac! criait Gilbert d'une voix de commissaire-priseur. Débarrassez-moi de tout ça et de votre figure de jocrisse par-dessus le marché! Emportez tout, bonnes gens!... et laissez-moi remonter le courant jusqu'aux sources de l'Armançon! Mais ne repassez jamais par là, car je vous fous les chiens aux fesses, moi!

Gilbert rassemblait son linge et ses outils.

— Mais tu pars, mon petit Gilbert ? disait Regenheim, jouant l'étonnement.

— Le petit Gilbert n'a jamais eu besoin d'atelier! Son atelier à lui a le ciel comme plafond!

Sa valise fut vite faite. Il sortit en claquant la porte.

— Voilà ton reçu, Gilbert! cria l'autre en le rattrapant. Garde-le bien!... Il prouvera à quiconque que tu ne dois plus rien à personne!

Gilbert prit le papier et le fourra dans une de ses neuf poches où il rejoignit son couteau, ses ficelles, son mouchoir et une bobine de fil de laiton recuit pour faire les collets, et dont il recousait habituellement les boutons.

S'il avait pris connaissance de ce papier, il aurait lu :

« Je soussigné Loïs Marchais... reconnais avoir reçu de Gilbert Meulenot, domicilié à la Rouéchotte (Côte-d'Or) cent sept sculptures sur bois, en paiement

— 1° du loyer de l'atelier sis rue Campagne-Première qu'il a occupé du... au...

— 2° Des cours qui lui ont été donnés à l'Académie de...

— 3° De l'avance de mille francs qui lui a été faite, etc.

Signé : Loïs Marchais. »

Là-dessus, Gilbert, colère, mais le cœur léger, avait regagné cette université libre du pont de Bercy où l'Ingénieur lui avait offert l'hospitalité de l'arche rive gauche. La meilleure. Celle qui reçoit le soleil levant.

Il avait passé la nuit dans la pouillerie, mais les grondements du métro, le fracas des trains de la gare d'Austerlitz et surtout l'odeur de pourriture, qui flottait en nappes sur le cours du fleuve, l'avaient empêché de dormir. L'Ingénieur s'était approché de lui :

— Expliquez-moi un peu ce qui vous est arrivé, mon fils !

Et Gilbert avait raconté son altercation avec Regenheim.

— Hoho ! Mais c'est très grave ça ! Et vous êtes parti, comme ça, en abandonnant tout, sans précautions ?

— Quelles précautions ?

— Comment ? Vous leur avez laissé une centaine d'œuvres dont chacune vaut, à elle seule, plus des cent mille francs que vous leur deviez...

— Cent mille francs pour un bout de bois taillé ? C'est pas Dieu possible ! Faut être fou !

— Fous, ils ne le sont certainement pas !

— Cré milliards de dieux de l'Olympe ! gronda Gilbert sans trop y croire.

— Dès demain à l'aube, nous remonterons ensemble à l'atelier, mon fils ! décida le vieux.

Gilbert avait passé le reste de la nuit à ruminer la sottise qu'il avait faite en quittant, par dépit, ses eaux frétillantes et ses hauteurs forestières : « Sacré beuzenot que tu es ! Quitter la Rouéchotte pour venir faire le joli cœur chez les arcandiers !... Pour sûr que la Gazette avait raison !... S'agit de rentrer maintenant ! »

Bien avant jour, la bande, ratatinée par le froid de l'aube, commença à s'agiter. On alluma des feux de cageots pour réchauffer les puces de tout le monde, mais l'Ingénieur secoua Gilbert :

— A nous de jouer, maintenant ! En route mon fils ! L'avenir est à ceux qui se lèvent tôt !

Ils montèrent à Montparnasse. Hélas, lorsqu'ils ouvrirent la porte de l'atelier, il était vide. Seuls restaient le lit et sa misérable literie, la table, l'escabeau et quelques gamelles, mais les sculptures s'étaient envolées.

L'Ingénieur se mit à courir partout en criant « Au voleur ! ». Un attroupement se fit. Oui, on avait vu venir un camion, la veille au soir. Oui, des hommes y avaient chargé des statues, puis le camion était parti. C'était tout ce qu'on pouvait dire. Personne ne connaissait Regenheim ni le baron et l'on n'avait pas remarqué le numéro du camion. L'Ingénieur entreprit de faire un discours sur la dureté des temps et la méchanceté des hommes et c'est alors que Sylvie parut.

Elle vit la salle vide et Gilbert assis sur le lit. Quand

173

il l'aperçut, il partit d'un grand éclat de rire. Il venait du coup de retrouver le vigoureux optimisme de sa race :

— Plus rien, Sylvie ! Tout s'est envolé !

Elle devint subitement toute pâle :

— Non, Gilbert, ce n'est pas vrai ?

— Eh si, ma belle ! Une bonne leçon vient de m'être donnée je t'assure ! (Il la tutoyait pour la première fois.)

— Tes œuvres, Gilbert ?... Toutes tes œuvres ?

— Non, Sylvie, pas toutes ! Heureusement ! Tout cela n'était que babiole. Le meilleur me reste : le calvaire des Griottes !

La fille était effondrée :

— Ils ont tout emmené ? Même la petite Vierge couronnée ?

— Oui, Sylvie.

— Même le Saint-Jean qui levait le bras ?

— Oui, Sylvie, même lui.

— Et les vieillards lubriques ?

— Oui, Sylvie, même les sacrés vieillards !

Et il riait. Elle prit une rage :

— Mais qui a osé faire ça ?

— Mais Regenheim et le baron ! Et ils ne les ont pas volées, Sylvie. C'est moi qui leur ai données. Je leur devais de l'argent.

— Mais il y avait là une fortune, Gilbert.

— Héhé... Peut-être une fortune, oui... Voilà comme nous sommes, nous autres, les Bourguignons !

— Mais il n'y a aucun rapport, entre ce que tu leur devais et ce qu'ils t'ont pris !

— Tant pis pour eux, ma jolie !

Maintenant Sylvie pleurait. Gilbert s'approcha d'elle.

— Mon pauvre vieux Gilbert! dit-elle gentiment.

— Je ne suis ni pauvre ni vieux, ma petite chevrette! dit-il en faisant une pirouette sur le grabat.

Redevenue très calme, elle affirma farouchement :

— On va s'occuper de ça!

— Pas la peine Sylvie, j'ai signé un papier! Ils sont en règle!

Et Gilbert riait, riait.

Ah! Sylvie, quel bien tu lui as fait, à notre Gilbert en lui montrant par ta pâleur, ta colère et tes larmes tout le prix que tu donnais à ses œuvres! Maintenant il sait à quel point tu l'admires et il te regarde avec des yeux nouveaux.

Il s'était approché d'elle, mais tout de suite, il eut le nez envahi par ces sacrés parfums qu'elle se mettait sur tout le corps. Il en fut incommodé, mais derrière cette carapace puante, il y avait une peau douce et fine, ferme et chaude. Il profita de l'avantage que lui donnait l'admiration qu'elle avait pour lui : il lui prit la main.

Alors, comme si elle n'attendait que cela, elle s'entortilla à lui de ses bras, de son torse, de ses jambes, comme un chèvrefeuille monte dans un chêne, et leurs bouches se trouvèrent à même hauteur, si proches qu'il put voir l'épaisseur gluante du rouge sur ses lèvres. C'est pourquoi, de peur de se souiller, ce fut dans le cou, presque sur l'épaule, qu'il lui donna un baiser dont elle eut l'air de se régaler longuement.

Pour lui, c'était tout simplement le triomphe, bien naturel, de son indiscutable talent de sculpteur.

Pour fêter sa conquête, Sylvie emmena les deux hommes à la Coupole, après quoi elle leur fit faire la tournée des cafés où elle avait l'habitude de fréquenter.

Se montrer avec un très vieux et très authentique clochard pouilleux et un jeune et non moins véritable rustre était pour elle une sorte de haute référence, en tant que sociologue et en tant que femelle.

L'Ingénieur, très à son aise, reprit son cours sur la saponification et Sylvie en profita pour se vautrer sur Gilbert qui, fort étonné, mais flatté, se laissait faire. Il sentait les mains de cette fille pénétrer partout, sous ses vêtements, par le poignet, d'abord, comme un essaim d'abeilles en folie, par l'ouverture de sa chemise, sur sa poitrine nue. Elles se blottissaient sous son aisselle, pétrissaient le pectoral, caressaient le dentelé.

Il la laissait faire, en commentant, in petto, l'escalade :

— ... Mais jusqu'où donc qu'elle va aller !... Hoho, mais elle est encore plus hasardeuse que la Manon !... Cré vains dieux, combien donc qu'elle a de mains ?... C'est pas possible : elle n'est pas toute seule pour faire ça !... Elle aurait pas besoin de tout ce tintouin pour me mettre en pataroux !...

Il regarda autour de lui et il vit les autres filles : elles faisaient la même chose, en plein café, couchées à demi sur un homme, elles l'envahissaient, le tripotaient, ayant toute honte bue.

— Ça doit être la mode ! pensa Gilbert. Puis après un temps : C'est pas des façons de chrétiens, mais c'est bien agréable à prendre en passant ! Hardi donc ma garce, ne te gêne pas !

Il n'était pas au quart de sa chope de bière qu'il se reprit :

— C'est pas tout ça, mais me voilà en feu, moi ! C'est-il ce qu'elle voulait ? Faut croire, puisqu'elle s'en est aperçue et qu'elle continue !... Ça fait peut-être partie de ses expériences de sociologie, mais je commence à avoir chaud au bout des oreilles, moi.

— Qu'est-ce que tu te mets sur la peau pour sentir comme ça ? lui demanda-t-il tout à coup. Elle minauda pour lui donner le nom d'un parfum.

— C'est pas croyable ce que ça pue ! dit-il tranquillement.

De fait, pour quelqu'un qui débarque de la Rouéchotte les femmes de ville sont irrespirables. Puis, se tournant vers l'Ingénieur :

— Tu ne trouves pas, l'Ingénieur, qu'il pue, son parfum ?

— De fait, répondit le vieux, ces odeurs tirées des sous-produits de la distillation des hydrocarbures sont désagréables à plus d'un titre...

L'Ingénieur se lançait dans des explications scientifiques, alors Gilbert, l'interrompant en le prenant par la main lui dit :

— Viens vite, l'Ingénieur ! Allons prendre l'air !

Ils sortirent. Sylvie, désemparée, n'avait pas eu le temps de rassembler tout son petit équipement féminin, épars sur la table et sur la banquette, que les deux hommes avaient disparu.

Tout naturellement, ils redescendirent vers la Seine, et, sans y prendre garde, Gilbert se retrouva encore une fois dans le champ magnétique de Notre-Dame.

6

Il aborda l'île enchantée.

Une force l'attirait vers l'abside.

Comme il approchait du chantier, il s'arrêta tout net, car il venait d'entendre le tactactac si harmonieux que fait le maillet de bois sur le burin des tailleurs de pierre. En accompagnement, c'était le rythme plus lent et plus sourd de la boucharde.

— Ils sont là ! murmura-t-il en se précipitant dans l'enclos. Il aperçut deux compagnons qui travaillaient. L'un finissait de dresser un moellon, l'autre reproduisait un de ces choux qui couronnent les gables des chapelles absidiales.

Pendant une heure, Gilbert les regarda faire, subjugué, sans bouger ni pied ni pouce. L'un des hommes paraissait épais et trapu comme un demi-muid. Il avait le teint fort des gens qui œuvrent en plein air et, depuis les cils jusqu'aux pieds, il était saupoudré de poussière de pierre. En tapant, à petits coups savants, il chantonnait en cadence.

— Voilà du beau travail qui me plairait, compagnon ! dit tout à coup Gilbert qui n'y tenait plus.

— De la maison ? demanda l'autre, sans s'arrêter de taper.

— Si l'on veut, répondit Gilbert. Moi, c'est plutôt le bois, mais j'ai fait de la pierre aussi.

L'autre s'était arrêté et s'était tourné pour dévisager Gilbert :

— Hoho ! Voilà un chrétien qui est né pas loin du Beuvray !

— On le voit quasiment de ma fenêtre, oui, mais j'en suis assez loin quand même ! répondit Gilbert.

— J'entends ça, l'ami ! dit le tailleur de pierre en se levant. Il tendit la main : « Ma mère est de Liernais, mon père est de Blanot. Je suis Germain le Bourguignon Bien-Pensant, Compagnon Passant du Devoir ! » dit-il.

Gilbert se nomma en commençant par le nom de son village. Par un fait exprès, Germain avait des parents dans le coin :

— J'ai une tante à Marcheseuil ! dit-il triomphant, comme s'il avait été le neveu de l'Agha Khan.

Ils poussèrent tous deux le cri indéfinissable qu'ont les « pays » lorsqu'ils se rencontrent à l'étranger. Gilbert en eut un coup de chaud dans les os. Il regarda le Bourguignon Bien-Pensant, Compagnon Passant du Devoir : il avait la même taille que lui et il n'était pas si gros qu'il le paraissait. Ce qui le gonflait, c'est qu'il portait tout en double : deux chemises, deux chandails, deux vestes et, sur la tête un bonnet de laine et un feutre sans forme ni couleur posé à l'envers :

— Pays ! dit-il, voilà dix heures qui sonnent, tu n'aurais rien sur la conscience, des fois ?

— J'aurais, dit Gilbert, sûr que je te paierais une sacrée tournée, mais des gars m'ont tout pris, les chaireignes !

179

— Tout pris ?

— Oui. C'est toute une histoire.

— Viens me raconter ça par là ! dit l'autre en posant outil.

L'homme à la boucharde en fit autant et, au plus lourd de leurs sabots, ils entraînèrent Gilbert dans un bouchon de l'île Saint-Louis pour s'asseoir devant une bouteille de beaujolais. On s'efforça de se trouver de la parenté. Ce fut facile : la tante de Marcheseuil était mariée à un vigneron de Rully qui était un cousin du neveu du beau-frère de l'ancien commis de l'oncle Meulenot.

— Alors, conte ton conte, cousin, que je t'écoute, dit Germain. Qu'est-ce qu'ils t'ont fait ?

Et Gilbert raconta tout, par le commencement : sa vie à la Rouéchotte, son calvaire des Griottes, l'arrivée du professeur Viardot, Regenheim et le baron, l'histoire du nouveau curé, son départ.

— Oh ! beuzenot ! Oh ! le gros beuzenot ! Regardez-moi ce beuzenot ! répétait tendrement le tailleur de pierre. Voilà ce qu'il ne fallait pas faire.

Lorsque Gilbert en fut au petit carnet du baron, l'autre éclata :

— Pardi ! Je l'aurais parié ! Et ils se sont payés sur tes sculptures ?

— Ils ont tout emmené.

— Hé ben mon joli, à l'heure qu'il est tes sculptures sont en train de voguer vers New York, si ça se trouve !

— Mais elles ne valaient pas tripette !

— Ah ! tu peux dire qu'ils t'ont trouvé, toi !

— Pourtant le professeur Viardot est un grand brave homme, j'en suis sûr !

— Lui, je ne dis pas, mais les deux autres sont des fripouilles, à coup sûr !

Voilà comment Gilbert de la Rouéchotte rencontra Germain le Bourguignon le Bien-Pensant, Compagnon Passant du Devoir.

Ce Bourguignon le Bien-Pensant était un de ces blondeaux qu'on rencontre si souvent entre les Arrière-Côtes et le Morvan, avec sa tignasse libre et sa moustache bourrue queue-de-bœuf, sa bonne grosse peau, épaisse comme croupon, ses braves yeux finauds, toujours plissés, comme s'il regardait le soleil en face. Il avait la vraie façon de jurer des bons dieux de milliards de dieux, d'une voix calme et satisfaite, tendre et veloutée comme un verre de corton.

On voyait qu'il aimait entendre parler Gilbert. Il lui posait des questions sur tout et même sur rien et ensuite il se cognait sur sa chaise pour savourer la réponse. Il l'attendait, un sourire aux lèvres, et quand elle arrivait, on le sentait se régaler comme s'il eût dégusté une pauchouse. Il fermait les yeux et gloussait comme poule couveuse en répétant entre ses lèvres : « cré vains dieux de vains dieux de milliards de dieux ! »

Cela signifiait : Que c'est bon d'entendre ça ! Écoutez-moi ça ! Il est bien de là-bas, celui-là ! C'est un Bourguignon salé !

— Et alors, ta Rouéchotte, c'est tout friche et caillasse ?

... Et les filles de par là-bas, toujours aussi resserrées ?

Ainsi, ils devinrent amis. Dès le soir de leur rencontre, le tailleur de pierre avait emmené Gilbert à la

181

maison des Compagnons, à l'ombre de Saint-Gervais. Il avait dit à la Mère : « Voilà un sculpteur comme moi. Il est dans la débine. Il n'est pas comme moi en cavale. Il n'est même pas de la coterie, mais je ne peux pas le laisser traîner avec les clochards du pont de Bercy ! Un homme de l'art ! »

Il avait réussi à le faire héberger à ses frais en disant : « Il me revaudra ça un jour ! »

— Attends seulement que je termine Notre-Dame, disait-il aussi, et je me trouve chantier en Bourgogne et nous partons !

— Oui, tu logeras à la Rouéchotte, tu auras tout ce qu'il te faut, du bois pour faire un feu de bordes, des treuffes, du lard de mon saloir, des œufs de mes gélines à t'en faire péter la sous-ventrière !

— ... Et du bon vin ?

— Oh ! le vin, chez nous, dans nos hauteurs, plus on met d'eau, meilleur il est, et encore faut-il bien se tenir après la table pour l'avaler, mais on descendra en chercher chez l'oncle Meulenot. Ça, c'est du vrai !... Et tu verras ma cousine Manon !

— Belle ?

— Tu peux dire qu'elle l'est, oui !

Germain avait emmené Gilbert au chantier :

— Tu seras mon apprenti. Je te montrerai à tenir comme il faut burin, broche et boucharde. Je t'apprendrai le métier comme je l'ai appris de mes maîtres qui le tenaient des Anciens, qui le tenaient de Maître Jacques. Avec l'habileté que tu as déjà dans les mains et les idées qui tournent dans la tête, tu seras vite compagnon-fini ! Et plus vite encore on partira là-bas !

Ainsi Gilbert était revenu par hasard à sa vraie vie. Par hasard ? Non. Il y voyait la fatalité et la loi naturelle. L'eau coule vers l'aval, l'homme roule vers sa vocation.

— Tu partiras comme ça ? Sans savoir si tu trouveras embauche ? demandait Gilbert.

— Pardi ! Les monuments historiques, c'est pas ça qui manque chez nous ! Et le Bourguignon Bien-Pensant ne fait que de belles églises. Il ne se met pas en branle pour de la broutille ! Il est connu au ministère des Beaux-Arts, pleure pas ! Quand il s'agit de prendre une rosace ou de regréer comme neuf les modillons d'un mur gouttereau du douzième siècle, alors on vient chercher le Bourguignon Bien-Pensant !

— Du douzième ? demanda Gilbert qui retrouvait les idées de la Gazette.

— Oui, vois-tu, j'aime restaurer le quatorzième, le quinzième, le seizième, pour la prouesse dans le travail de la pierre, mais si ces gens-là avaient acquis une sacrée habileté et une foutue audace, ils avaient perdu la formule qui donne... (il s'embrouillait)... enfin le livre s'était refermé. Ils faisaient des fioritures, dans la virtuosité. On taillait bellement la pierre et on l'empilait savamment, mais c'était pour faire joli ! Crois-moi, seuls les romans et les gens du milieu du treizième siècle ont su pourquoi ils empilaient pierre sur pierre comme ceci plutôt que comme cela et pas autrement ! Crois-moi, ma coterie ! Après, on a fait de l'Art pour l'art, on a fait de l'ogival ! On ne savait même plus ce que gothique voulait dire...

Germain le Bourguignon Bien-Pensant s'exaltait. Il parlait ainsi pendant des heures, en tapant maillet sur burin ou en poussant la râpe.

— On croirait entendre la Gazette ! avait dit un jour Gilbert.

— La Gazette ? C'est une fille de ta connaissance ?

— Non, c'est le pape des escargots, le dernier des druides !

— Un druide ?

— C'est lui qui le dit, avec sa verge d'Aaron et sa corde à treize nœuds...

— Tu dis sa verge d'Aaron ? Et sa corde à treize nœuds ?

— Oui. Il ne s'est servi que de ça pour m'aider à reconstruire la chapelle des Griottes ! Il m'a expliqué l'angle droit, la quadrature, l'étoile à cinq branches...

— L'étoile à cinq branches ?

— Oui. Il est beurdin ! Fou comme une grive qu'il est ! Faut l'entendre ! C'est avec sa corde à treize nœuds qu'il a retrouvé le puits celtique, avec la truie qui file et tout.

Le Bourguignon Bien-Pensant s'était arrêté de taper. Il avait mis les mains dans ses poches et allait de droite et de gauche comme un renard dans un chenil.

— Oui, ta Gazette, je veux le connaître ! Ça, pour sûr que cet homme-là sait des choses !

Tout à coup, ce jour-là, Gilbert était resté le maillet levé. Le regard droit devant lui, il glissa entre ses dents :

— Foutre bleu ! Cache-moi, frère !

— Te cacher ?

— Miséricorde ! Voilà Sylvie !

Il n'avait pas eu le temps de se cacher derrière les moellons, la fille l'avait vu : « Gilbert ! » Elle s'était précipitée vers lui :

— Que fais-tu là, méchant ?

— Tu vois j'ai trouvé beaucoup mieux que les maîtres de l'informel.

184

— Pourquoi m'as-tu quittée comme un malpropre, au café ? Je ne savais plus où te trouver.

— Fallait-il donc que tu me retrouves ?

— Oui Gilbert. Je ne peux plus me passer de toi...

— Moi, l'ours mal léché ?

— Justement...

Il se tut. La conversation prenant un tour qui ne lui convenait guère. Il se remit à maillocher — tactactac — en commentant :

— Voilà du vrai travail. Ici je comprends tout. Pas besoin de Fumassier avec ses grands mots...

Longuement elle le regarda travailler.

— Je ne t'ai pas présenté : Germain le Bourguignon Bien-Pensant, Compagnon Passant du Devoir.

Sans se lever ni quitter l'outil, Germain, d'un revers de doigt, toucha le bord de son feutre :

— Salutas !

Puis ils reprirent tous deux leur tactactac.

— Alors tu gagnes ta vie, maintenant, demanda-t-elle ?

— Non... Je restaure une cathédrale ! répondit-il en clignant de l'œil. Elle sourit. Comme il lui plaisait, cet être d'abord fruste et sans culture et dont on découvrait soudain qu'il était riche de toute une science de bon sens et de clairvoyance !

Elle eut l'air chagrinée et se tut.

— Tu ne me dis plus rien ! dit-elle un peu plus tard.

— Tu as mieux à faire que de m'écouter ! Tes camarades sont plus instruits que moi !

— Voilà donc ce qui te retient : une différence de classe ? Sais-tu que tu as des préjugés bourgeois, mon petit Gilbert ?

Puis, tout bas :

185

— En amour, tu sais, une sociologue vaut une fille de bûcheron !

— Laisse la fille du bûcheron tranquille ! dit-il durement.

— Pourtant, si tu voulais...

Il ne répondit pas.

Elle revint tous les jours. Elle s'asseyait sur une chaise, de l'autre côté du grillage, en faisant mine de lire et de prendre des notes, mais elle le dévorait des yeux. Pour le faire parler, elle trouva le biais de le questionner sur son travail. Alors Gilbert parlait bellement, d'abondance, généreux. Il expliquait à la fille que chaque pierre de la cathédrale était cataloguée, répertoriée, et qu'on en possédait l'épure, car sous la pluie et le gel, avec tous ces gaz de moteurs, toutes ces vacheries de la civilisation, la pierre pourrissait. Au moindre signe d'effritement, on taillait au sol la réplique exacte de chaque élément et on le remplaçait.

— C'est comme les cellules d'un corps, disait Gilbert tout fiérot, sans cesse en remplacement !

Sylvie découvrait un monde :

— De sorte que cette cathédrale, disait-elle, est du douzième, mais aucune de ses pierres n'était là à l'origine ?

Gilbert s'excitait : il récitait ce que le Bourguignon lui avait appris :

— Bien sûr ! Il n'y a que quelques pièces qui datent du temps de la construction. Je vais t'en montrer une !

Et il l'entraînait dans la rue Longe-Notre-Dame, l'arrêtait devant l'admirable médaillon quadrilobé dans lequel une silhouette de femme auréolée, bien rongée dans le temps, ondule avec une grâce païenne :

— La Vierge... Ou peut-être une autre...

Il s'enthousiasmait, touchait la pierre, caressait la forme souple qu'on y lisait encore :

— Regarde si c'est beau, ça ! Ah ! je voudrais que la Gazette voie ça ! Je l'entends d'ici nous faire son discours sur la Vierge, symbole de la Terre Mère, donnant le fruit de ses entrailles sans autre secours que celui du ciel... Et il arriverait bien à nous prouver que c'est à peu près à cet emplacement que se trouvait le dolmen...

— Le dolmen ?

— Oui. Le vieux fou prétend que jusqu'au milieu du treizième siècle, les sanctuaires ont été construits sur des lieux dolmeniques miraculeux, pour les remplacer en les perfectionnant !

— Voilà une théorie bien curieuse ! disait Sylvie, intéressée.

— Oui. Ce n'est pas celle de la science, ni celle de l'Église pour qui tout commence avec Rome... mais qu'est-ce que je vais te raconter là ?

— C'est passionnant. Continue !

Et il parlait ! Sylvie, comme fascinée, l'écoutait.

Un jour, elle fit en sorte de se trouver là au moment qu'il sortait de son travail. C'était un beau soir de fin mai. Les marrons d'Inde commençaient à bien se former dans la lumière blonde de Lutèce.

Ils traversèrent le pont Louis-Philippe. Elle lui prit la main dans la sienne et sa peau était si éloquente, ses doigts si pervers, qu'il se laissa faire, empli d'un grand trouble. Il remarqua qu'elle n'avait plus de bleu sur les paupières, plus de cils à rallonge, tout juste un soupçon de rose sur les lèvres, elle ne sentait presque plus les drogues du parfumeur. Elle était dorée par le soleil couchant et on devinait ses formes bien pleines.

— Je ne vis plus chez mes parents, dit-elle. J'ai loué une chambre, pas loin d'ici...

Il pensait :

— Si la Gazette était ici, je l'entendrais hurler : *Vade retro, Satana !*... Et moi, si je veux me reprendre, c'est le moment !

Il se dégagea en disant : « J'ai affaire ! » Mais une force le collait à elle. Il ne pouvait se déprendre.

Elle glissa un petit carton dans sa poche : « C'est mon adresse ! Garde-la ! » dit-elle en se frottant à lui comme une chatte.

Lorsqu'il l'eut quittée, de rage, il eut le geste de jeter le petit carton dans la Seine, mais une force le poussa à le regarder, et il lut : « 98, rue Dauphine. 5e étage gauche, tu sonneras trois fois ». Il eut un drôle de sourire triste en répétant : rue Dauphine... rue Dauphine... Arrivé devant le pont au Change, il demanda à un agent où se trouvait cette fameuse rue Dauphine. « Traversez le pont Neuf, c'est en face ! »

Il faisait le premier pas pour rejoindre cette fille, mais tout à coup, il entendit sonner neuf heures à Saint-Germain-l'Auxerrois et il remarqua que le soleil se couchait loin dans le nord. Il lui revint à l'esprit qu'on approchait du solstice et, voyez comme vont les choses, il pensa tout à coup aux feux de la Saint-Jean qu'il aurait aimé sauter en tenant Ève par la main. Alors il se ravisa et rebroussa chemin en disant : « Et ta parole, Gilbert ? Bon Dieu, ta parole ce n'est pas de la roupie de sansonnet ! »

Il rentra à la maison des Compagnons, sur rive droite.

Il ne devait plus jamais passer l'eau.

Vers le milieu de juin, Germain revint un soir, fou de joie : il venait d'apprendre qu'on avait mis en adjudication la restauration de Saint-Andoche de Saulieu.

— Saulieu ! C'est pour nous, ça ! Hardi gars, dépêchons-nous d'en finir avec les Parisiens.

Ils se remirent au travail avec furie. Les jours grandissant, ils faisaient des journées de treize heures et lorsque le poignet gauche s'engourdissait, lorsque le coude droit se coinçait à force de jouer du maillet, le Bourguignon criait :

— Saulieu !... Compagnon ! Saulieu !... Et une église du onzième siècle ! Hardi gars !

Et le double tactac reprenait de plus belle alors que l'un d'eux s'écriait :

— Saint Andoche !

Et que l'autre répondait :

— Priez pour nous !

A ce train-là, c'est avec quinze jours d'avance que le travail fut terminé. Par chance, Germain reçut son mandatement des Monuments historiques le lendemain. Un jour pour aller le toucher à la Paierie générale. Un jour pour la fête du Bouquet et le 19 juin, précisément, ils faisaient leurs balluchons.

Troisième partie

1

Le vingt juin, au petit jour, ils entassèrent les quatre valises ficelées, les coffres à outils dans la petite camionnette que possédait Germain et fouette cocher ! Germain chantait des fanfares. Aux fenêtres, les compagnons faisaient des signes d'adieu en lançant des quolibets.

La camionnette prit le quai des Célestins, le quai Henri-IV et, évitant d'aller perturber la circulation sur l'autoroute du Sud, continua tout droit par la Rapée pour prendre la vieille route de Bourgogne par Sens.

Passé Villeneuve-Saint-Georges, sortis de l'incroyable tohu-bohu de la capitale, les deux hommes, qui n'avaient encore trop rien dit, éclatèrent tout d'un coup en cris et en chansons. Germain lapait l'air à grandes goulées.

— Ça sent déjà bon, compagnon.

— On dirait que je retourne au pays après vingt ans d'absence, disait Gilbert, et pourtant il n'y a pas trois mois que j'en suis parti !

— Moi, disait le Bien-Pensant, ça fait six ans que je trimarde, et je la sens déjà au nez, la mère Bourgogne !

A Montereau, Germain hurla :

— Voilà l'Yonne, gars ! Ça c'est mon eau à moi !
Regarde si elle est belle !

Et, tout naturellement, il levait le pied de l'accéléra-
teur. C'était plus fort que lui : partis à soixante-quinze
à l'heure, on était tombé à une vitesse d'escargot, pour
mieux voir. Le sourire de Marie-Noël aux lèvres,
Auxerre les regarda passer, Auxerre, où Cadet Rous-
selle eut trois maisons. Et commença la belle remontée
de l'Yonne, rivière chèvre, qui sautait ici ou là, brou-
tant gentiment l'herbe verte des grands méandres, ou
bondissant tout à coup sur les gros cailloux, au pied
des rochettes blanches, alors que la forêt avançait de
chaque côté, sur les hauteurs, grignotant, de ses dents
de renard, les vergers d'en haut.

A chaque tournant de la route, un signe apparaissait,
annonçant l'approche de cette Bourgogne qu'ils guet-
taient. Chaque village traversé, doré comme une gratinée, chantait au cœur des deux compagnons. Ce qui les
saoulait, c'était la façon unique qu'ont les gens de
camper les maisons un peu irrévérencieusement, se
tournant le cul les unes les autres, autour d'églises
dodues. Germain admirait leurs murs épais comme
courtine, en belle pierre, couleur de beurre en pot, et
les toits.

C'était tout cela, avec son air moqueur, qui annonçait leur pays commun, alors que leur arrivaient, par le
travers de Clamecy, les éclats de rire, si semblables aux
leurs, de l'Oncle Benjamin et de Colas Breugnon.

Ils prirent sans hésiter le frais couloir de la Cure puis
le ravin où le Cousin ruisselait sous des ramées
d'aulnes et de hêtres, pour surprendre Avallon dans ses
remparts couronnés des grands arbres de Sully. Au
porche de Saint-Lazare, ils virent les signes gravés sur
les pilastres et les archivoltes, et les trois points de

trépan, répétés à plaisir par leurs frères lointains qui construisirent ces sanctuaires.

Après, on quitta les grandes routes pour se perdre dans des chemins montants qui, de breuils en genêts, les portèrent à la cote 600, parmi les étangs sombres mangés de joncs noirs, les fourrés, les terres maigres, les petits prés de lèche grise où le ruisseau s'embourbe, avant de cascader sur une roche brune, ronde comme une cornemuse.

Ils se taisaient, parce que le Morvan est robuste silence après les clairs refrains des pays calcaires.

Et puis, tout à coup, en vue de Saulieu, à leurs pieds comme une main qui s'ouvre : l'Auxois, bordé au fond par le mur escarpé des monts de Bourgogne, raides comme justice. En bas, les pâturages ourlés de haies vives, du val de Serein, et cousus de fils d'argent, que sont les ruisseaux, les rivières, les flaques des grands abreuvoirs et la ganse bien régulière du canal de Bourgogne, au plus héroïque et au plus obscur de son effort pour joindre le monde du Nord à celui du Midi.

— C'est le bon pays ! soupirait le Compagnon Bien-Pensant en comptant les points blancs qui étaient des bœufs d'embouche.

— Le bon pays coincé entre deux sauvageries ! ajoutait Gilbert.

Ils posèrent leurs paquetages à l'auberge où ils entrèrent pour boire et pérorer, virent maire et curé, maçons et laviers, et ne purent s'empêcher d'aller tâter la pierre de cette église Saint-Andoche, où les attendaient de bien curieuses surprises dans leur travail d'imagier. Après quoi, n'y tenant plus, ils sautèrent dans la camionnette en criant :

195

— Et maintenant, cré vains dieux, à la Rouéchotte !

Et ils partirent, trouvant tout beau. La poésie de la terre natale n'est jamais usée.

Ils furent bientôt grimpés à Châteauneuf, où les frères Goë préparaient la feulère de la Saint-Jean : un monceau de fagots bien secs, montés au plus haut des chaumes et savamment gerbés. Des gens tournaient autour, émoustillés par le plus long soleil de l'année. C'étaient de ces gens de la ville qui rachètent, une à une, les maisons des villages branlants et tentent, comme ils disent, de ressusciter le folklore. Gilbert les avait vus pour la nuit de Noël, et ils savaient qu'il était monté à Paris pour y percer :

— Le sculpteur ! Voilà le sculpteur ! dirent-ils.

Gilbert, sans avoir l'air de rien entendre, avait mis la main aux fagots et, du haut de la feulère, cherchait Ève des yeux. Ses frères lui avaient bien dit : elle va venir. Hélas ! le sentier de la Communauté était désert, grillé de soleil.

Tout à coup, on entendit une clameur :

— Voilà la Gazette !

De fait, par le travers de la grande friche de Chaumont, on voyait danser une espèce d'épouvantail, minuscule dans l'immensité, qui se dandinait en agitant sa grande canne.

— Vrai ? C'est bien la Gazette qui arrive ! demandait Germain le Bien-Pensant. Où il est, ce vieux gars ? Que je le voie.

On entendit bientôt la voix aigre du vieux qui, bien entendu, commentait, sur des airs de psaumes, les moindres événements de sa vie. Quelques gamins allèrent au-devant de lui, pour le harceler et l'obliger à sortir son bras gauche bien caché sous sa besace. Ils tournaient autour de lui comme des corniauds autour

196

d'un sanglier au ferme. Lui, il les menaçait de sa canne sculptée en déblatérant :

— Outu, méchants tarraillons ! Outu, freumis de malheur !

Lorsqu'il déboucha au coin de la dernière murée, des gens lui lancèrent :

— Alors, Gazette, on est venu pour les feux de la Saint-Jean ?

Le vieux devint cramoisi. Il s'arrêta tout net, monta sur le pierrier, et commença un de ces discours sacrilèges dont il avait le secret :

— Les feux de Saint-Jean ! Ainsi appelez-vous ce brasier sacré, pauvres ignorants ! Pauvres ilotes asservis par deux mille ans de christianisme !... Ici, ce n'est pas un jeu qui se prépare, crapauds pustuleux ! Ici, c'est le culte le plus vieux et le plus raisonnable du monde : le culte du soleil qui règle notre petite planète, le culte du feu, *in nomine patris et filii et...*

Les gens riaient, et les frères Goë se donnaient de grandes tapes sur les cuisses en disant :

— Allez, Gazette, dis-leur un peu leurs quatre vérités !

— Oh ! je sais bien ! reprenait le vieux, on vous dira que c'est la fête de saint Jean, le frère bien-aimé de Jésus, mais moi, je vous le dis en vérité, c'est la solennité immuable, la grande fête du solstice d'été !... Croyez-vous donc que je sois venu, moi, le Grand Druide, pour patronner la fête d'un modeste auxiliaire de mon frère Jésus ?... Non, bande de gnaulus, si je suis là, c'est pour adorer et mesurer le soleil, notre père à tous, notre dieu, celui qui tire toutes les sèves, oriente et développe toutes les mutations ! Vous êtes tous soumis à sa loi et à son rythme, et c'est de lui que l'apôtre a dit : « Rien de ce qui a été fait n'a été fait sans lui et... »

Il y eut à ce moment une détonation. Le vieux fou était tellement tendu que le coup lui fit faire un bond énorme et il retomba dans les ronces où il disparut. C'était tout simplement un pétard que les enfants venaient d'allumer dans les épines noires derrière lui.

Gilbert aida le vieux à se relever, qui, le reconnaissant, se mit à pleurer :

— C'est toi, mon fils ? Te voilà revenu, pauvre et dépouillé comme Job ? Nu comme vartiaux ? Lessivé de tes crasses ? Tu as reçu le baptême de mensonge et de la trahison ! Tu es prêt à devenir un Grand Initié !

Le Bourguignon s'était approché, ouvrant des yeux de rat-vougeux. Gilbert dit alors à la Gazette :

— Gazette, j'ai ramené avec moi Germain le Bourguignon Bien-Pensant, Compagnon Passant du Devoir.

Il allait continuer, mais il se passa une chose curieuse : la Gazette s'avança vers le compagnon en demandant :

— Soubise ? Maître Jacques ? Salomon ?

— Maître Jacques ! répondit fièrement Germain, en bombant le torse et en frisant sa moustache.

Alors la Gazette lui donna l'accolade.

Gilbert aurait bien voulu suivre leur conversation, mais le moyen, je vous le demande, de ne pas perdre le fil lorsqu'on voit arriver sa fiancée ?

Ève arrivait, en effet, par les raidillons de la combe. Lorsqu'elle vit Gilbert qui lui faisait de grands signes, elle s'arrêta net, pressa de ses deux mains sa jolie petite poitrine, puis se mit à courir de toutes ses forces, comme si le chemin eût été plat et nivelé, et comme Gilbert courait aussi vers elle, c'est avec une grande rudesse qu'ils tombèrent dans les bras l'un de l'autre et, pour la première fois, s'embrassèrent devant tout le monde sans même hésiter.

— Te voilà revenu, mon Gilbert ?

— Oui, pour te faire sauter par-dessus les braises !

La nuit venait. Le soleil, en tombant, découpait les trois plans superposés du pays d'Arnay, du Morvan de Saulieu, et du mont Beuvray dans un ciel rose où flottait un méchant nuage gros comme un vol d'étourneaux. Les gens arrivaient de partout par les sentiers. Gilbert et Eve les regardaient monter dans le crépuscule. Ils se tenaient bravement par la main, discrètement, assez éloignés l'un de l'autre pour que personne ne pût dire qu'ils se conduisaient comme des époulvaudés. Gilbert appréciait cette réserve. Elle lui prouvait que celle qui l'aimait était une vraie passionnée. Ils étaient tous deux de ceux qui poussent la volupté jusqu'à se refuser de manifester leur passion à tout bout de champ.

— A la bonne heure ! pensait Gilbert. Ça me change de la Sylvie et de toutes ces Parigotes qui s'entortillent, même dans la rue, devant tout le monde, dans le caleçon de leur gars !

Et pour la première fois depuis bien longtemps, il respirait enfin une vraie odeur de femme.

La Gazette, à cet instant, montait sur sa pierrière avec la gravité et la lenteur d'un évêque. Les frères Goë, une torche à la main, criaient :

— Alors, on l'allume, cette feulère ?

La Gazette leur fit signe d'attendre. Il montra le soleil qui, lentement s'enfonçait, et bientôt tout le monde se tut : l'astre venait juste de disparaître. La Gazette levait lentement sa crosse et lorsqu'il la tint à bout de bras, on vit, tout au sommet du Beuvray, un point brillant qui devint rapidement très vif. Une sourde clameur monta de la petite assistance et la Gazette, baissant le bras, donna l'ordre de mettre feu. Un frêle pétillement sortit de la botte de paille, puis le crépitement gagna le ciel dans un grand souffle et tout à coup le seigneur feu tira sa langue, alors que les gens poussaient un grand cri d'émotion.

Les flammèches jaillirent à plus de cinquante mètres pour retomber en frimas ardents, et les feux de la plaine maintenant, répondaient, puis, sur tout le pourtour de la cuvette, s'allumaient ceux des autres feulères comme autant d'étoiles qui se seraient éveillées à l'appel du soleil. La Gazette, à chacun, citait le nom d'une étoile de la constellation de la Vierge :

— Epsilon !... Gamma !... Regulus !... Spica !...

Mais comme personne ne connaissait ni le nom des astres, ni la forme des constellations, ni la symbolique astrale, chacun pensa que cette Gazette était, tout compte fait, un homme bien étrange.

La main d'Ève était emprisonnée dans la grosse patte de Gilbert et s'y complaisait. Quand la ronde se forma autour du bûcher propitiatoire, elle s'accrocha à lui pour que le remous de la jeunesse ne les séparât point.

Quand les danses furent finies et que les braises se mirent à rougeoyer, tout le monde resta là, étendu dans l'herbe, le regard perdu dans la Voie lactée, pour passer dehors la nuit la plus courte de l'année.

Ève retrouvée, Gilbert sentait une grande exaltation l'envahir. Il jasait et plaisantait comme un notaire. Avec la grande facilité qu'ont les gens de ce pays à oublier leurs peines et à transformer leurs défaites en victoires, il ne se fit pas faute de conter, en toute simplicité, comment il avait été reçu, ici ou là, dans les meilleures galeries, comment il avait fréquenté les grands artistes parisiens, comment toutes ses œuvres avaient été achetées par de riches étrangers. Et pourquoi, à l'heure qu'il était, l'ensemble de son œuvre devait être exposé dans un musée quelque part en Amérique.

Ève buvait ses paroles. La Gazette aussi l'écoutait mais c'était avec un drôle de sourire qui, bien sûr, ne franchissait pas le double rideau de sa barbe et de sa moustache.

Ève murmura :

— Pour le pèlerinage, la Gazette m'a dit qu'une fille t'approchait, une mauvaise fille... Un autre jour il m'a dit que tu étais en prison... Une autre fois...

— Tu écouterais cette vieille panouille ?... Tu croirais à ses rêvasseries ? coupa Gilbert avec vivacité.

— C'était pas vrai, dis ? fit-elle avec soulagement.

— Si c'était vrai, est-ce que je serais ici, en honnête homme, à côté de toi, Ève ?

— La Gazette m'a dit aussi qu'ils t'avaient volé toutes tes sculptures...

— Si la Gazette t'a dit ça, c'est qu'il était bourré comme une caille, voilà tout ! dit Gilbert.

Il passa son bras sur les épaules de la petite fille et sa main, lentement, avec prudence, descendit un peu vers la taille, mais ses grands bras étaient si longs que sa main arriva jusqu'à la poitrine. Il sentit la rondeur de son petit sein. Alors elle se mit à trembler comme folle avoine. A trembler en profondeur, depuis le fond de ses entrailles. Elle le savait, sans pouvoir se maîtriser, mais sans oser se déprendre. Son frisson la secouait de la tête aux pieds, mais elle n'en avait pas honte. Il approcha son visage du sien, alors elle osa faire ce qu'elle n'aurait jamais pu supposer ni inventer : elle colla ses lèvres fraîches à celles de Gilbert. Lèvres

201

fermées qui se détendirent alors que le tremblement cessait brusquement et que tout son corps s'abandonnait.

Au petit jour, les frères Goë décidèrent d'aller relever les lignes de fond qu'ils avaient tendues dans les roseaux du lac de Panthier. La Gazette les suivit. La légende, toute neuve, dit qu'arrivés là, l'ayant dévêtu alors qu'il hurlait comme putois, ils l'avaient précipité dans l'eau et l'avaient entièrement savonné et rincé. Ce devait être vrai car pendant huit jours le vieux n'osa se montrer en public, honteux d'être ainsi dépouillé de son manteau de crasse. A ceux qui lui demandaient ce qui le chagrinait, il répondait :

— Le savon m'a fait perdre la compagnie de mon meilleur camarade : moi-même ! Je ne me sens plus et je m'ennuie !... mais huit jours de patience et mon nez m'aura retrouvé, marche !

2

D'un seul coup, Gilbert se trouva plongé dans la vie des chantiers. Lui qui n'avait quitté la sauvagerie de la Rouéchotte que pour tomber dans la pire des solitudes, celle de la grande ville, ne pouvait supposer que des hommes puissent, travaillant ensemble, créer ce beau concert de bruits d'outils, de cris, de plaisanteries, d'amitié et de conscience de bien faire.

Ce n'était pourtant pas un gros chantier : quelques maçons d'une entreprise locale, et eux deux, Germain et lui. Mais tout cela grouillait, au sol et sur l'échafaudage, tout cela s'interpellait jovialement, à la façon des anciens temps, avec tant de « Ô Germain ! », de « Ô Gilbert ! », de « Ô Ulysse ! » qu'on se serait cru jeté tout vif dans la mythologie.

Et puis la chaleur de ces grosses mains épaisses qui lâchent le manche pour vous frictionner l'échine ? Ces grosses mains qui, prenant le petit verre de vin, vous ont l'air de vouloir le broyer et finalement le basculent tout simplement, avec une grande douceur, dans le gouffre de leur bouche toujours ouverte ? Et ces grands moments de silence collectif où tous les souffles sont retenus, où toutes les forces sont bandées pour poser d'aplomb le moellon taillé ? Et ce grand rire de la réussite qui, du haut des archivoltes, va ricocher sur les toits de la petite ville et n'en finit pas de ruisseler jusqu'aux faubourgs, faisant lever la tête à tous les autres artisans qui sourient, d'un air de dire : « Ça va, là-haut ! »

Et puis il y avait la façon de voir les choses. Du haut d'une tour ou d'une corniche, la bourgade n'est plus la même. Les gens et les animaux se projettent sur le pavage inégal des ruelles, sur le dallage clair des cours, sur les venelles herbues courant entre les murs. On voit à la fois la place et le fournil, le mail et la petite cour intérieure où le bourgeois, se croyant bien à l'abri des regards, déboutonne sa culotte et se laisse aller.

Gilbert était Asmodée. Il voyait la jeune fille pensive dans sa chambre, la vieille femme assoupie, le clerc de notaire dans ses dossiers et le cantonnier qui se cachait dans un recoin pour rouler une cigarette. Et il voyait les gens s'arrêter pour le regarder, le nez en l'air.

Et puis il y avait le travail.

Les maçons, eux, gâchaient le mortier, regréaient, jointoyaient. Ils déposaient ici ou là les pierres rongées par le temps et il fallait choisir celles qui les remplaceraient, les mettre au gabarit, et, avec les documents fournis par les Monuments historiques, reconstituer le prodigieux décor de tiges perlées, de palmettes, de roses, d'acanthes grotesques, de guillochures qui couraient sur les archivoltes, ou s'entremêlaient sur les chapiteaux. C'est là qu'intervenait Germain. Il tournait et retournait la pierre, trouvait le grain, le sens et il traçait, ne se servant que des outils les plus simples du monde, la main d'abord, la main surtout, puis la règle, l'équerre et le compas, trinité souveraine, emblème des compagnons maçons, tailleurs de pierre, charpentiers, repris trop souvent par des gens qui n'en ont pas affaire.

Gilbert le regardait.

Il regardait surtout avec quelle économie les œuvriers constructeurs avaient conçu dix siècles plus tôt l'ornementation de ces extraordinaires monuments. Mais était-ce de l'ornementation ?

Germain lui disait : « Regarde cette rose, si souvent répétée. On dirait une dentelle. Compagnon, croirait-on pas que le sculpteur a passé des jours et des jours à la ciseler ?

— Bon Dieu si ! disait Germain.

— Eh bien, regarde ! »

Et dans un cube de pierre, sans tracé préalable, il donnait seize coups de râpe. Seize. Pas un de plus, et c'était fait. Un coup de trépan au centre pour le cœur, et la rose pouvait prendre place dans le chapelet des autres.

Voilà comme enseignait Germain le Bien-Pensant.

— Ils me font bien rire ces môssieurs qui parlent de style à tort et à travers ! disait-il. Ce qui fait le style, c'est l'outil !

Il brandissait une curieuse lime large et galbée :

— Voilà l'outil roman : la râpe. Cette espèce de râpe et pas une autre ! Avec cette râpe-là tu peux t'y prendre comme tu voudras, tu feras du « douzième Bourguignon » !

— Et il y a encore des marchands pour vendre ces outils-là ?

Germain éclatait d'un rire qui faisait résonner l'édifice vide :

— Des marchands ? Il n'y en a jamais eu ! On se les fabrique, voilà tout. L'homme fait son outil, après quoi c'est l'outil qui fait l'homme !

Gilbert n'osait plus respirer. La râpe grinçait. Cela faisait comme de terribles lamentations, cricricri, qui se répercutaient sur le berceau de la voûte.

— Quand nous referons Saint-Lazare d'Autun, cricricri, je te donnerai l'outil de Gislebert. Et tu feras du Gislebert ! reprenait Germain. Le plus difficile de notre profession, ce n'est pas de reproduire exactement les motifs d'une époque, c'est de retrouver l'outil de cette époque, l'outil qui a créé ces motifs. L'outil et aussi la matière. Cricricri.

Ce pragmatisme de l'œuvrier remettait toute chose en place. L'outil reprenait son rang près de l'homme. C'était le contraire des grands mots de Fumassier qui se serait mis à parler d'intériorité, de potentialité, et autres foutaises décrépites.

Puis Gilbert avait à son tour pris la râpe et il avait fait lui-même les roses et les palmettes, avec une telle vivacité qu'il crut au miracle. De fait, il entrait par la vraie porte dans le mystère des églises et, lentement, s'acheminait vers la Connaissance.

Ils n'étaient pas sur leurs tréteaux depuis plus de cinq jours que, sur le parvis, ils virent arriver la Gazette pieds nus, les souliers pendus à l'épaule.

— Ô Gazette ! Te voilà parti en veurde ? dirent les hommes.

— Faut ben ! répondit le vieux qui, sans hésiter, prit l'échelle et vint les retrouver sur leurs planches.

— Comment ? Tu as refusé de venir avec nous en voiture, lui dit Germain, et tu arrives pieds nus avec tes souliers sur le dos ?

— Je tire ma force de la terre. Du contact de la terre. Si les Saintes Écritures disent : « Ôte ta chaussure de ton pied, et cetera, et cetera », c'est pour que le pied soit en contact direct avec notre sainte Terre, vierge et mère! Dans vos voitures, avec vos semelles de caoutchouc, vous êtes des cadavres ambulants! Isolés de votre mère, comment voulez-vous recevoir le courant qui donne la Grande Illumination?

Et tous les hommes riaient de si bon cœur que la Gazette fit sa grande colère, ce qu'ils cherchaient probablement. Il se mit à parcourir le sanctuaire en faisant de grands gestes, enfin il se percha sur l'ambon et commença un sermon fou.

L'archiprêtre sortit de la sacristie : « Messieurs! messieurs! un peu de silence! » Lorsqu'il vit la Gazette, il s'écria : « Ah! c'est toi? Toujours le scandale? Je t'en prie, respecte un peu la sainteté de ce lieu!

— Ah! vous, les hommes d'Église, vous pouvez parler du respect du saint lieu que vous profanez depuis au moins six siècles!... Le vandalisme clérical est le pire de tous!

— Le vandalisme clérical?

— Je ne parle pas des curés qui vendent les statues de leur sacristie ni les objets du culte. Le premier scandale ce sont ces chaises, ces bancs qui encombrent ce sanctuaire qui doit être un « chemin » que l'homme doit parcourir dans le bon sens, pieds nus! C'est ainsi que vos ingénieurs fabriquent l'électricité : ils font tourner un rotor dans un champ magnétique? Pas vrai? Dites-moi si je me trompe! La voûte est calculée pour capter le courant magnétique et baigner l'homme qui suit le chemin en dansant, dans le sens inscrit...

— Et ce sens, cher Gazette? demande l'archiprêtre.

— Ce sens ÉTAIT inscrit dans le sol, le vrai sol de ton église! (Il frappait le sol du talon.) Si on décapait cette couche de dalles sacrilèges, on retrouverait le labyrinthe sacré, ce « Chemin de Jérusalem... » Mais pour des raisons matérielles banales, vous avez recouvert ce sol primitif en le REHAUSSANT de deux mètres ! Est-ce vrai ? Oui ou non ?

— C'est vrai, disait le curé en souriant, mais...

— Ton église, curé, est un violon dont les ignorants ont bouché les ouïes et enlevé les cordes ! Hahaha ! Il ne vibre plus depuis longtemps, ton violon ! Et pour comble vous avez déplacé l'autel, et vous avez mis l'officiant A L'ENVERS du courant qu'il doit recevoir et transmettre !

— Et quel serait le but de toute cette magie ? demandait l'archiprêtre amusé.

— Transformer l'homme, curé. L'ouvrir aux lois de l'harmonie naturelle qui lui donne l'équilibre psychique et corporel, source de santé et de bonheur !

— Tu sens cela, Gazette, lorsque tu entres dans une église ?

— Vous y avez faussé tellement de choses que le vieil athanor est bien détraqué... mais il marche encore un tout petit peu. Oui je sens cela. Nous, les poètes, nous percevons ces choses mieux que les autres ! Ces rythmes nous atteignent jusqu'au tréfonds !

Et le curé retournait à la sacristie, se reprochant d'avoir accepté, par pure charité, de faire conversation avec ce dangereux sophiste, surtout devant des ouvriers.

— Tu nous dis des bêtises, Gazette, et tu me fais perdre mon temps, va !

Mais le vieux continuait : il montrait les tiges perlées, les ours dressés, les combats de coqs, les acanthes, qui n'étaient que de la chélidoine, symbole celtique, les feuilles de charme, sculptés dans la pierre.

Il y voyait, lui, les clairs témoins du druidisme le plus pur.

Gilbert écoutait avec émerveillement, pendant que les maçons haussaient les épaules en disant : « Tais-toi donc, vieux beurdin ! » Ce que Gilbert de la Rouéchotte prenait, un mois plus tôt, pour des propos de vieil ivrogne devenait de plus en plus riche et précieux.

La Gazette faisait à sa façon l'exégèse de chaque chapiteau, il retrouvait Balaam, le Moabite, le pourfendeur d'Hébreux, il retrouvait son âne, encore un âne ! Ou plutôt une ânesse, symbole de je ne sais plus quoi dans la tradition druidique ; il citait toutes les ânesses du bestiaire du douzième siècle, dont aucun guide ne donnait judicieuse interprétation. Il retrouvait la chouette que les maniaques de l'hellénisme appellent, on ne sait trop pourquoi, Minerve-Athéna, il retrouvait le cochon du cinquième pilier, l'ours et les sangliers et les deux vouivres embrassées. Tout pour lui était la preuve que l'édifice avait été construit pour soigner et guérir l'humanité en captant et en amplifiant cette vouivre dont il radotait sans cesse.

— Tu me fais rire avec ta vouivre, ta captation et ton dolmen perfectionné ! marmonnait encore l'archiprêtre au fond de la nef, où il était en prière. Et le vieux répliquait :

— Comment alors peut-on expliquer que ces vieux gars se soient éreintés à construire ces voûtes ? Pourquoi n'ont-ils pas couvert leurs églises d'un plafond plat, comme les autres maisons ? Pourquoi se donner tant de mal en empilant si difficilement les pierres ? Pourquoi cette haute voûte sur ses piliers ?...

La fureur du vieux enflait comme une tempête. Il bafouillait en crachotant, puis il finissait par perdre complètement le contrôle de sa langue et ses yeux se révulsaient.

— ... Pourquoi, dans votre liturgie, ces invocations à l'étoile de la mer ? A l'arche d'alliance ? A la porte du ciel ? A la tour d'ivoire ? Au siège de la Connaissance ?...

Il suffoquait. A ce moment-là, il ne fallait pas l'étendre, Gilbert le savait. On l'asseyait contre un pilier et il se calmait. Il se mettait à fredonner avec grâce le *Regina cœli*, dans le ton simple. Enfin, il terminait par l'*Ave maris stella*, « salut, étoile de la mer », dont le texte est si curieux : « Salut, étoile de la mer, sainte mère de Dieu, mère restée vierge, porte heureuse du ciel, agréez le salut les lèvres de Gabriel, et, CHANGEANT LE NOM D'ÈVE, fixez-nous dans la paix... »

Il chantait cet hymne dans son ton trochaïque, le plus ancien et le plus barbare, avec cet accent qui tombe sur les syllabes impaires. C'était si beau, sous les voûtes de Saint-Andoche, que tout le monde avait les larmes aux yeux et que l'archiprêtre, le regardant avec commisération, disait, en hochant la tête :

— Pauvre vieille Gazette !... Enfin, sa dévotion à la Sainte Vierge le sauvera !

Il revenait à lui, tout doucement, puis, d'une voix très douce : « Tu lui diras, à ton archiprêtre, que la vouivre est là-dessous ! Si elle n'était pas là, auraient-ils ménagé, entre les deux tours, une chapelle dédiée à saint Michel ? Saint Michel qui transperce le dragon de sa lance, c'est le signe : le dragon, c'est la vouivre, le cheval, c'est la Kabbale, et saint Michel, c'est l'Initié qui sait entrer en contact avec la vouivre et est capable de la dompter. Voilà la clé !... »

Puis il se mettait à parler seul. Il disait une espèce de poème, rythmé par sa courte respiration, où revenait à chaque verset : « Il se fait tard, je me souviens, j'attends l'étoile du matin. »

Lorsque Saulieu fut achevé, ils partirent pour Semur, mais ils firent un petit crochet par Saint-Thibault où la Gazette leur avait donné rendez-vous. Ils virent de loin cette nef de cathédrale, ce haut et court vaisseau qui jaillit d'un tertre au beau milieu du val d'Armançon, cette sorte de serre tendue vers la lumière, ouverte de partout, par ses hauts fenestrages, au dieu Soleil, ce prodige d'architecture érigé dans un village de quelques feux.

La Gazette était là. Comment et quand était-il venu, lui, mourant la veille ? Il les attendait assis sur le pâtis. C'était pour leur montrer le portail du croisillon nord, un des seuls de Bourgogne que le vandalisme révolutionnaire ait curieusement respectés.

En riant sous cape, il leur désignait les voussures de l'archivolte où des vieillards et des femmes entouraient le tympan où on lisait des « scènes mariales », disaient les écriteaux de l'intérieur. La Gazette riait à gorge déployée :

— ... Des scènes mariales ! Ils disent que ce sont les prophètes, les vierges sages et les vierges folles qui entourent l'ascension de la Vierge et son couronnement dans le ciel ! Haha !

— Mais qu'est-ce que ça peut être d'autre ? demandait Germain.

— Ce sont les allusions les plus transparentes aux recherches philosophales, avec cet adepte portant matras, autour de la Mère Suprême, la Ghae des Grecs, la Terre matrice d'où tout est sorti ! Voici même ce qu'ils appellent, faute de mieux, « la dormition de la Vierge ! » Cela ne fait-il pas plutôt penser aux vers de Salomon à la fin du Cantique des Cantiques : « Oh !

n'éveillez pas la belle avant que le temps n'en soit venu ! »

— Gazette ! Tu n'as pas peur de dire des choses pareilles ?

— N'a pas peur celui qui dit la Vérité !

— La vérité ! Mais en es-tu bien sûr ?

Le vieux les entraînait dans sa folle démonstration :

— Si ce n'était pas la Vérité, aurions-nous placé ici les quatre personnages que voici ?

Et il désignait les quatre statues, peut-être les plus belles de la statuaire bourguignonne, placées aux piédroits du portail, sous leur petit baldaquin symbolique.

— Et qui sont ces quatre guignols ? demandait Germain.

— Comment ? Toi, enfant de Maître Jacques, tu oses poser une telle question ? A droite, voici Aaron, qui tenait son bâton que des mandrins lui ont cassé, son bâton vivant. C'est le frère aîné de Moïse. Que vient-il faire ici, cet adorateur du veau d'or ? Hein ? Et puis voici David, et à gauche, voici la reine de Saba ! Mais qu'est-ce qu'elle vient foutre là, cette femme qui s'abandonnait aux boucs, qu'est-ce qu'elle vient foutre à côté de la Vierge Marie, votre bonne Vierge ?...

« Et enfin voici Salomon !

« Le Roi Salomon, l'Adepte, qui fit construire le temple et y enterra l'Arche ! Salomon en personne ! Le Grand Initié ! Que fait-il ici, à Saint-Thibault-en-Auxois ? Le sais-tu ?

— Non !

— Eh bien, moi, je le sais ! Les textes disent que, le temple une fois construit, Salomon disparut, laissant le livre fermé... A nous de l'ouvrir et de le lire !... Comprenne qui pourra... Restez aveugles si ça vous chante, mais je vous le dis en vérité les phares continuent de briller... Les voit qui veut ! Aaron vient d'Égypte avec son frère Moïse, et les Actes des Apôtres disent qu'il fut instruit dans toute la science des Pharaons ! Dans toute la science des Pharaons !... vous entendez ? Cette science des Pharaons nous vient par lui, par David, par Salomon, par les druides !

— Les druides étaient donc si savants que ça, Gazette ?

— Ah ! coquin ! Ils n'utilisaient peut-être ni le moteur, ni l'aéroplane, ni les dérivés sulfonés de l'azote, ni la machine à laver la vaisselle, toutes choses qui empoisonnent nos quatre éléments, mais ils possédaient la Connaissance !

— Mais saint Thibault ? Lui ?

— Et d'abord ce n'était pas un saint : c'était un druide, d'une famille de druides !

— Gazette ! si le pape t'entendait !

— Mais le pape est un ignorant et, si ça se trouve, un jour il le décanonisera ! Si tant est qu'il ait jamais été canonisé ! Thibault était un druide, que je vous dis, foutre bleu ! Comme il attirait la vénération publique, l'Église a tout bonnement décidé de le mettre au calendrier ! C'était sa méthode ! toutes les sources dédiées à Belisama sont bien devenues des sources Notre-Dame

« Je me souviens du jeune saint Thibault : il était allé rejoindre, dans les forêts, mon ami l'ermite Burchard, druide lui-même ! Ils voulaient restaurer le druidisme, mais découragés, ils firent comme moi, les pauvres : ils entrèrent dans les ordres !

— Qu'est-ce que tu penses de ça, maintenant, toi, la Gazette : un druide qui trahit et qui entre chez ses ennemis ?

— Ce n'étaient pas nos ennemis! Ils luttaient de toutes leurs forces contre la barbarie de ces siècles de plomb. Ils voulaient restituer à l'homme sa grandeur et sa dignité. Jamais le druidisme n'a eu d'autre but!

— Et ils vous acceptaient?

— Haha! Trop contents qu'ils étaient! Nous savions tant de choses! Ils avaient besoin de nous pour diriger le monde occidental! et pour dompter les Celtes! »

Maintenant la Gazette n'est plus l'aimable fantaisiste, le conteur truculent, le vieil ivrogne! Il n'a plus ni son visage ni sa voix. C'est un curieux inspiré.

— Si les moines défricheurs deviennent bâtisseurs, ce n'est pas par hasard, c'est qu'ils viennent de digérer le druidisme!

— Sacré fumiste! dit Germain, pour dire quelque chose.

Le vieux jaseur les entraîna devant le fameux retable de Saint-Thibault, qui pose tant de problèmes aux archéologues. Il leur montra la scène qui se trouve immédiatement à gauche de la crucifixion :

— Tenez, regardez-le, notre Thibault, avec son camarade, ils ont quitté le monastère de Saint-Rémy-lès-Metz, et sont partis dans la campagne « pour travailler de leurs mains comme maçons »! Vous entendez bien : comme maçons! Ils étaient tout simplement « frères de métier » et ça saute aux yeux comme la vérole sur le bas clergé!

« La preuve encore : la dernière scène, en bas à droite, on voit Thibault et Gauthier, entrer, à cheval, à l'abbaye de Saint-Rémy. Les archéologues s'étonnent que deux jeunes hommes désireux de se retirer du monde se soient présentés à cheval à la porte de leur cloître; c'est tout simplement parce que ces messieurs ignorent, ou veulent ignorer, que monter un personnage sur un cheval est, pour l'imagier, une façon de dire qu'il monte la cavale, la « Cabale », la Connaissance. Que c'est un Initié ! Remarquez en passant, vous deux qui êtes de la coterie, que ces deux cavaliers vus ainsi de profil rappellent singulièrement le sceau... le sceau des... »

La Gazette jetait alors des regards épouvantés de tous côtés et terminait à voix basse :

— ... Le sceau des Templiers !

Il continuait, devant les deux gars médusés :

— N'oubliez pas qu'au jeu d'échecs le cavalier peut parcourir l'échiquier, qui figure la table carrée, en tous sens et que le jeu du cavalier utilise le cercle dans le carré, ce qui veut dire que pour réaliser la quadrature du cercle il faut « monter en cavale », et si vous me permettez de pousser plus loin l'analyse...

— Où veux-tu en venir, Gazette ?

— Cela veut dire que celui que l'imagier représente en selle sait passer de la table ronde à la table carrée...

On devine ce que la Gazette, lancé sur ce terrain, pouvait raconter. Ils profitèrent de ce qu'il avait les yeux fermés pour s'éclipser discrètement, le laissant déclamer, sur le parvis, entouré de tous les chiens du village.

— Sacré Gazette ! disait Germain.

— Quand j'étais galopin, il me faisait rire, maintenant, il me fait peur ! ajoutait Gilbert.

— Ça peut se voir comme ça, opinait le Bourguignon Bien-Pensant. Et ça peut aussi se voir autrement...

Un samedi soir de chaleur, Gilbert était perché au-
dessus du porche qui fait comme un narthex à la
« petite cathédrale » de Semur. C'était pour y finir de
sculpter les choux des gables qu'on remplaçait. De son
perchoir, il découvrait la petite ville accrochée sur son
éperon, dans la boucle profonde où l'Armançon, res-
serré, fermait les portes des faubourgs.

Il voyait tous les vieux toits, le château fort avec ses
grosses tours perchées sur le vide, les ponts bancals, les
ruelles tordues dévalant vers la rivière, les gens allant
et venant, cherchant l'ombre des encorbellements.

Avec Germain, il chantait à tue-tête en maniant la
mailloche, parmi les vols de martinets.

Tout à coup sa voix s'arrêta dans sa gorge : sur la
petite place du parvis, à ses pieds, une Triumph rouge
venait de s'arrêter. En descendit Sylvie qui, le nez en
l'air, regardait Notre-Dame.

— Hé là, je suis perdu ! souffla-t-il, voilà ma
sangsue, ma ventouse !

En catastrophe il descendit de son échafaud :

— Filons ! dit-il à Germain, voilà Sylvie !

— Sylvie ?

— La fille qui pue... mais elles puent toutes là-bas !

— Ta sociologue ?

— Oui !

— Ô douleur ! La journée est foutue !

— Filons !

D'un seul geste ils enjambèrent la balustrade, car la demoiselle montait par l'escalier, et se laissant glisser le long du câble de la louve, en moins de deux ils étaient sur le sol, sautaient dans la camionnette et fouette cocher ! Avant de tourner au coin du parvis, Gilbert risqua un œil. Il vit la fille, là-haut. Il lui sembla qu'elle appelait : « Gilbert ! »

— Hardi ! Hardi ! dit-il à son compagnon qui était rouge d'émotion et de plaisir.

Ils étaient bientôt sur la route de Précy et, comme des fous, éclatèrent de rire et se mirent à chanter à tue-tête. Dans le soir doré, ils arrivèrent à la Rouéchotte. Partout il faisait une chaleur de four mais en attaquant les lacets de la Combe, ils prirent une bonne goulée de cette fraîcheur qui sortait des sous-bois.

Comme ils arrivaient devant le portail de la Rouéchotte, la Gazette mettait son nez à la lucarne.

— Notre cuisinier est là. Regarde son museau de putois ! Il nous guettait, la vieille charogne !

Ce ne fut que lorsqu'ils furent attablés, au frais, qu'ils poussèrent un soupir de soulagement :

— On l'a échappé belle, compagnon !

— Pas tant que vous croyez ! dit la Gazette. Elle est dans une automobile rouge et j'entends déjà son moteur !

— Ce serait pas affaire !

Après avoir trempé les moustaches dans un verre de vin, ils sortirent pour écouter. Dehors c'était le silence avec le cri du circaète qui planait au-dessus des mélèzes. Tranquillisés, ils rentrèrent et se détendirent :

— Tu l'as vue dans sa chemise transparente ? Elle était nue là-dessous, c'est sûr !

— On y voyait la raie des fesses !

— Et le bout de ses seins qui faisaient deux petites taches noires !... Sacrée putain va !

— Ah ! je pense que la race humaine n'est pas près de s'éteindre avec des femelles comme ça !

Dans une coquelle en terre, la Gazette amenait maintenant une meurette de tanches où l'échalote nageait sur les croûtons aillés. Il s'excusait :

— C'est des tanches des douves de l'abbaye. J'ai pas seulement été capable de vous sortir une truite !

— On se fera une raison !

— C'est qu'avec ça, je n'ai qu'une potée !

— Diable !

Ils ouvraient leur couteau, essuyaient la lame en deux coups de revers, sur leur cuisse, en disant :

— Cré mille loups-garous, que ça sent bon !

Mais ils se turent : on entendait un moteur.

— La voilà !

— Tu crois qu'elle aurait... ?

— C'est elle ! Je reconnais les pets coûteux de son sacré bon Dieu de moteur de luxe ! Vite, on ferme le portail, on met la clenche et on se cache ! Elle tournera bride !

Ils bondissaient pour rabattre le grand vantail, mais il était trop tard : la Triumph rouge entrait dans la cour. Sylvie en descendait alors que la Gazette commençait à bramer les psaumes des exorcismes.

— Laisse ! dit Gilbert, je vais lui en foutre moi de la liberté sexuelle et de la contestation !

Elle s'encadrait bientôt dans la porte. Ainsi vue à

contre-jour, elle était nue. Ne voyant rien dans l'obscurité de la salle, elle dit :

— Bonsoir messieurs. Je suis bien à la Rouéchotte ?

— Vous y êtes, dit Gilbert, et ce serait difficile de se tromper, mais je vous prie d'aller vous habiller avant d'entrer !

— M'habiller ?

— Oui. C'est pas prudent d'entrer nue comme ça chez trois vieux gars. Il vous arriverait des choses et après vous viendriez dire qu'on s'est conduits comme des goujats. Pourtant ce serait pas notre faute, mais la vôtre !

Elle éclata de rire, reconnaissant la voix et le style de Gilbert.

— Gilbert ! C'est bien toi !... J'avais peur de m'être trompée de route dans la vallée !

Elle s'approchait :

— Va t'habiller ! dit Gilbert fermement.

— Mais...

— ... Et par la même occasion, si tu as envie de venir manger de cette meurette, lave-toi donc le museau à la source. Tu nous gâterais la cuisine de la Gazette !...

Elle hésita, sortit et parut se diriger vers la voiture. Germain gloussait dans l'ombre. La Gazette marmonnait ses prières et Gilbert mettait une assiette de plus.

Elle revint. Elle avait passé une espèce de veste et paraissait s'être débarbouillée à l'eau fraîche.

— Comme ça, tu peux t'asseoir à la table d'un honnête homme. T'es décapée ! dit Gilbert.

— Je suis passée à Semur, mais vous veniez de partir... Quelle belle ville que votre Semur !... Et la route pour venir ici, que c'est beau ! Et ces villages !...

— Vous n'étiez jamais venue en Bourgogne, sans doute ? demanda Germain en imitant l'accent parisien.

— J'y passais pour aller sur la Côte, ou en Suisse, ou dans les Dolomites, mais...

— Oui, je vois, vous passiez à cent vingt à l'heure, sans rien voir ?

— Un colis postal, quoi ! ajoutait Gilbert.

— A un bout, Paris, à l'autre bout Saint-Tropez ou les Dolomites et entre les deux : la merde ! Hein ? C'est comme ça qu'on voyage en Triumph ? continuait Germain.

— Tiens, goûte-moi donc plutôt la meurette de notre ami. Tu verras que dans le coin il n'y a pas que le paysage qui mérite qu'on décute de l'autoroute !

La Gazette lui remplit son écuelle à ras bords, lui tailla un chanteau de pain, lui versa un verre de vin de l'oncle Meulenot :

— Allez, milliards de dieux, mangez et buvez !

Elle mit le nez dans l'assiette, la nettoya en deux coups de sa jolie langue. Elle vida le verre avec une grande imprudence et un manque total de respect, mais le vieux le lui remplit aussitôt et lui chercha un autre tronçon de tanche, bien moelleux, qu'il nappa de l'épaisse sauce sombre :

— Une bonne crue, il n'y a rien de tel pour débourrer la vésicule ! dit une voix.

Entre deux bouchées, elle disait : « Gilbert, j'ai eu du mal à te trouver dans ton repaire, mais j'y tenais. J'ai tenu parole : j'ai fait des démarches pour ton affaire.

— Quelle affaire ?

— L'affaire Marchais-Regenheim.

— Du diable si je me souviens de ces deux tondus-là !

— ... Ce sont des négociants connus, des mécènes notoires, et des fripouilles indiscutables ! Et il sera

220

difficile d'entreprendre quelque chose contre eux. Tu as été très imprudent de signer ce papier...

Pendant qu'elle parlait, il s'était levé, avait allumé une lampe d'écurie, avait ouvert la porte du cellier et lui faisait signe :

— Viens donc voir par là !

Il la poussait dans le réduit où trônait son calvaire. Il portait la lanterne à bout de bras pour l'éclairer. Elle fut saisie par une espèce d'extase et, les mains écartées, les yeux dilatés, se tut.

— Tu vois, Sylvie ?

— Oui Gilbert, souffla-t-elle, je vois.

— Alors maintenant tu comprends que tes deux margoulins peuvent continuer leur pantomime, le Gilbert de la Rouéchotte s'en contrefout !

— Gilbert ! dit-elle brusquement en se jetant contre lui, je suis contente de t'avoir retrouvé !

— Doucement, doucement, dit-il en la repoussant.

— Gilbert, je suis venue pour toi !

— Mais non, mais non ! C'étaient les vacances, tu allais sur la Côte, tu es passée pour voir comment était faite la tanière et comment y vivait le blaireau...

— Non Gilbert, je suis venue pour toi !

Il la poussa hors du cellier et la reconduisit à table où son verre avait été rempli pour la troisième fois par la Gazette.

— Ça ne fait rien, dit Germain, vous n'avez pas peur, mademoiselle, de vous embarquer sur les routes et de vous fourrer au plus profond des bois, comme ça, toute seule, avec tout juste une chemise à trous sur la peau !

— Mais vous-même, dit-elle, vous allez et venez à votre guise !

— Moi, dit Germain, la bouche pleine, je suis un homme !

— Et alors, parce que vous êtes un homme, vous avez le droit de faire ce que vous voulez ? Et pourquoi pas une femme ? Je ne vois pas la différence !

Les trois hommes éclatèrent de rire.

— Vous ne voyez pas la différence ? reprit Germain. Eh bien, moi je la vois très bien !... Ma pauvre petite fille, un gars ne ferait de vous qu'une bouchée !

— Vous croyez ça ? Je me défendrais. J'ai fait du judo !

— Je voudrais voir ça !

— Tenez, dit-elle en se levant : venez !

Il se mit lentement debout et tendit ses bras de tailleur de pierre, comme pour la prendre par la taille. Elle lui agrippa le poignet, essaya de le tordre. Calmement il l'enlaçait et serrait fortement en refermant les bras. Elle se débattait, essayait de le prendre par le col de sa chemise et se tortillait drôlement. Il serrait toujours, en souriant, sans même paraître faire le moindre effort. Elle voulut le griffer, le mordre. Elle était prise dans ses bras comme une belette dans les mâchoires d'un piège de la Gazette. Il serrait toujours.

— Lâchez-moi ! lâchez-moi, j'étouffe ! cria-t-elle enfin.

Il serrait encore. Elle hurla :

— Gilbert ! Au secours ! Il est fou !

— Ma petite Sylvie, dit-il en riant à gorge déployée, fais-lui donc une prise de judo !

— Gilbert ! Au secours ! Il va... il va...

Maintenant Germain avait soulevé délicatement la fille à moitié morte, et en riant lui aussi de tout son cœur, la passait comme une fleur, par-dessus la table, à Gilbert qui, bien doucement, la recueillait, et l'asseyait à sa place où elle s'affalait, reprenant sa respiration. Furieuse, elle se mit à pleurer en trépignant.

Germain, assez troublé, resta pensif devant son assiette.

— Sylvie, dit-il gravement, ne recommencez jamais une expérience comme celle-là. Restez bien à votre place de femme, toujours... Autrement, ça pourrait vous coûter cher !

Les hommes se remirent à manger comme des loups, en regardant Sylvie qui hoquetait. Ils débouchèrent la troisième bouteille de saint-romain dont elle but un verre d'un trait, alors qu'ils l'encourageaient : « Mangez donc ! buvez donc ! Ça vous remettra ! »

Lorsque apparut la potée elle regarda les deux hommes : ils semblaient vraiment commencer leur petit repas. Il fallait les voir planter la cuiller dans la marmite et en retirer de larges tranches de lard. Ratatinée dans son coin, elle se demandait où ils pouvaient encore loger cette généreuse nourriture.

— Mangez donc ! Buvez donc ! Ça vous remettra ! répétaient-ils en s'escrimant de la fourchette, alors que la Gazette, assis sur la pierre de l'âtre, lapait son brouet, après l'avoir écrasé à la fourchette, n'ayant plus de dents.

Elle chercha des yeux un pot à eau. N'en trouvant pas, elle but encore du vin pour étancher sa soif. Ses yeux se firent tout petits, elle se mit à gazouiller et tomba endormie sur la table, alors que les deux gars se poussaient du coude en pouffant :

— L'émancipation de la femme !... La liberté sexuelle ! Ah mais ! J'ai fait du judo, monsieur !

Ils l'étendirent sur le lit de la salle commune et, ne voulant pas salir d'autres draps, s'en allèrent dormir dans la grange où ronflait déjà la Gazette.

A l'aube, levée dès patron Jacquette, elle ne trouva personne. Elle s'avança sur le bord de la friche, fit le tour du mur d'enceinte en surplomb des roches et contempla l'enfilade des monts, saoule, cette fois, de lumière et d'espace, bouleversée par la beauté de ces combes entrecroisées...

Le lundi matin, les deux sculpteurs étaient repartis vers leur chantier de Semur. Sylvie était toujours là, en blue-jean de nylon tendu sur ses fesses, comme une peau de tambour, les pieds nus, avec leurs ongles rouges alignés à l'air, dans des espèces de petites sandales de rien du tout.

Sans rien dire, elle s'installa dans la chambre à four. C'était, au fond de la cour, une petite maison isolée, au toit de lave, où le cul de four saillait en bel arrondi. Un gros sureau, poussé près du seuil, la recouvrait de son panache de fleurs blanches, musquées et ronronnantes d'abeilles.

La Gazette, sans en avoir l'air, la surveillait.

Il la vit gonfler son matelas pneumatique, l'installer sur les dalles, y poser son duvet de camping. Elle voulut allumer un feu dans l'âtre : elle cassa, ici ou là, des branches vertes de sanvuillot et de nerprun, en fit un petit fagot de femme veuve et tenta de l'allumer avec son petit briquet doré. Deux heures plus tard, elle crut comprendre qu'il lui fallait un peu de paille ou de papier. Elle sacrifia deux des numéros de *l'Humanité Rouge* qui traînaient sur la banquette en peau de porc de sa Triumph et y bouta le feu en empilant dessus sa brassée de branches vertes.

La Gazette l'entendit bientôt tousser à mort. Il la vit sortir à l'aveuglette, chassée par une fumée jaune que crachait la porte basse. Il rentra chez lui pour n'en pas voir davantage. « Ça me ronge le foie ! » pensait-il.

Elle toussa son content puis vint sur le seuil de la salle commune :

— Monsieur la Gazette !... Monsieur la Gazette ! voudriez-vous m'aider à allumer le feu ? S'il vous plaît !

Sans se retourner, il regarda la chienne et lui dit :

— Qu'est-ce que tu dis de ça, toi, la Mirette ? Qui veut vraiment mener une existence de femme libre doit d'abord apprendre à allumer un feu ! Hein Mirette ?

— Je voulais faire cuire des nouilles... hasarda la fille.

— Condamnée à mourir de faim, qu'elle est ! Hein Mirette ? Mange sa viande crue, celui qui ne sait pas la faire cuire, n'est-ce pas Mirette ?

Elle sortit, vexée, et reprit ses essais. Finalement elle ouvrit une boîte de sardines et en fit son souper. Du côté de Gergueil grondait déjà un orage qui devait éclater dans la nuit, avec le fracas, répercuté à l'infini dans le couloir des combes, de la foudre cinq fois tombée sur les hêtres des sommets.

Au plus fort de la tempête, la Gazette entendit qu'on tambourinait et qu'on essayait d'ouvrir la porte de la salle commune.

— Monsieur ! Monsieur la Gazette, ouvrez-moi ! C'est moi ! Sylvie !

Elle se tut pendant que craquait un furieux coup de tonnerre et que l'air se mettait à sentir le soufre. Puis plus bas :

— Monsieur Gazette ! Ouvrez-moi... Ou alors, vous qui êtes le Grand Druide, commandez à l'orage qu'il cesse !

Il avait commencé à dire : *Vade retro Satana !* Mais il s'était dressé sur son séant. Ses yeux devinrent verts.

— Monsieur Gazette! (la voix se faisait enjôleuse) vous n'avez qu'un mot à dire, vous le Grand Druide...

Il fut vivement debout, vint à la fenêtre. A travers la vitre sale il la vit, à la lueur des éclairs. Son pyjama était plaqué sur son corps.

Sans ouvrir la porte, il saisit sa crosse et la leva à bout de bras en criant trois mots dans son charabia. Chose curieuse, on aurait dit que l'orage lui obéissait : on n'entendit plus que quelques grondements qui s'éloignaient du côté d'Antheuil, et le bruit de l'eau qui dégorgeait de toutes les gouttières percées. Sylvie, le poing fatigué de frapper, s'en retourna, le dos rond, dans sa masure, alors que la Gazette, persuadé d'avoir commandé aux éléments, se versait, dans l'obscurité, un grand verre de vin.

Avant l'aube, n'ayant pu fermer l'œil, elle sauta dans sa voiture et, à tombeau ouvert, gagna Semur. La petite ville s'éveillait à peine. Les corneilles sortaient des murailles et tournaient autour de la flèche de pierre, où les deux sculpteurs étaient à l'œuvre, burin sonnant. Cette fois, ils ne la virent que lorsqu'elle se fut engagée sur les échelles. Gilbert lui cria :

— Ne monte pas plus haut, je descends !

Il craignait qu'elle ne fît un faux pas, mais, furieuse, elle continuait l'ascension; quand elle arriva sur le plateau, elle n'osa pas aller plus loin. Elle se cramponna à la main courante et lança :

— Gilbert! Je t'achète ta chambre à four !

— Et c'est pour me dire ça que tu es venue te rompre les os sur le parvis ?

Elle regarda à ses pieds et c'est alors qu'elle fut paralysée par le vertige.

— Redescendez! cria Germain.

— Je ne peux pas! gémit-elle.

Ils lâchèrent donc tous deux le maillet et quittèrent leur perchoir. Avec de grandes difficultés ils l'aidèrent à redescendre, grelottante de peur. Lorsqu'elle mit le pied sur le sol, elle éclata en sanglots, puis, se raidissant et piaffant :

— Vous m'avez humiliée, tous les trois, les uns après les autres ! Mais je vais te montrer Gilbert, ce que c'est qu'une femme !

— En m'achetant ma chambre à four ?

— Elle me plaît.

— Pardi ! J'aurais dû m'en douter ! Une Parigote ne peut pas voir une baraque en ruine sans vouloir en faire une image de catalogue !

— Tu verras comme je l'installerai !

Rageusement, elle entra dans plusieurs boutiques et acheta (acheter est, en toutes circonstances, le recours et la consolation de la femme) deux bouteilles de gaz butane et un réchaud, une truelle, une pioche et tout le matériel qu'on voit sur les affiches, des outils de jardinage peints en rouge et en vert, des sachets de graines et tous les jouets pour citadins en mal de résidence secondaire. Quand la voiture fut pleine, Gilbert, inquiet comme le sont tous les hommes lorsqu'ils assistent aux ébats d'une femme dans les magasins, demanda :

— Et la Gazette, qu'est-ce qu'il dit de tout ça ?

— Ton Grand Druide est un salaud ! dit-elle en démarrant furieusement.

Lorsqu'elle arriva à la Rouéchotte, le grand vantail était fermé. Elle contourna la grange et passa la brèche dans le mur. Les bâtiments étaient vides, la porte de la salle commune fermée. Elle murmura des injures, se

227

précipita vers la chambre à four dont la porte était ouverte au grand large.

Elle regarda ces maisons grises, rongées de ronces et de soleil, enserrées dans la triple enceinte de leurs murs, de leurs friches et de leurs forêts. C'était d'une très grande et très grave beauté, mais elle eut peur. Peur de solitude et de silence, car la Gazette était parti, avec la Mirette. Sylvie était seule. Ce site merveilleux qui lui avait accroché l'âme avec les griffes sauvages de ses épines, qui avait capturé son cœur dans le trémail de ses branchages, de ses éboulis, de ses ravins aux eaux perdues, lui faisait peur parce que ce salaud de Gazette était parti.

Où était-il ?

En « veurde » ? comme il disait. En braconne ? Ou bien caché dans les caillasses pour la voir avoir peur ?
— Pourtant il lui manquait.

Elle se jeta sur ses outils tout neufs et, au plein soleil d'été, se mit à gratter, sans trop savoir comme, les orties, les yèbles, les ruantes énormes qui envahissaient son seuil. Elle croyait pouvoir faire devant sa maison une place bien nette et y semer des fleurs, comme elle avait vu sur les magazines spécialisés, avec ici un dallage japonais, là un mixed-border, plus loin un jardin de rocailles. Elle n'aboutit qu'à une énorme fatigue et, sur la pierre du banc, à l'ombre du sureau, se mit à écouter, avec effroi, le silence strident des grillons.

Comme elle allait s'assoupir, elle entendit un moteur qui peinait dans les lacets de la combe. Une voiture montait.

C'était peut-être Gilbert qui, confus, revenait faire amende honorable et se jeter à ses pieds ?

Bientôt la voiture s'arrêtait devant le portail fermé.

228

Sylvie alla faire basculer la clenche, ouvrit le vantail et se trouva face à face avec une jeune personne robuste : c'était Manon, la cousine Manon, qui resta bouche bée.

— Qui êtes-vous ? dit la Parisienne.

— Comment, qui je suis ? Mais vous, qui êtes-vous d'abord ?

— Une amie de Gilbert.

— Que faites-vous ?

— Je l'attends.

— Alors vous savez s'il est revenu de Paris ?

— Oui, il est revenu.

— Et où est-il à cette heure ?

— Je ne saurais vous dire.

Manon se dirigeait vers les bâtiments, mettait la main dans un trou du mur, en retirait une clé, ouvrait la porte et pénétrait dans la salle. Sylvie était sur ses talons.

— Vous lui direz que sa cousine Manon est venue pour lui dire qu'on a besoin de lui à Saint-Romain, et que c'est grave.

Elle ouvrait le cellier aux statues :

— Et vous lui direz, à votre cher ami Gilbert, qu'au lieu de gratter ses guignols il ferait mieux de...

— Ces guignols, comme vous dites, sont admirables et...

— Oui, mais ses champs sont de beaux râchons d'épines !

— Vous avez un cousin qui est un grand artiste et vous...

— Mon cousin est peut-être un grand artiste, mais la Rouéchotte était un beau domaine et par sa faute il retourne aux étoules et à la ronce, et les maisons s'effondrent !

— Quand on a un talent comme le sien on se doit à son œuvre.

— Quand on a une Rouéchotte, on se doit à son domaine ! Et quand on a l'allure que vous avez on ne vient pas faire la leçon aux travailleurs de la terre !

— J'ai l'allure qui me plaît, mademoiselle, et je travaille autant que vous !

Manon éclata d'un grand rire méchant. Sylvie se retourna d'un bond et la gifla.

Si la Gazette était caché quelque part, il pouvait alors se régaler, car les deux femmes s'étaient empoignées. Elles roulèrent entre la Madeleine et saint Jean, au pied de la croix, sous les yeux de la Mère des Douleurs.

D'un côté, c'était le judo féminin parisien, de l'autre, le rude pancrace de la layotte en colère ; tout cela faisait une boule de cris et de miaulements. Ça griffait, ça se détendait, ça rebondissait, comme une bataille de chats sauvages.

A un moment, cela heurta la croix qui glissa et, de toute sa hauteur, tomba sur elles et bascula sur les dalles en faisant un craquement sinistre. On aurait dit que la charpente de la maison venait de s'effondrer.

Le nœud de bras et de jambes qui gigotait sur le sol se figea tout à coup. Sylvie, assommée par la croix, avait perdu connaissance et le Christ gisait, les deux bras rompus pendant au bois du sacrifice.

Manon se leva en hurlant des injures, elle prit une pioche qui se trouvait là et se mit à frapper de toutes ses forces, à droite, à gauche, sur la Madeleine, sur saint Jean, sur la Vierge et même sur le Christ brisé, s'acharnant, scandant ses coups en criant :

— Admirables !... Admirables ! Ses guignols ?... Vraiment ? Mon cousin est un grand artiste ? Hahaha !

Puis elle sortit en courant, sauta dans sa voiture et disparut, abandonnant la Rouéchotte silencieuse aux grillons, alors que le circaète planait lentement en glissant sur l'aile, au-dessus des hêtres foudroyés.

Sylvie revint à elle. Se tenant la tête à deux mains elle gagna l'abreuvoir, s'y ébroua et, sans prendre le temps d'essuyer le sang qui coulait de son front, ramassa ses vêtements, monta dans sa voiture et, abandonnant son matériel de petite fermière modèle, disparut dans un tourbillon de poussière.

Une heure plus tard, elle prenait une chambre à l'hôtel du Chapeau rouge, à Dijon, et retrouvait avec délices une salle de bains où, dans une eau de robinet, parfumée, si l'on peut dire, aux sous-produits de la distillation du pétrole, elle put enfin retrouver la civilisation de consommation qu'elle avait cru trop facilement pouvoir abandonner. Mais surtout elle put se plonger dans le bruit, ce cher compagnon des enfants du siècle.

Le lendemain, elle était à Saint-Tropez.

La Gazette rentra dans la nuit. Il trouva la porte ouverte. Il découvrit les statues renversées, la croix cassée, le Christ brisé, la pioche jetée.

En tournoyant, les bras au ciel, les yeux révulsés, il se mit à chanter :

— Alleluia ! Gilbert !... Mon fils Gilbert ! Te voilà consacré par les puissances du mal ! C'est bon signe !... Te voilà purifié !

Il riait, il exultait. Il gagna la cour puis la friche et se mit à courir en poussant de hautes clameurs qui montaient dans la nuit d'été. Il trottinait. Il réveilla au passage les Goë en hurlant :

— Une grande nouvelle! Un monstre a brisé le calvaire du Gilbert.

— Quel monstre? lui demanda-t-on par la lucarne.

— Une vipère femelle, c'est sûr!

Puis le délire :

— De sa vulve jaillissent le feu et le soufre et dans son ventre le malin a pondu sa bave et ses ferments!

— Arrête tes âneries, Gazette, et dis-nous!

— Une femme a brisé notre calvaire!

— Une femme? dit un frère, mais quelle femme?

Dans son lit, Ève ouvrait toutes grandes ses jolies petites oreilles.

Était-ce donc vrai ce qu'on racontait, que Gilbert avait ramené une femme avec lui, de Paris? Pouvait-il lui avoir menti à ce point? Et ce baiser de la Saint-Jean?

Mais la Gazette ne répondait pas. Le moment de lucidité était passé. La Gazette repartait en hurlant ses niaiseries. Il mit presque trois jours, ainsi, sous le grand soleil, pour gagner Semur. Quand il déboucha sur la place du parvis, il voulut crier :

— Mon fils! Une grande nouvelle!... Tu es libéré!... Le diable a capitulé!...

Mais aucun son ne sortit de sa gorge. Tout devint bleu devant ses yeux et il tomba, de fatigue et d'inanition, car il n'avait pas pris le temps d'entrer dans les fermes pour y demander gîte et pitance.

Il lâcha sa crosse qui roula sur le pavé. On le vit s'étaler, face contre terre, et ne plus bouger. Un quart d'heure plus tard il entrait à l'hôpital de Semur sans avoir pu parler.

Le lendemain, laissant le vieux dans un beau lit blanc, les deux sculpteurs partaient pour la Saône-et-

Loire. Germain avait été pressenti en effet pour travailler à la restauration de plusieurs édifices bourguignons et, il faut bien le dire, il avait étonné les gens des Monuments historiques, car on lui avait demandé de s'occuper des châteaux de Berzé, de Couches, de Montigny-Monfort, de Chastellux et d'autres, ce qui lui faisait trois ou quatre ans de travail assuré...

Et il avait refusé !

— Comment pouvez-vous laisser échapper une telle commande ? lui avait dit le conservateur. Vous sentiriez-vous incapable de mener à bien ces travaux ?

Et il avait eu cette réponse étonnante :

— Nous autres, enfants de Maître Jacques, nous avons promis de ne jamais porter les armes et de ne jamais travailler à la construction des forteresses, des palais et des prisons !

— Il ne s'agit pas de construire, mais de réparer, pour conserver à la postérité les vestiges des temps anciens !

— Notre art se refuse à la guerre et à la domination. Ce qui est promis est promis. Maître Jacques en a ainsi décidé, je lui ai donné ma parole !

— L'auriez-vous connu ? demandait plaisamment l .. fonctionnaire.

— Je sais bien que c'était un Gaulois, qui ava beaucoup voyagé en Grèce, en Égypte, à Jérusalem. O dit qu'il aurait exécuté les deux colonnes du temple de Jérusalem qui portent son nom : Jacquin...

— Diable ! Et vous êtes toujours fidèles à un maître si lointain ?

— Nous sommes toujours la confrérie des Enfants de Maître Jacques, les constructeurs celtiques, et nous signons d'une feuille de chêne. Jamais vous ne verrez ce signe-là sur une forteresse ni une prison !

Gilbert entendait cela, et son cœur battait. Il croyait entendre la Gazette qui, un jour, avait dit :

— Maître Jacques, c'est le nom du paysan celte, et la Jacquerie, monsieur, est le premier nom de la Révolution !

Il avait même dit :

— N'oubliez jamais que la Révolution française, c'est la révolte de l'ouvrier celte contre la noblesse, c'est-à-dire les descendants des envahisseurs francs !

Oui la Gazette avait dit cela. Mais allez donc prendre au sérieux un homme qui dit tellement de bêtises !

— Ainsi vous refusez le travail ? avait demandé le conservateur.

— Je le refuse ! avait répondu Germain en faisant le geste de se retirer, non sans gaucherie.

— Attendez ! Ne vous sauvez pas comme ça, le Bourguignon ! J'ai autre chose à vous proposer !

Et c'est alors que le fonctionnaire avait énuméré douze noms prestigieux, douze noms d'églises, de basiliques, de cathédrales : Autun, Paray-le-Monial, Chapaize, Brancion, Anzy-le-Duc, Montceaux-l'Étoile, Semur-en-Brionnais, Tournus ! Le regard que Germain avait alors jeté à Gilbert avait été vif et brillant comme le passage de l'aile d'un martinet. Il n'avait dit que cinq mots :

— Onzième ? Douzième ? Ça me va !

Voilà comment avait été amorcé le marché. Ils étaient sortis de cette entrevue dans le délire et c'est ainsi qu'ayant donné le dernier coup de râpe à Semur, ils étaient partis directement à Autun, sans passer par la Rouéchotte, sans se douter de rien.

A l'hôpital de Semur, la Gazette n'avait repris connaissance que vers les minuit. S'éveillant dans des draps blancs, il avait eu un haut-le-corps et, tout de suite :

— Ma crosse ?

Il glissa ses jambes maigres hors du lit et se mit à chercher son bâton. Ses voisins le virent aller et venir dans la demi-obscurité des veilleuses en disant : « Ma crosse ? Bon Dieu de bois, ma crosse ? Mon sceptre d'Osiris ? Ma verge d'Aaron ? Où l'ont-ils mise, ces pangnias ? »

Il se souvint alors de son malaise de la veille, il lui revint qu'il était tombé sur le parvis. Sa crosse devait être restée là-bas, tout simplement, alors, le plus naturellement du monde, il ouvrit la fenêtre, enjamba l'appui, et descendit sur l'avant-toit d'où il s'arrangea pour gagner le pavé et, en pleine nuit, se mit à parcourir les rues de Semur, vêtu du pyjama réglementaire de l'hôpital.

Drôle d'épouvantail sous la pleine lune d'août !

Les murailles étaient encore chaudes et le chant des grillons qui, toute la journée avait assiégé la ville, réussissait maintenant à y pénétrer, débordant les remparts et montant à l'assaut de la collégiale Notre-Dame, dressée, tout en haut, blafarde sur le ciel sombre.

La Gazette arriva bientôt près d'elle, fit le tour de la place et, dans un coin, trouva effectivement sa canne, la ramassa avec des marques ridicules de respect et de tendresse, et, transfiguré, continua son étrange promenade nocturne. Il tourna à gauche, dans l'ombre que l'église jetait sur la ruelle, passa devant la porte des Bleds, où s'archivoltent les travaux des saisons, puis il courut aux portails occidentaux, éclairés en plein par la lune, et il y vit l'éléphant et le chameau. Il éclata de rire :

— Un éléphant ?... Et un chameau ?... Belle enseigne pour une collégiale ! Bel hommage à la mère de Dieu !... Beaux attributs pour Notre-Dame des Douleurs ! Belle ménagerie au milieu des beaux bourgeois frottés de latin et des curés confits de tortueuse théologie !... Un éléphant et un chameau, entendez-vous, bonnes gens qui dormez ? Demandez-leur donc à vos savants d'expliquer un éléphant et un chameau dans votre sanctuaire, dont vous êtes si fiers, à côté de la Mère de Dieu !... Ils vous diront que c'est pour faire joli !

Il s'adressait aux fenêtres fermées, aux volets clos :

— On a construit les cathédrales pour faire joli !... Entendez-vous, bourgeois ?... Pour faire joli... pour faire joli...

Ainsi répétant, il s'en alla, crosse en main, gagna les voies antiques de Pont-d'Allerey et de Flée. Pieds nus, en pyjama, il marcha jusqu'au jour, longeant les eaux profondes du lac de Pont.

Il se proposait de couper court par les vieilles pistes charrières qui convergent toutes vers la haute butte de Thil, et gagner le cours de l'Armançon, « méchante rivière beaux poissons », mais une voiture, au carrefour de Roilly, lui coupa la route, s'arrêta et deux gendarmes en descendirent.

Lorsqu'il les vit, il se jeta dans les buissons, vif comme un capucin, mais les gendarmes étaient jeunes et aimaient à rire. Donner la chasse à ce vieil épouvantail était partie de plaisir qu'ils firent durer tant et plus. Ils le laissèrent se forlonger jusqu'à mi-hauteur, sous les glacis du château fort de Thil, mais de peur de le voir donner le change et se perdre dans les taillis d'en haut, ils se rapprochèrent et le trouvèrent perché sur une muraille branlante tellement pourrie qu'ils n'osèrent s'y aventurer.

— Jean Treuverdot, dit « la Gazette », je vous ordonne de descendre ! cria le brigadier.

Il semblait ne les voir ni les entendre. Il parlait mais le vent qui soufflait là-haut emmenait ses paroles sur le versant sud de cette butte étrange, une de ces buttes d'Auxois où il aimait tant jucher.

— Gazette, descendez, ou nous allons vous chercher !

Il continuait à gesticuler, le vieux druide, sur ses pierres branlantes, crosse en main. Jamais pyjama réglementaire de l'hôpital de Semur n'avait été à pareille fête !

Lorsque les gendarmes parvinrent à se hisser près de lui, il prit son élan comme s'il se fût trouvé au péril des flammes, et sauta dans les buissons qui, dix mètres au-dessous de lui, escaladaient le glacis. Ils le virent, en bas, rouler en boule dans les prunelliers et rester là, immobile.

Une heure plus tard, il réintégrait l'hôpital de Semur, cheville foulée, hurlant :

— Faut prévenir Gilbert, cré cinq cents dieux !

— Qui est Gilbert ?

— Mon disciple, mon successeur. Un démon vient de briser son calvaire...

— Quel démon ? Quel calvaire ?

— Le calvaire des Griottes. Quant au démon, j'en ai senti le respir !

C'est ainsi que Gazette fut transféré dans la salle des fortes têtes. Les fenêtres étaient armées de barreaux datant, pour le moins, du quinzième siècle.

Une fois le messager en cage, tout l'Auxois, toute

l'Arrière-Côte, toute la Montagne sombrèrent dans l'ignorance et l'ennui. Qui pouvait assurer, maintenant, le commentaire des événements essentiels et raconter ce que le Bien Public et les Dépêches ne disent jamais ?

C'était bien ce que pensait Ève Goë.

Elle allait à l'herbe aux lapins, s'asseyait dans les touffes de grimon, le dos rond, le cou tendu, pour voir à la fois du côté de la Chaume d'en haut et du côté de la vallée, guettant le moindre bruit, le moindre mouvement de branche. Une pie hochant la queue la faisait sursauter, un aboi de chien dans les villages d'en bas la rendait frissonnante.

— Reviendra-t-il ? Et s'il vient, par où va-t-il me crier ?

Elle remplissait la bâche de pissenlits, de chicorée, de luzerne folle et de minette, et ses pas, jour après jour, l'amenaient sur le tertre de la croix de mission. C'est la tour de guet, l'observatoire d'où, de toute éternité, les fiancées sont venues guetter leur amoureux retour de guerre ou de cavale, avec la table de pierre, la croix, le muret d'où l'on peut voir, sans seulement le faire exprès, tout le pays de trois cantons, et, comme sur une carte Michelin, toutes les routes où le moindre chien errant fait un point qui remue et ne vous échappe pas.

De là, si le bien-aimé s'approche, d'où qu'il vienne, on est sûre de le voir deux bonnes heures avant qu'il commence à grimper la côte. Alors on a le temps de courir chez soi, de se donner un coup de peigne, de chercher la bouteille d'eau de Cologne, et de revenir s'asseoir, comme si de rien n'était, sur le tertre de la croix de mission.

Elle y venait tous les jours. Elle y apportait ses chaussettes à repriser, ses boutons à remettre ; elle y amenait sa chienne qui, elle aussi, regardait au loin, mais les jours passaient. L'été se faisait lourd et épais. L'herbe attendait l'eau, Ève attendait l'amour.

— Ah ! si seulement je voyais arriver la Gazette ! pensait-elle, lui, il me dirait, mais ouatte ! le vieux fou est recroquevillé par là au coin d'une taille, mort ou peu s'en faut, avec sa manie de suivre les coulées de renards sans jamais dire laquelle !

Et puis cette idée qu'elle repoussait au fond d'elle-même : Gilbert, s'il était parti rejoindre cette fille ? Mais non : si elle avait brisé son beau calvaire, c'était par dépit, et si elle avait du dépit, c'est qu'il la repoussait.

Oui, mais on pouvait voir ça autrement : si cette fille avait brisé, de rage, ses statues, c'était une marque d'amour enragé, et n'allait-il pas se laisser emberlificoter par cette preuve-là ? Et sa longue absence, n'était-ce pas l'indice qu'il était parti à sa recherche pour lui pardonner ?

Mais non : l'avoir embrassée, elle Ève Goë, et serrée comme il l'avait fait pour la Saint-Jean (déjà bientôt trois mois !), et la délaisser ensuite ? Ce n'était pas de lui, ça !

... Et si la Gazette, comme toujours, avait raconté des menteries, avec son calvaire brisé ?

Alors, un jour, elle osa gagner la Rouéchotte. Elle eut l'audace d'entrer dans la salle commune, de se glisser dans le cellier et elle vit le Christ aux bras brisés, les Saintes Femmes renversées. C'était donc vrai ? Et dans la chambre à four, ces fioles d'onguents parfumés, cette petite pioche, ces petits outils de poupée ?

Et, après avoir donné un coup de chiffon machinalement et remis de l'ordre, elle revint à la Communauté, le ventre noué, sans en rien dire à personne.

Et comment en parler ?

Ses frères continuaient à courir les fêtes sur leurs vieilles bicyclettes, pour y défier les gars des autres cantons, prenaient des places sans trop chercher à les garder, le père Goë ne répondait jamais à personne, perdu dans un rêve probablement drôle, puisqu'il le faisait éclater de rire en disant : « Bande de corniauds ! »

Comme il aurait fait bon voir arriver Gilbert et l'entendre dire : « Coucou, me voilà ! Nom de d'là ! » Ou même tout simplement voir entrer la Gazette : « *Pax vobiscum ! In nomine patris...*Ton Gilbert est ici ou là, je sors de le voir ! »

Mais rien. Ni l'un ni l'autre.

4

Il y eut d'abord Tournus.

Tournus-la-Rose, balcon au-dessus de cette Saône qu'elle domine de ses deux tours, la petite et la grande, une à chaque bout de la longue nef. Dispositif unique qui ne fut pas adopté non plus pour « faire joli », comme disait Jean Treuverdot, dit « la Gazette ».

Ils étaient arrivés là le soir, par la petite route qui traverse les côtes chalonnaises, et lorsqu'ils débouchèrent sur le val de Saône, Gilbert poussa un cri.

Pour la première fois de sa vie, il voyait ce que la tuile creuse, celle que l'on appelle romaine, peut faire pour un paysage. Toute la ville ou presque était à toits plats rose-gris, en écailles qui s'étalent jusqu'à l'eau. Seules les tours de la basilique Saint-Philibert étaient coiffées de la petite bourguignonne, qui a la couleur d'un vieux madère. Et tout cela, doré par le soleil couchant, se détachait sur la plaine de Bresse, qui commençait sur l'autre rive de la rivière.

Germain avait arrêté la camionnette et ne disait rien. Il regardait, mais Gilbert avait le souffle coupé. Sans jamais avoir appris quoi que ce soit sur cette basilique, il sentait que sur cette haute rive de la rivière des rivières, un souffle montait du sol et transfigurait tout. (Ou bien était-ce à force de vivre avec ce vieux fou de Gazette dont le souvenir ne le quittait plus jamais ?)

Au fur et à mesure qu'ils s'étaient approchés du centre de la ville, il s'était senti attiré comme par un remous vers la falaise de cette façade nue, où le sculpteur n'a rien eu à dire, ses seuls ornements étant des bandes discrètes de contreforts plats et de petites arcatures à peine saillantes, humbles et pures.

Ils se jetèrent comme deux fous dans le narthex, puis dans la nef, et, pris aux tripes par ce tas de pierres façonné en voûtes, portées sur des piliers énormes, ils se sentirent « envoûtés », comme disait le pape des escargots.

Lorsqu'ils furent revenus de leur première extase, Gilbert s'aperçut qu'il n'y avait, dans tout l'édifice, aucun travail pour eux :

— Alors, dit-il pourquoi nous a-t-on fait venir ici ?

Germain eut un sourire et montra, du doigt, le sol :

— Là-dessous ! dit-il.

— La crypte ?

— Oui.

Gilbert frissonna : la crypte ? La chambre dolmenique ? Sous le sanctuaire ?

Ils descendirent dans l'église souterraine où le travail de restauration avait été très poussé par les maçons. Là enfin, ils trouvèrent des pierres parlantes : les chapiteaux. Sur les colonnes qui soutenaient les voûtes contrariées, ils s'alignaient dans la pénombre et les deux hommes en silence les étudièrent.

L'atmosphère était lourde et feutrée et leur suffoquait l'esprit. On ne pouvait même pas parler d'esprit, c'était le corps qui était environné, saisi et comme

242

parcouru par des ondes. On sentait que sur ces voûtins étroits, solidement ramassés, pesait l'énorme massif de l'église supérieure. Son poids se concentrait là, en un point singulier, comme la lumière du soleil, passant à travers une lentille convenable, converge en un point et rassemble ses effets.

Ils restèrent là, baignant dans un fluide qui n'était plus de l'air, mais une onde, surchargée des dons secrets de la terre.

Quand ils revinrent au jour, ils se sentirent différents et pensèrent aux miracles, et à cette transmutation humaine dont se gaussait si fort l'archiprêtre de Saulieu. Gilbert pensait :

— Ah ça, c'est autre chose que l'académie Fumassier !

Et c'était vrai : ici, on donnait à la pierre une forme et un poids qui la transformaient en force. Comme aurait dit la Gazette, ce n'était pas pour faire joli, c'était de la sculpture utilitaire, ou sans doute de la sculpture incantatoire, de l'architecture harmonique... Va savoir ! Voilà des choses qui se formulaient mal dans la tête de Gilbert, faute de mots, mais qu'il sentait bien. Il traduisait :

— L'académie Fumassier ? La galerie Karfunkelstein ? La sculpture impactuelle ? Les maîtres de l'informel ? De la merde de coucou à côté de ça !

Dès le lendemain, ils se mirent au travail avec fièvre. Les modèles étaient beaux, leur signification était riche, la pierre était franche, le travail avait un sens qui vous imbibait de force et de contentement ! Dès lors, comment penser à une fille, fût-elle Ève Goë ? Chaque matin Gilbert disait : « Je lui écrirai ce soir ! »

Mais le soir, il avait les poignets tellement grippés, les phalanges si talées, les paumes tant meurtries, qu'il n'aurait même pas pu ramasser un porte-plume sur la table...

... Et là-bas, dans les derniers rougeoiements du soleil, Ève attendait sur le tertre de la croix de mission.

Ce fut, pour Gilbert de la Rouéchotte, le commencement d'un grand vertige.

Ils vivaient avec les maçons et les goujats, campés sous la bâche, adossés au mur gouttereau. En levant les yeux on pouvait voir les deux tours haut pointées vers le ciel. A leur ombre, cela faisait une sorte de fraternité de travail où Gilbert s'ouvrait comme fleur au soleil, le premier à entonner couplet le matin et à payer tournée le soir, entre deux poignées de main, et le dernier à poser mailloche.

Souvent, ils revenaient au chantier après la soupe du soir. C'était pour revoir les choses et s'assurer que, dans leur travail de la journée, ils n'avaient pas trahi le modèle. Après quoi, dans la tiédeur du soir, ils marchaient le long du quai.

Ah! les belles flâneries dans les crépuscules avec les frères maçons, Germain en tête, le long des berges où l'eau de Saône paraissait ralentir pour s'endormir, rose comme le ciel, dans ses grandes prairies! On traînait ainsi en bande, remontant jusqu'à l'Arvolot, ou bien en aval, suivant le courant jusqu'à Farges, où l'on retrouvait encore le douzième siècle, entre fleuve, route et chemin de fer.

On était loin des hauteurs râpeuses de la Rouéchotte.

Là, c'était la douceur des paysages ouverts vers le sud, la vigne accrochée aux coteaux de rive droite, l'immensité des pâturages de rive gauche, la vie profonde du couloir millénaire où les convois se ruent vers la Méditerranée, l'Afrique, l'Asie, le monde entier.

On marchait en chantant, souriant aux filles en faisant le fier-à-bras, s'arrêtant aux enseignes pour y boire un pot, y croquer la friture ou se gaver d'une pauchouse.

Parfois on allait un peu plus loin, vers le Ruâ de Saint-Oyen, où un caboulot, construit en surplomb de la berge, servait le saucisson chaud. Gastronomie déjà beaujolaise qui épanouissait le palais tout neuf de notre Gilbert.

Et toujours les chants, cette voix dorée de Germain, clamant une inaltérable joie de vivre. Et l'on rentrait à nuit noire pour s'affaler sur le lit de camp, comme soldats en campagne. La vie gargouillait à plaisir dans la gorge de Gilbert qui ne pensait plus qu'au lendemain, au surlendemain, jamais à hier. Hier était une espèce de cadavre déjà sec confondu avec l'herbe du chemin.

Les dimanches, dans la camionnette, on suivait les petites routes tordues qui grimpent sur les hauts des côtes mâconnaises. On se faufilait jusqu'au col de Brancion. On voyait surgir, tout à coup dressées, la roche Vineuse, et celle de Solutré, comme des lames figées au moment qu'elles vont déferler. Et dans les vallées, tant de châteaux, de prieurés, de chapelles, de commanderies, de bourgades capricieuses vouées à leurs vignes, sous les friches où folâtraient les chèvres.

Gilbert criait grâce :

— Prou ! Prou ! disait-il à son aîné, tu me bailles le virot !

Lorsqu'ils s'arrêtaient en quelque bouchon :

— Et tout ça, c'est ma Bourgogne ? s'extasiait-il.

— Si tu en doutes, tu n'as qu'à écouter les gens !

Et Gilbert écoutait, regardait : tous avaient cette même rondeur de phrase, faite d' « r » roulés, de syllabes épaisses et dodues. Et puis même tournure de pensée, même verdeur, mêmes propos coupants comme faucille, même malice des yeux plissés, mêmes jointures noueuses, même crâne rond.

— T'y retrouves tes frères, oui ? disait Germain.

— Rien que des « Gazette » ! s'étonnait Gilbert.

— Les Celtes ! comme dirait le vieux lui-même !

Ils rencontraient aussi des hommes différents, épais, plus grands, à la peau plus rose, au cou d'auroch, au ventre de bonbonne. C'était là le Burgonde. Il était le plus souvent propriétaire, négociant, alors que l'autre n'était que son piocheur de vigne, son maître de chais ou quelque petit artisan vigneron. Le second : seigneur et administrateur. Le premier : moraliste et poète. Celui-ci riche, positif et puissant. Celui-là insouciant et philosophe.

Ainsi Gilbert avançait à la découverte de sa mère nourrice la Bourgogne. Il aurait pu maintenant les reconnaître entre mille, ses frères de lait, aussi bien que désigner, sans se tromper, le chapiteau, la voussure ou le tympan venu de chez lui, et non d'ailleurs.

Il leur arrivait d'entamer conversation avec l'un qui méchait ses fûts, avec l'autre qui bouéchait sa vigne. Un jour, à Milly, celui de Lamartine, un homme leur avait dit :

— Entrez donc, les gars, vous m'aiderez bien à boire une de mes bouteilles ? Tout seul, je n'ose pas !

C'était un après-midi de septembre, parfumé de buis en chaleur. Ils étaient entrés dans un chai frais et musqué où l'homme les avait précédés pour passer en revue, pipette en main, des rangées de fûts qu'il débondait d'un petit coup sec de maillet :

— Et celui-ci ? Vous me direz ce que vous en pensez... Et celui-là ? S'il est trop vert ?... Et cet autre ? s'il n'a pas une petite arrière-pensée de moisi ?... Et celui-là ? S'il lui manquerait pas, comme à la Marie, un petit quelque chose dans le corsage ?... Ainsi on en goûta quinze, quinze jeunes beautés sans pourtant que le maître en trouvât une à son goût.

Ce n'était que la préface. Le « purgatoire », comme il disait.

— Voyons maintenant le premier chapitre du Paradis !

On changea de cave. Elle était encore plus sourde que la première. Crypte aussi, creusée dans le roc. On tâta ainsi sept ou huit gorgées (on ne comptait plus) qui ne trouvèrent pas davantage grâce devant le patriarche. Ça deviendrait bon, mais il fallait attendre.

Le troisième chapitre avait des pages de plus en plus inoubliables. Quand on fut à la dernière, le maître dit :

— Vous avez tout goûté, messieurs. Maintenant choisissez ! Duquel voulez-vous boire ?

— Celui-ci ! disait Gilbert.

— Celui-là ! disait Germain.

— Pour ne pas faire de jaloux, nous allons monter une bouteille de chaque !

Et l'on revint sous la tonnelle qui pendait au perron de pierre. Un Bénigne passait, qui eut aussi sa chaise. Un Philibert survint, qui eut son tabouret, et voilà un bon tribunal pour entendre sérieusement les deux causes.

Comble de bonheur, une fille allait et revenait, chargée de paniers pleins. C'était la fille du maître. Germain abandonna le prétoire pour l'aider à porter

247

corbeille. Bien lui en prit, car, pour avoir courtisé, à temps voulu, la fille, il était le seul capable de conduire, nuitamment, la camionnette de retour.

La fille se nommait Antoinette.

— Salutas, tertous ! chanta Germain. Puis, plus bas : « Au revoir Toinette ! Je reviendrai ! »

Elle le regarda partir d'un air qui voulait dire : « J'y compte bien ! »

Ainsi passaient les semaines, et Gilbert ne pensait plus qu'à s'enfoncer dans la montagne mâconnaise jusqu'au Brionnais, ivre de découvrir.

Un jour, il s'étonna que tant et tant d'églises eussent été construites aux onzième et douzième siècles, dans cette Bourgogne du Sud. Germain répondit, avec son air de douter jovialement de tout :

— Deux cent cinquante églises romanes en Saône-et-Loire ! Et je me suis laissé dire par un clergeon que tant de pierres empilées inquiétèrent un prélat (au diable son nom à coucher dehors avec un billet de logement !). Effrayé, il fit arrêter la construction de peur que la terre, alourdie de ce côté-là, ne bascule et ne tombe Dieu seul sait où !

5

C'était le moment où la Gazette, à l'autre bout du Duché, sortait de l'hôpital de Semur.

Les matins étaient froids et il commençait à pleuvoir.

— L'onglée, qu'on aura pour la vendange ! criait-il en passant devant les maisons.

— Mauvais moment, pour sortir de prison ! disait-il à ceux qui le connaissaient.

Une seule chose le consolait : bientôt les piégeages, bientôt les sauvagines ! On lui criait, en le voyant arriver :

— Tiens ! voilà les canards sauvages qui reviennent ! les gelées ne sont pas loin !

Ou bien :

— Ah ! te voilà tout de même ! Tu vas peut-être me la chercher, mon eau !

Mais il marchait plus vite que jamais, sans s'arrêter, les pieds propres, le ventre distendu et l'œil clarifié par deux mois de régime sec : pain, pâtes, purée, eau de Vittel ! Ah ! vivement les ragoûts de la Rouéchotte où l'attendaient ses pièges rouillés et le cul noir de ses gamelles !

Son itinéraire l'amenait tout droit sur Alésia. C'était encore un de ses pèlerinages. Non pas celui de sainte Reine, la vierge et martyre qu'on honore, en grandes pompes, à Alise, mais celui de Vercingétorix. Il évitait la statue chevelue qui ne le satisfaisait point car il ne la trouvait pas ressemblante mais il allait reprendre force, comme il disait, sur l'oppidum, ce Mont-Auxois, chauve comme bedeau et, sous les détritus gallo-romains, qu'il tenait pour dérisoires et méprisables, il savait retrouver le site gaulois, le prestigieux sanctuaire panceltique, déguisé, maquillé par la mode romaine (là il crachait trois fois).

Il se rendait aux endroits où il situait, lui, le temple de Belen, effacé par celui d'Apollon, le temple de Moritasgus, remplacé par celui de Mercure, et la piscine rituelle, elle-même chassée par les thermes, ce qui était, à ses yeux, un grave sacrilège, car les Romains allaient aux thermes pour se laver alors que les Gaulois allaient à la piscine pour se purifier, ce qui faisait une « foutue différence ».

A ce moment même, Ève Goë se retournait dans son lit et se mettait à pleurer en disant : « Il m'a oubliée ! C'est fini ! La vie ne vaut plus la peine ! » Puis elle se levait, faisait chauffer la soupe des hommes et, sans même se peigner, partait.

Elle arrivait à la Rouéchotte dont le vantail battait au vent, entrait dans la grande salle vide, où quelques loirs grignotaient à l'aise des noix oubliées sur la table, courait à la chambre à four, où deux culottes de femme séchaient encore sur un fil, revenait au cellier, aux statues brisées.

Ah ! si seulement elle avait pu éclater en sanglots ! Son désespoir peut-être serait sorti d'elle avec les larmes mais elle garda tout en elle, comme un poison.

Elle se sentit raide et dure. Elle sortit sans rien voir, s'engagea sur le tertre qui s'enracinait, vingt mètres plus bas, dans les éboulis ; elle avançait, sans regarder derrière elle.

Ce n'était plus Ève Goë, ce n'était plus une douce et jolie fille, ce n'était plus une chrétienne, mais une bête sauvage...

Dans son sentier, la Gazette se hâtait.

Il arriva trop tard.

De loin, il vit Ève sur l'extrême bout de la roche. Il s'arrêta pour lui crier « Arrête ! », mais elle avançait toujours, et tout à coup, sous les pas de la fille un gros quartier de roche se détacha. Il la vit tomber avec lui, rebondir sur les redents de la falaise et tout cela s'arrêta dans un nuage de poussière, tout en bas, dans les buis.

Il vit tout cela sans pouvoir ni marcher, ni courir, ni crier. Lorsqu'il recouvra l'usage de ses vieilles jambes la combe avait retrouvé son silence et le circaète Jean-le-Blanc planait, très haut, en faisant de grands cercles dans le ciel.

La Gazette put arriver à l'endroit où Ève geignait doucement. Il voulut la soulever, mais ouiche ! où étaient ses forces ?

Il lui cala simplement la tête avec son manteau roulé.

Il n'était plus question de jouer les manchots en cachant son bras droit. Il fallait sauver cette fille qui respirait encore, alors il repartit, en courant, chercher du secours au village.

C'est ainsi que, quatre heures plus tard, Ève Goë fit son entrée à l'hôpital de Dijon dans l'ambulance de Mme Clémencey de Vandenesse.

On pouvait raconter l'événement comme ceci ou comme cela. La Gazette ne savait qu'une chose : le bloc de rocher sur lequel Ève était allée rêver s'était détaché. Il l'avait vu. Il fallait l'esprit bien mal tourné pour raconter cela autrement, mais on ne se fit pas faute de jaser dans le canton.

La Gazette ne s'y arrêta pas. Il fallait trouver Gilbert. Le vieux prit sa crosse et sa besace et repartit sur les routes.

Où allait-il ? Il n'en savait rien, mais il marchait, droit devant lui, et tout aussi bien que l'aiguille de la boussole trouve le nord, il arriva six jours plus tard à Tournus alors qu'un orage s'enfuyait sur le Revermont, outre-Saône.

— La Gazette, mais te voilà ? cria Gilbert en apercevant le vieux, trempé comme une soupe.

— Oui me voilà ! répondit le druide d'un air de triomphe. Descends de ton estrade, ô Gilbert, et viens apprécier la vanité des choses de ce monde !

Gilbert arrivait :

— Rends grâces au Dieu seigneur de toutes choses, mon fils ! Il vient de te faire triple grâce en te débarrassant, en trois coups, de l'argent, de l'orgueil et de la femme !

— Qu'est-ce que tu chantes ?

— Voilà : des hommes t'on volé ton œuvre !

— Je le sais, et c'est le cadet de mes soucis !

— Il te restait encore le calvaire : Dieu a envoyé de Paris ce démon femelle que tu connais bien, et à l'heure qu'il est ton calvaire est brisé, beurzillé !

— Mon calvaire ?...

— ... En morceaux, oui, *Deo gratias* ! Remercie avec moi le Seigneur ! Avec ton calvaire, c'est ton orgueil qui gît sur les dalles de ton cellier ! Et ainsi te voilà prêt à entendre la troisième nouvelle.

— Quelle nouvelle ?

La Gazette venait de s'asseoir sur le sol.

— La troisième nouvelle est tellement merveilleuse que le doigt de Dieu y apparaît comme le nez au milieu de la figure !

— Mais vas-tu dire ?

— Ève !

— Quoi Ève ?

— Elle t'est enlevée, pour que meure ta concupiscence ! Chante avec moi libération !...

Et il entonnait le *Martyrum meritis.*

— Mais Ève ?

— Voilà six jours que je l'ai ramassée au bas de la Rouéchotte, la pauvre enfant !

— Mais comment ?

— Certains te diront qu'elle s'est jetée. Moi, j'ai vu la roche céder sous ses pas !

— Morte ?

— Il vaudrait mieux pour elle ! Elle est à l'hôpital de Dijon. Prions pour que Dieu la reçoive dans son paradis et remercions-le !

Aussitôt, Gilbert, laissant le vieux claironner le *Laudate Dominum,* ne fit qu'un bond pour gagner la gare.

Il prit le premier train, monta comme un fou à l'hôpital du Bocage. Du diable s'il avait le cœur à regarder Dijon, hérissé de tous ses clochers !

Il la vit immobile.

— Alors comme ça on fait des pirouettes ? dit-il en riant fort.

— Ne lui posez pas de questions, ne parlez pas fort !
dit une infirmière.

C'est alors qu'il s'aperçut qu'elle était tirée de tous
les côtés par des sangles, des poulies, dans un grand
châssis nickelé, avec un tube rouge planté dans le bras,
un bocal accroché au-dessus de sa tête.

— T'étais donc bien hargneuse qu'ils t'ont attachée
comme ça ? continua-t-il avec tendresse.

« Recolle-toi bien doucement ma jolie, dit-il hardi-
ment, et on se marie tout de suite après, pour nicher
comme deux ramiers ! »

Ne recevant que silence en réponse :

— Je finis Tournus et tu me vois revenir ! Tu peux
acheter ta couronne de fleurs d'oranger et te mettre dès
demain à ourler tes draps !

— Il faut sortir maintenant ! dit l'infirmière.

— Sortir ? Mais je ne fais qu'arriver !

On le poussa dans le couloir :

— Mlle Goë est dans le coma depuis une semaine.
Elle n'a pas encore repris connaissance depuis son
accident... et nous n'avons pas encore vu un membre
de sa famille ! dit l'infirmière.

— Ses frères ne sont pas venus ?

— Personne. Nous pensons qu'ils sont très occupés.

— Occupés ? Je n'ai jamais vu plus grands fainéants,
mais je vais aller les reveuiller, moi, vous allez voir !

A la nuit tombée, il arrivait à la Communauté. Il vit
les quatre hommes assis devant le feu éteint, les bras
ballants, pieds nus.

— Alors, bande de gnaulus, c'est tout ce que vous
trouvez à faire ?

— Gilbert ! dit Adam... notre Ève !

— Quoi votre Ève ? Elle est à l'hôpital, elle y est bien
soignée, je viens de la voir, mais ça ne vous excuse pas

de rester là à mariner dans votre paresse ! Les pommes de terre sont bonnes à tirer, les noix à gauler, les pommes à rentrer, partout c'est les vendanges dans la Côte, il y a de l'embauche à toutes les portes et vous êtes là à vous écaler les pieds ? Allez, debout vermine !

— Mais Ève ?... geignait Caïn.

— Elle est très courageuse, Ève. C'est elle qui souffre et c'est vous qui pleurez ? En voilà des citoyens ! Une petite fille vient à se faire une entorse d'échine et voilà quatre hommes fin perdus ? En chouignant comme Madeleine ? Pendant que le travail bourre ?

— Ça te va, à toi, de critiquer ceux qui ne font rien !

— Viens-y voir si on chôme, sur l'échafaudage !

— T'aurais bien changé ! dit Abel.

— Tant mieux si j'ai changé !

— On n'a pas besoin de tes leçons !

— Vous avez besoin de coups de pied au cul !

— S'il n'y a que toi pour nous les donner, notre cul est bien tranquille !

— Que je me gênerais pour vous le taler !

Très tard, dans le soir tombant, des voix terribles se renvoyèrent ainsi les litanies interminables qui se continuèrent par des bravades, des simulacres d'empoignades et se terminèrent, comme toujours, autour de la table.

6

Remontant de Tournus, la Gazette s'en revenait à petites journées vers la Rouéchotte où ses pièges avaient passé l'été. Par comble de fantaisie, le pauvre fou avait ceint sa tête d'un bandeau blanc sur lequel, avec du sang, semblait-il, il avait dessiné, au lieu de sa patte d'oie, une large croix pattée. Beaucoup pensaient voir, sous son chapeau, comme une sorte de pansement ensanglanté : « Encore la Gazette qui se sera blessé en tombant dans le fossé ! Devait pas avoir soif ce jour-là ! »

L'itinéraire qu'il suivait aurait pu aussi être un sujet d'étonnement : il était jalonné de curieuse façon (va savoir pourquoi !) par les anciennes auberges routières, hospices, hôpitaux, mesnies et autres « granges ». On le voyait à Laives, à la Ferté, à Maison-Dieu, à Paris-l'Hôpitot, et si on lui demandait la raison de toutes ses simagrées, il disait :

— Bien sûr, vous n'avez pas connu ce temps-là !
— Quel temps ?

Il faisait alors grand mystère, jetait des coups d'œil épouvantés à droite et à gauche, et toujours aussi évasif, aussi inquiétant avec des précisions confondantes :

— La route templière !

— La route templière ?

— Le chemin sûr ! Vous n'avez pas connu ce temps-là ! Vous pensez : cela remonte avant le terrible vendredi treize octobre treize cent sept !

— Le treize octobre treize cent sept ? Diable, ce n'est pas d'hier !

— Cette terrible date ne vous dit rien ? Pourtant, réfléchissez !

Personne, bien sûr, ne rapprochait cette date du drame atroce qui, par la volonté de Philippe le Bel, avait anéanti, par le fer et le feu, l'ordre mystérieux des Templiers.

Il disait :

— Vraiment, Gaulois, vous avez la mémoire courte !

On lui payait chopine, alors il continuait :

— Les Templiers ! Garçons ! Ça ne vous dit rien ?

On le regardait avec des yeux ronds :

— Non !... Allez, raconte, Gazette !

Il se découvrait alors et montrant la croix sanglante qui ornait son bandeau de linge blanc :

— ... La croix pattée ! La croix celtique qu'ils ont portée sur leurs blancs manteaux et sur leur écu vous le dit : c'étaient les druides !

Ça y est ! disaient les gens, encore les druides ! et l'on se poussait du coude alors que le vieux déraisonnait... Mais déraisonnait-il ?

Il s'effondrait alors sur la table où s'alignaient les verres, et se mettait à pleurer :

— Ah ! Les rois de France ne savaient pas de quoi ils se privaient en nous persécutant !...

Et on le faisait boire pour le consoler. Et plus il buvait, plus il pleurait.

— Et toi, Gazette, tu es resté ?

— Au péril de ma vie, oui !... Il le fallait, mon fils ! J'ai porté sur mes faibles épaules, à peu près seul, la responsabilité de l'avenir du druidisme en Gaule ! Fort heureusement...

— Fort heureusement ?

Ses larmes se séchaient instantanément et, avec un sourire d'enfant, il ajoutait :

— ... Fort heureusement, ça va mieux maintenant !

— Mieux ?... Allons explique, Gazette ! Tu ne nous dis jamais rien et après, tu nous reproches de ne pas savoir !

— Oui, je peux bien vous le dire maintenant : ça va même très bien. Le Gilbert de la Rouéchotte avance, avance, avance. Bientôt il pourra me seconder !... Il vient d'apprendre la Pauvreté, l'Humilité et maintenant qu'Ève Goë n'a plus figure de femelle, il entre en chasteté !...

Cela durait des heures jusqu'à ce que l'aubergiste leur dise :

— Allez, les gars, foutez-moi le camp ! Je voudrais bien aller me coucher, moi ! D'abord je ne sers plus rien à ce vieux bavard. En sortant, il va se casser une patte sur le trappon de la cave et qui c'est qui sera responsable ? Moi, comme d'habitude !

Ils sortaient. Le vieux dormait dans une grange. Au petit jour il était déjà loin.

Ailleurs, on l'arrêtait de force :

— Alors, Gazette, tu vas me la trouver, cette eau ? Depuis le temps que tu me le promets !

On l'entraînait dans les petits raidillons des vignes et le maître lui disait : « C'est ici que je voudrais que tu m'en trouves. J'en ai assez de monter l'eau à la tonne pour délayer mon sulfate ! » — Ou bien « C'est dans ce pré-là qu'il me faudrait un abreuvoir ! A toi de trouver, fainéant ! »

La Gazette regardait gravement à droite, à gauche, devant, derrière ; il mettait sa crosse en équilibre sur son index pointé et avançait à pas comptés en direction du levant. Quand la canne commençait à se balancer, il ralentissait. Quand elle tombait, comme attirée par une force irrésistible, il marquait l'endroit et allait se reprendre à l'autre bout de la vigne, et ainsi de suite ; après cinq ou six promenades rayonnantes, il plantait son talon à la place où, toutes les fois, sa crosse était tombée, et il disait :

— C'est là que tu creuseras ! Le courant est à trois mètres, ou à dix mètres ! Tu trouveras de l'eau à beurnonsiaux !

Ce soir-là, on lui trempait une fameuse panade de maçon, on faisait gonfler les gougères, on débouchait l'aligoté, et quand sa figure se marquait de trois points rouges, « les deux pommettes et le nez entre », comme il disait lui-même, le maître le plaisantait :

— Aimer tant le vin, et faire métier de trouver l'eau ! Tu ne trouves pas ça drôle, toi ?

Un autre disait : « Pleure pas ! La Gazette sait bien caresser les deux vouivres : celle de l'eau et celle du vin !

— Et c'est miracle, compagnon, qu'elles passent toutes deux en Bourgogne ! » rétorquait le sourcier.

Quand il se remettait à radoter sur les druides, ou sur les Templiers, on forçait un peu la dose d'aligoté et on lui faisait trouver de l'eau au beau milieu de la cuisine, sur la route, et même sur le pont de la

Cozanne. Enfin on lui demandait de réciter le chapelet de ses nouvelles.

En grand péril, il montait alors sur une chaise ou sur une borne et claironnait :

— Des nouvelles ? Vous voulez des nouvelles ?

— Oui ! hurlaient les jeunes.

— Eh bien, je vais vous en donner des nouvelles ! Et des nouvelles de l'eau, justement ! Tenez-vous bien :

« A Dijon, à Mâcon, à Auxerre, les préfets sont affolés ! A Beaune, pas plus tard qu'hier, le sous-préfet parlait de se jeter dans la Bouzaize. Savez-vous pourquoi ?... De partout les maires leur apprennent que l'eau manque ! Les captations sont insuffisantes et la nappe « phréatique », comme ils disent, va manquer !

« Voilà ce qu'il en coûte, bonnes gens, de se laver tous les jours ! Voilà ce qu'il en coûte de gaspiller l'eau, comme vous faites, barbares ! L'Eau, la chère, la pure, la sainte petite eau ! Le sang de nos roches claires ! L'Eau est une matière sacrée, élément du Grand Œuvre, et vous vous en servez pour vous laver les fesses pour un oui ou pour un non ! Chaque fois que vous allez faire une crotte dans vos cuvettes en porcelaine, c'est dix litres d'eau qui partent pour rien ! Dix litres d'eau à chaque merde ?

« ... Je continue, car il y a pire : le 5 juillet, les gens de Mésilly ont voulu capter la source des Cabarets. Les hommes en blanc ont analysé l'eau ; inconsommable, qu'ils ont dit. Elle contient des vacheries : des phosphates ! Le 10 juillet, à Monthaut, même chanson : l'eau est « sulfhydrique » ! Le 22, à Ampigny, l'eau est « sulfonée » ! Cet hiver, à Bourbecourt : danger ! l'eau est « nitrique » !

— Ici aussi ! dit un homme. Mais d'où ça vient que

notre eau soit pleine de vacheries comme ça ? Dans le temps...

— Mais c'est vous, beuzenots, qui répandez vos superphosphates, vos nitrates, vos sulfates, vos ammoniates sur toutes vos vignes et vos pâturages, et vous demandez d'où ça vient ! Vous empoisonnez l'eau de vos sources ! Vous crèverez !... Vous crèverez, tous ! Vous verrez ! C'est le Grand Druide qui vous le dit : tous ! Tous, vous crèverez la tripe ratatinée, le foie noir et le gésier percé comme une chaufferette ! Vous qui avez l'honneur d'être à la tête de l'eau... »

On conçoit qu'à ce train-là, la Gazette mit presque un mois pour gagner la Rouéchotte ! Les vendanges étaient faites depuis longtemps et les moûts bouillonnaient dans les cuves qu'il traînait encore sur la Côte vineuse. Enfin, un jour, il bascula en Montagne et déboucha, par un sévère matin, raide et clair comme un verjus, à l'endroit où l'on découvre la Rouéchotte, perchée sur sa roche blanche, au milieu des bois.

Il s'arrêta pour admirer, mais il eut un sursaut : là-bas, une belle fumée bleue sortait de la cheminée.

— Diable ! Qui est là ? Gilbert ?... Ou bien ce serait ce bon Dieu de diable femelle qui serait revenu dans sa chambre à four ?

Trois heures plus tard, Mirette venait lui japper aux trousses et il trouvait, installés là comme larrons en foire, les quatre Goë, fils et père, grattant l'étable, relevant le mur, trayant deux vaches et rentrant une voiture de bois.

— Mazette ! Ça ne se ressemble pas : la Rouéchotte curée et les Goë au travail !

Les quatre hommes étaient là depuis un mois, secoués par une curieuse crise de courage qui ne faisait grâce à aucun chardon, aucun roncier :

— Le Gilbert a voulu nous faire honte. On l'a pris au mot : on défriche tout l'hiver, on essarte, on désouche, on sombre, on revorche tout, on sème, au printemps tout est fin prêt ! Personne ne dira plus qu'il délaisse sa propriété ! Et nous, on va lui faire voir si les Goë sont des proprariens !

— Et lui ? Où est-il le cher ange ?

— Il aurait fini Tournus. On dit qu'il y a du travail à l'abri, par là-bas dans le Brionnais, où il y aurait autant d'églises historiques que par ici des crottes de renards !

— Le Brionnais ! murmurait la Gazette, le pays des tympans à mandorle !... A propos de mandorles, ces amandes énormes d'où sortent les Christ en gloire, sur les tympans des onzième et douzième siècles, savez-vous leur signification profonde ?

Les Goë hochaient la tête en suçant leurs moustaches.

— La mandorle ? C'est tout simplement la vulve ! haha ! la vulve originelle qui nous livre le fils de l'homme ! haha !

Il riait à s'en décrocher les mandibules et psalmodiait, sur le ton des litanies de la Vierge :

— *Sancta vulva ! Ora pro nobis...*

Il s'interrompait pour dire :

— A propos : votre Ève ? Comment va-t-elle ?

Les quatre hommes baissaient le nez :

— Toujours à l'hôpital, la pauvre petiote ! Ses os sont brâment comme un kilo de sucre qu'on aurait laissé tomber du premier étage. C'est le docteur Leclerc qui l'a dit !... Il a dit aussi qu'il ne fallait pas compter la revoir aller et venir, ni danser, ni même s'asseoir dans une chaise. Allongée pour la vie, qu'elle est !

Les yeux de la Gazette se mirent à luire d'une drôle de façon. Il gagna la grange où il préparait sa bauge, et les poules purent l'entendre dire :

— Bien, ça !

Aussitôt qu'il eut mangé, il se roula dans sa houppelande, puis, après avoir dormi vingt-quatre heures d'affilée, il sortit ses vingt-deux pièges à palette, ses trente cabillottes et ses trappes. Il se garda bien d'en graisser les ressorts, mais il leur redonna souplesse et détente en les faisant fonctionner à sec cinquante ou soixante fois chacun, pour lisser les mécanismes. Il s'était installé dans la chambre à four et l'on entendait le claquement métallique de leurs mâchoires.

Puis il se mit à retrouver les coulées, surveilla les entrées de tous les terriers, tout heureux lorsqu'il vit, le six novembre, tomber la première neige de l'année, alors que les Goë brûlaient les grandes broussailles de la chaume Crâ. Il se frotta les mains en disant :

— Voilà le bon temps qui fait pousser la belle fourrure, garçons !

Il reprit sa place devant le poêle, surveillant ses gamellées de brouet, ses marmitées de gibelotte où toute la faune de Combe-Ravine se retrouvait en bonne intelligence : renards et lapins, putois et bécasses ! Il en humait le parfum en disant : « La Nature ! le plus beau cadeau que Dieu fait aux hommes ! La Nature ! La souveraine grand-mère ! »

Il fallait voir ces cinq hommes à table ; ces cinq mâles sans femme, alignés, coude à coude, chapeaux en tête, lapant à grand bruit leurs écuellées de nourriture, essuyant d'un revers de manche leurs moustaches, silencieux comme des loups maigres, grattant ensuite leurs longues dents blanches avec la pointe effilée d'une épine noire, le meilleur des cure-dents !

Depuis le départ de la fille, ils ne se rasaient plus, ne se changeaient plus, engoncés dans des chemises empesées de crasse, raides comme haubert, sur lesquelles les barbes s'étalaient maintenant à plaisir. « Plus de femme, et l'homme retourne à l'âge heureux des cavernes ! » pensait la Gazette. « Plus de femme, et disparaît le progrès, invention du diable et donc source de tracas ! Plus de femme, et renaît la sainte simplicité ! Que ces hommes trouvent femme, et vous allez les voir redevenir soucieux, affairés, compliqués, vaniteux, toujours à se regarder dans une glace pour voir s'ils n'ont pas un poil de travers ! »

Après le repas, la vaisselle était vite faite. On essuyait son assiette avec le dernier quignon de pain fort rassis (on allait le chercher tous les samedis au village) et on la retournait tout simplement sur la table où on la retrouvait le soir, le lendemain, et tous les jours que le bon Dieu faisait. La fourchette, la cuiller ? Un bon coup de langue (salive vaut lessive), quant au couteau, l'ami, inséparable : un coup d'aller et retour sur la culotte, et par ici camarade ! dans ma poche droite !

Cela ne valait-il pas mieux, je vous le demande, que de ranger, quatre fois par jour, à dix heures, à midi, à quatre heures et pour le souper, tous ces ustensiles, pour recommencer le lendemain, et tous les jours ? Invention de femmes illogiques et chichiteuses ! Pratique exténuante qui vous flanque une dépression nerveuse en moins de rien !

A la Rouéchotte, c'était une vie d'hommes !

Ça se voyait d'ailleurs au premier coup d'œil.

Ça se sentait aussi !

Une bonne odeur de vie ample et généreuse.

Il eût été à souhaiter que Sylvie, retour de Saint-

Tropez ou d'ailleurs, vînt à déboucher au tournant de Combe-Ravine. Elle qui recherchait « les contacts enrichissants », comme on dit maintenant, elle eût été servie ! Quelles richesses il y avait là ! Il fallait voir les trois frères : Adam, Caïn et Abel en train d'arracher une trochée de chêne-rouvre, ou de retourner une soiture de friche ! Avec des hans et des « sacrés bons dieux de noms de dieux de bordels de dieux de merde » ! Leur souffle brûlant se figeait dans l'air en champignons de vapeur, comme on en voyait aux naseaux de la jument. Des prodiges de force éclataient à longueur de journée, proportionnés aux monceaux de victuailles que la Gazette leur apportait sur la table lorsqu'ils venaient s'y affaler, tout d'un bloc, jetant leurs quatre-vingts kilos de viande rouge sur le banc qui craquait !

Le père Goë les regardait travailler, disait ceci cela sur la façon de poser les leviers à l'enfourchement des racines, puis il finissait par se pendre, lui aussi, au bras de l'arracheur, commandant « ho hisse ! ». On voyait des veines énormes et violettes sortir de ses avant-bras, de son cou, et quand ça commençait à s'ébranler dans les entrailles de la terre et qu'on entendait comme un grondement il hurlait, d'une voix de trompette :

— Ça y est ! Je l'entends ! Hardi les gars ! Il dit merci !

Alors la grappe des quatre Goë se crispait, se nouait, se bandait autour d'un cri dur comme un cri de bête. Qui l'avait poussé ? Personne ne le savait. Peut-être l'arbre et un quartier de terre se levait, large comme une salle de danse, Caïn et Abel comme des singes montaient dans le branchage et hurlant comme loups donnaient de grands coups de reins en cadence et tout basculait, tout craquait, tout culbutait avec un grand

souffle, alors que le vieux se rejetait à dix pas en riant :
« Bande de corniauds ! »

Les racines étaient en l'air, refermées comme des griffes sur des trésors de terre secrète, qu'elles ne voulaient pas lâcher, des cailloux de deux cents kilos qu'elles enlaçaient comme un avare retient un lingot dans son agonie.

En moins de deux, les gars étaient debout sur le tronc et faisaient voler les branches maîtresses d'un revers de cognée, ensuite on entendait la voix du passe-partout, et l'arbre n'était bientôt plus qu'un tas de billes de moule à côté d'un grand feu de branchages.

Ah ! le beau chantier que c'était là !

Si beau que les Goë reprenaient figure d'espoir.

Voilà pourquoi, lorsque Gilbert et Germain arrivèrent en vue de la Rouéchotte, ils crurent s'être trompés de combe et s'apprêtaient tout juste à rebrousser chemin. Où étaient les buissons noirs qui rongeaient le bord des roches ? Le fourré d'acacias et d'épines ? Disparus. A la place, une belle plaque de terre labourée, rouge avec de petits cailloux blancs, et sur les bordures, des souches alignées, prêtes au brûlis.

Et les maisons ? Le pignon regréé, l'éboulis de la petite écurie dégagé, la cour nue comme place d'Armes de Dijon, le chariot, la voiture, rangés, les moyeux dégoulinant de graisse, la cheminée fumante, et des lapins tapant de la patte dans les clapiers bourrés de paille ! La place à fumier, oui la place à fumier elle-même, vide, propre, avec des traces profondes de tombereaux, et un fourchet, posé là, tout brillant et tout chaud encore !

Les deux sculpteurs n'osaient pas entrer dans la

cour, ni marcher sur l'aire toute neuve où grattaient les poules !

Les Goë débouchèrent en poussant des grands cris, se jetèrent sur les arrivants, les ceinturèrent sans qu'ils aient seulement le temps de se mettre en garde, et se mirent à leur frotter les oreilles avec des bouchons de paille fraîche en rigolant :

— Assez ! Bande de chiens fous ! hurlait Gilbert.

— Foutus crâs ! Allez-vous laisser le pauvre monde ! criait Germain.

Enfin, tout cela se termina devant la feuillette, chevalée sur ses mares, au beau milieu de la salle commune et Gilbert put parler :

— On vient faire nos intempéries ici, Germain et moi, et se remettre au vert, jusqu'au printemps, et je vous le dis ça va ronfler !

— Et d'abord, dit le vieux Goë, on va tuer le cochon ! On te l'a pouturé tant qu'on a pu et si on ne lui fait pas son affaire ce soir, pour sûr il est mort demain d'un coup de sang !

— Oui, dit Adam, on te l'a tellement bourré qu'il en est malade !

— On va le guérir ! dit Abel.

— Tiens, voilà justement le docteur avec son bistouri ! dit Caïn.

C'était la Gazette qui avait pris le grand couteau et l'offrait à Caïn en disant :

— Ce sera toi l'assassin. Ça te revient d'office !

Et tout le monde de rire en se donnant de grandes tapes sur l'épaule.

On fêta dignement saint cochon.

« Je ne sais ce que fut sa vie, mais sa mort rachète bien des choses ! » fut son oraison funèbre. Après quoi on décida d'aller voir Ève à l'hôpital, tous en chœur. La Gazette pourtant refusa :

— Oubliez-vous que c'est la Saint-Martin !

— Justement, on fera la fête !

— Triste fête que celle de mon pire ennemi !

— Saint Martin ? Ton ennemi ?

— Cet iconoclaste ! Ce briseur de pierres sacrées ! Ce menteur qui a changé le nom de toutes nos sources consacrées ! Ce...

On le laissa dire, et il ne s'en priva pas :

— ... Jamais je ne lui pardonnerai, entendez-vous ! Jamais ! A ce matuvu qui a mis son nom partout...

Sur le coup de neuf heures, la camionnette emmena les six hommes, abandonnant le vieux à sa colère qui tonna, trois heures durant, sur Combe-Ravine.

Ils débarquèrent à Dijon sans s'être arrêtés en route. Ils échouèrent la camionnette le long d'un trottoir et, les souliers encore pleins de boue rouge, envahirent l'hôpital neuf. Leur faconde tomba lorsqu'ils virent, sur le lit, cette pauvre petite forme emmaillotée, sans voix et sans regard, qu'on venait d'opérer pour la quatrième fois. On l'avait bardée de plaques d'acier, de tringles, de vis, que sais-je ? Une vraie quincaillerie qui torturait ce joli petit corps ! Sans dire un mot, ils contemplèrent ce visage aux narines pincées, aux yeux creux.

Ils n'étaient pas fiers, non, lorsqu'ils se retrouvèrent sur le bitume dijonnais ; ils tentèrent bien d'aller faire un tour du côté de la foire gastronomique, mais le cœur n'y était pas. Ils tournèrent pourtant dans les rues illuminées, s'égarèrent, et mirent trois heures pour retrouver la camionnette, enfin reprirent le chemin du retour, sans un mot, ayant sauté un repas dans un Dijon pourtant prosterné devant l'autel de Lucullus.

Et la Rouéchotte plongea dans l'hiver, ouvrant, dès l'aube, l'œil de sa lucarne, éclairée et tremblotante comme une étoile.

On s'y levait à la trompe de chasse ; c'était Caïn qui sonnait le réveil, les joues ballonnées, à s'en faire péter la jugulaire. Sept hommes debout à la fois, à l'heure de Laudes, coude à coude à table pour une soupe où la cuiller tenait debout toute seule, comme une grande, sous l'œil de la Gazette déjà revenu de sa tournée de pièges. Le vieux, extasié devant ce spectacle, disait :

— Seigneur ! Que de souvenirs !

Les autres le regardaient en haussant les épaules et gagnaient leur chantier : les Goë à l'essartage, Gilbert à son calvaire, Germain aux écuries.

Gilbert, résolu à consacrer sa morte-saison à reprendre son œuvre, devint sombre et silencieux. La Gazette le regardait aller et venir comme un renard en cage et se jeter tout à coup sur ses gouges et commencer enfin ce Christ qui devait remplacer le premier, brisé par les filles folles.

— Donnez-moi quatre mois, et le calvaire tout neuf est installé dans la chapelle, là-haut, et j'en aurai le cœur net ! disait-il.

La Gazette, recroquevillé près de lui dans le tas de copeaux, le surveillait du coin de l'œil en nasillant des phrases tellement curieuses que moi, Vincenot, qui raconte, je ne peux pas m'empêcher de les rapporter ici ; encore faudrait-il que je puisse noter l'air car on n'a plus souvent l'occasion d'entendre cette musique-là :

« — J'ai vu sept étoiles dans sept firmaments,
« Sept trompettes d'argent et sept chevaux blancs,
« Et sept femmes sur sept bêtes,
« Qui jouaient de la trompette,

269

« Et les sept dragons verts,

« Qui mordaient la poussière,

« En buvant les sept coupes, oui les sept coupes de la colère,

« Au grand banquet de Dieu

« Où la tête me tourne...

« Et j'ai vu sept serpents chevelus,

« Avec tête de cheval, ou de licorne, je ne sais plus,

« Sur sept nuages, dans les sept villes de sept tribus,

« Et les sept bras des sept rivières,

« Dans le grand labyrinthe de Dieu,

« Et toute l'engeance en prière,

« Et toute la cavalerie...

« Des vieillards lubriques, des femmes adultères,

« Et sept quarterons de Sémites cupides,

« Menteurs et avides,

« Qui fabriquent en série des échelles de Jacob

« Et font construire, par souscription publique

« Les gratte-ciel

«   de Babel

«   Et vendent aux enchères

«   Tes sourires et tes colères !

«   Inventaire de Dieu

«   Géométrie de Dieu

«   Arithmétique de Dieu

«   Commerce de Dieu

«   Orgie de Dieu

«   Indigestion de Dieu ! »

Gilbert n'y comprenait rien. Il disait pourtant :

— Continue, Gazette !

Il arrivait alors que le vieux fût endormi, ou parût l'être, et c'était comme dans un rêve qu'il continuait, doux comme un petit enfant :

« — ... Pourtant, je sens, plus loin que la branche de
l'arbre,

« Plus profond que racine et plus ferme que marbre,

« Et plus brillant que feu et plus clair que lumière,

« Plus mystérieux qu'étoile et plus fort que colère,

« Au-delà des frissons de l'ombre et de la peur,

« Et plus loin que la voix qui vient du Sinaï,

« Je sens un océan de paix et de grandeur...

« ... Et je me réjouis...! »

Le vieux prophète avait trouvé son hivernage, là,
dans le tas de copeaux, auprès du sculpteur inspiré, ne
le quittant que pour aller aux pièges, ou pour écharner
ses peaux et faire la cuisine.

Et, lentement, le calvaire des Griottes reprenait
forme. Germain, lorsqu'il revenait de scier du bois,
entrait dans le cellier, sur la pointe des pieds, et
longuement regardait travailler Gilbert, en hochant
lentement la tête et en pensant :

— Oui, la Gazette a raison : c'est Gislebert d'Autun
tout retrouvé !

7

Avant les très grands froids, on leur demanda de venir donner un coup d'œil à l'église de Saint-Seine-l'Abbaye. Les rampants des pignons avaient été endommagés par l'orage, et ils profitèrent d'un redoux pour faire les travaux. Germain se hasarda à confier à Gilbert l'exécution difficile de quelques crosses délicates. Du coin de l'œil, il l'avait surveillé; le souffle coupé, il l'avait vu dégager d'une main ferme avec une aisance déconcertante, il l'avait vu pousser son poinçon pour dégrossir, alors que les éclats volaient dans tous les sens.

— Il va tout casser, pensait-il à voix basse.

C'est qu'en fait, ils travaillaient là sur des moellons mis en place par les maçons et c'était à eux, sculpteurs, de se raccorder sur le motif. Un coup de broche de trop, un éclat de travers et c'en était fait de la pierre et Germain en avait des sueurs froides.

— Attention, compagnon! disait-il doucement. Gilbert ne répondait pas et continuait à maillocher, comme s'il avait eu hâte de prendre la ripe et le burin pour fignoler le détail, mais il attaquait sous un si bon angle, il savait si bien ménager son mordant, il communiait si bien avec la pierre, que jamais il n'en partait une léchette de trop.

Germain n'en revenait pas.

— En quatre mois, voilà un apprenti qui en sait tout autant et même plus qu'un compagnon-fini !

Puis il le regardait sauter sur la ripe ou la gouge et sortir les tores, les volutes, les billettes ou le biseau en deux coups de maître.

— Pas possible ! murmurait-il, un miracle qu'il a dans la main ce gnaulu-là ! Voyez ça : pas une hésitation, pas un repentir. La pierre est comprise. Il la dirige comme s'il était dedans ! Un vrai Bourguignon de la grande époque ! Oui, je suis bien tombé, le jour que je l'ai rencontré, ce Gilbert ! Parti comme il est là, sa chapelle et son calvaire vont être des merveilles !

Il faisait un grand jour bleu et froid dans la combe étroite d'où surgissait la flèche chevronnée de rose et de roux. Ils étaient comme projetés par elle par-dessus les toits et les ruelles où l'eau claire et glacée de la montagne coulait à toutes les fontaines monumentales.

Portés très haut dans l'air par l'édifice, ils avaient sous les yeux l'étroite vallée, les versants secs et râpeux, pentus comme bâtière, retombant des hauteurs nues du plateau.

Nageant en pleine joie, Gilbert perdait la notion de tout. Jouissant de la main et de l'œil, il caressait cette pierre sortie des entrailles de son pays et il greffait modestement son habileté sur le génie des premiers créateurs. Il appartenait, à ce moment-là, à l'immense et mystérieuse confrérie des bâtisseurs, uni à eux à travers sept siècles, dans ces sites privilégiés de son pays.

Tous deux se penchaient parfois, perplexes, sur un acrotère énigmatique perdu en haut d'un fronton, sur

273

un signe gravé au fin-dessus d'une tour, sur une gargouille cracheuse d'eau, sur un modillon perdu, façonné en forme de groin et surtout sur ces feuillages, ces fleurs-oiseaux, ces griffes-fleurs, ces aigles à croupe de lion, ces griffons, ces ours, ces ânesses, tout cet ahurissant bestiaire, ce prodigieux herbier que les archéologues ont, depuis longtemps, renoncé à expliquer. Ils disaient :

— Pourtant, c'est bon Dieu pas possible que tout cela ait été sculpté sans raison ! Doit bien pourtant y avoir quelque part une clé pour comprendre ?

— Qu'on ne me dise pas que c'était pour enseigner Bible et Évangile au bon peuple ! puisque le plus souvent, c'est caché au plus haut des voussures, perché aux pinacles et qu'il nous faut, à nous les spécialistes, vingt mètres d'échelle et des acrobaties d'écureuil pour y atteindre !

— La Gazette a raison ! pensait Gilbert. Va donc chercher de l'Évangile dans la chimère et la licorne, le paon, et l'ours, la feuille de chêne, le trèfle et les combats de coqs ?...

Ils restaient un moment silencieux, puis il s'en trouvait toujours un pour dire, en hochant la tête :

— C'est égal ! Voilà un sacré métier que le nôtre !

Et, du haut de leur perchoir, ils regardaient en silence autour d'eux les monts, les rivières, ils regardaient en silence les bois et le dessin mystérieux des vieux chemins où couraient les hommes, à leurs pieds.

C'est ainsi qu'un jour, ils virent débouler la Gazette, dans le faux chemin qui dégringole de Saint-Martin-du-Mont. Il fut bientôt sur le parvis, leva la tête à s'en dénuquer et cria :

— Hé vous deux, là-haut, foutus dénicheurs de crâs ! descendez un peu qu'on se gausse en buvant chopine !

Les deux sculpteurs n'avaient pas encore mis le pied sur le sol qu'il les entraînait sous le porche :

— Approchez un peu, et regardez-moi ça !

De son doigt racorni, il montrait le piédroit de la voussure :

— Que voyez-vous là, bande d'otus ?

— J'y vois une chimère ! disait Germain.

— Et là, que voyez-vous ?

— Je crois bien y voir encore un cochon ! disait Gilbert.

— Bravo mes jeunes seigneurs ! A droite une chimère, à gauche une truie !

Et de fait à la naissance de la voussure, tout le monde peut voir, au portail de Saint-Seine, une chimère à droite et un cochon à gauche.

— ... Et comment nos glorieux archéologues expliquent-ils la présence de ces deux curieux animaux ?

— Justement... ânonnait Germain, on se demandait...

— Vous vous demandiez ! ricanait le vieux, crosse brandie, et personne ne vous répondait ? Mais moi, Gazette, Grand Druide, pape des escargots, je vas vous répondre : Cette chimère n'est ni dans la Bible ni dans l'Évangile : c'est la Vouivre ailée des Gaulois et ce cochon, encore une fois, c'est la truie, l'emblème druidique, que vous connaissez bien maintenant... Et tout cela signifie que ce sanctuaire est un athanor druidique, bande de crapauds vérolés !

— Peuh ! disait Germain, l'œil malin, qui nous le prouve ?

La colère du vieux allait éclater. Il était devenu violet comme un prélat de Sa Sainteté, mais il se reprenait : et il les entraînait près du piédroit situé à gauche de l'entrée et il enchaînait :

— Vous avez probablement admiré ce soubassement sculpté, ces feuilles de vigne si bellement travaillées ? Mais avez-vous remarqué ceci ?

Et il montrait un escargot, un joli petit escargot ciselé sur une feuille par le sculpteur ancien.

— Un escargot ! disait Germain tout étonné. Faut bien y regarder pour le voir !... C'est drôle !

— Non, ce n'est pas drôle ! Cet escargot est la clé !

— La clé ?

— L'explication. La clé existe dans l'œuvre, elle est visible comme le nez au milieu de la figure, c'est le petit détail qui choque et qui surprend. Cet escargot est le point le plus émouvant de tout l'édifice. Il explique tout.

— Un escargot qui explique ?

— L'escargot donne le sens de la giration du monde, l'environnement de tout ! Ici, il signifie que l'édifice est le « Lieu des Forts », que c'est un vase dont le contenu se divinise ! L'escargot prouve que le courant vital, *Spiritus mundi,* est ici concentré et capté pour réaliser la mutation de l'homme !... Voilà, mes frères, la leçon de ce sanctuaire, Amen !

— Amen, répétèrent les deux gars, prêts à éclater de rire.

— Mais les curés... commençait Germain.

— Les curés n'ont ici rien à voir ! Ils ignorent tout ! Ils se servent des « vraies » églises comme le marguillier de Saint-Sauge se servait de l'harmonium pour serrer ses pommes. Il aurait été bien étonné si on lui avait dit que cette armoire servait à faire de la musique !

— Tais-toi donc vieille cancouenne, tu rabâches !

276

La Gazette s'arrêtait tout à coup :

— Si vous me payez canon, disait-il en se pourléchant, je vous donnerai maintenant les nouvelles de la région.

Aussitôt assis, il récitait :

— ... Le Lazare de la Répotte vient d'être emmené d'urgence à l'hôpital du Bocage. Ils auraient trouvé des cellules cancéreuses dans son ventre. Faut vous dire que le Lazare venait de faire goudronner sa cour, sa basse-cour, son chemin.

« Le goudron partout ! qu'il disait, c'est le progrès ! »

« Pauvre Lazare ! c'est le goudron qu'a fait des progrès dans son ventre ! Le goudron, cette fiente du diable, vous empoisonnera tous !

« ... Jeudi, un avion a passé le mur du son au-dessus de Chaudenay et toutes les couvées de trois cantons ont raté. Le même jour, le ministre de l'Environnement, Môssieu Poujade, a fait une belle conférence sur le bruit et le viol de la Nature. Respectez le silence des autres, qu'il a dit.

— Tu rabâches, Gazette, tu rabâches !

Gazette continuait imperturbable :

— Ève Goë, la pauvre enfant...

— Quoi Ève ?

— ... a été opérée pour la cinquième fois. C'est une pauvre infirme maintenant. Elle en prend doucement son parti... Ce n'est plus un corps humain, c'est une âme...

— Attends un peu, Gazette, que je m'y mette ! coupait Gilbert.

— Que tu te mettes à quoi ?

— A connaître !... Et ta chapelle des Griottes, ton puits celtique, ton courant tellurique, et tout ton saint-frusquin, à quoi ça servirait, hein ?... Et ton Nombre

277

d'or ! Et ton athanor ? Et ton rapport d'Osiris ? A quoi
ça servirait, tout ça, si ça ne pouvait même pas
redresser ma fiancée ?... La chapelle des Griottes guérissait les stropiats, oui ou non ? Attends que je m'en
mêle, moi...

La Gazette regardait Gilbert du coin de l'œil.

— ... Et ta vouivre, Gazette, ta vouivre ? A quoi elle
sert ? Et qu'est-ce que tu attends, toi qui sais tout, toi
qui en remontres à ton curé avec ta canne, ta mutation
de l'homme et ton *spiritus mundi*... Qu'est-ce que tu
attends pour me la remettre debout ?... Il marche, ton
dolmen, oui ou non ?

— Il marchera quand nous aurons terminé notre
œuvre ! Et je prouverai, aux six cantons !

— Tu es un vieil égoïste, tu ramènes tout à toi ! Tu
n'es qu'un glorieux ! Guéris donc seulement mon petit
oiseau ! Et d'abord c'est ta faute si Ève s'est jetée du
haut de la roche ! Rappelle-toi !

— Ma faute ?

— Tu es allé lui raconter je ne sais quoi sur Sylvie,
elle s'est crue trompée, bernée... Tu l'as brisée. Maintenant, répare !

Le vieux avait fermé les yeux. Il laissa passer
quelques secondes, puis, très doucement :

— Et si c'était toi qui la réparais ?

— Moi ?

— Oui, toi ! Alors je pourrais dire que j'ai un
successeur. Et je pourrais enfin disparaître ! Ah ! oui,
disparaître ! Il y a si longtemps que je cherche un
successeur dans cette époque barbare, qui blesse le dos
de la Vouivre, qui coule du goudron et du ciment
partout, qui tue la Nature, qui l'empoisonne à longueur de journée avec ses engrais, ses désherbants ! sa
chimie ! Un successeur, simple et pur...

— ... Et je pourrais guérir Ève ? haleta Gilbert.

— Va-t'en d'abord terminer ton calvaire. Pose-le sur la pierre couchée, et alors je te dirai ce qu'il faut faire, mon fils !

La Gazette, très digne, s'en allait, posant gravement sa crosse tous les trois pas, comme évêque mitré, mais tout à coup il revenait :

— T'ai-je dit, Gilbert, que pendant ton absence ton petit curé en chandail a vendu Saint-Thibault, le patron du village ?

— Saint-Thibault ?

— Il l'aurait vendu à un juif brocanteur que tu connais bien !

— La charogne !

— Il a dit que c'était pour sonoriser son église, la plus sonore de toutes les églises du diocèse !

— Le Judas !

— Il a dit qu'il se moquait pas mal de ces saints de bois qu'on promenait au bout d'un bâton...

— Le jocrisse !

— Il a dit aussi que Thibault n'était pas un saint. En quoi il a raison : Thibault était un grand druide ; le pape serait d'accord aujourd'hui, paraît-il !... Ce que je sais, moi, c'est ce que révèle le portail de son sanctuaire...

La Gazette s'était remis en marche, il dévalait en trottinant la rampe du parvis et on l'entendait monologuer alors qu'une bande de sansonnets tournait dans le ciel.

Quatrième partie

1

L'année avait fini sa pirouette, et Noël était revenu, avec la glace qui faisait briller, de loin, les hauteurs de Liernais, de l'Huis-Renaud et de Pierre-Écrite.

Dans les trois vallées, Noël ramenait les soucis de la crèche vivante.

— Qui fera Marie, puisque l'Ève Goë est à l'hôpital ?

« Pas commode de trouver encore une fille dans les villages ! Elles partent toutes faire margoton à Dijon, à Paris, que les garçons restent célibataires s'ils veulent cultiver la terre ! Va trouver une Vierge ! Et une Vierge qui le soit ! »

Quand on en parlait au jeune curé en pull-over, il riait :

— Débrouillez-vous avec votre cirque ! Moi je ne suis pas président du syndicat d'initiative !

— Mais enfin, monsieur le curé...

— Je ne suis ni monsieur ni curé : appelez-moi Jean-Paul ! Quant à votre folklore, ça fait peut-être marcher le commerce, alors voyez ça avec les commerçants, moi je vous prêterai l'église, si vous le voulez, et je ferai le sermon par-dessus le marché, et je vous certifie qu'il ne sera pas piqué des cancouennes !

On décida de pressentir le brandevinier qui avait une fille blonde et rose, et sage. Mais pour trouver cet homme-là, en cette saison, il faut courir les chemins, grimper dans tous les villages, et, au flair, remonter les senteurs de marc. Vous le trouvez au fond d'une carrière désaffectée, en bout de village, entre son alambic fumant et ses tonneaux de moût, ses sapines de repasse, ses tas de genne rousse, auréolé de la fumée bleue de son foyer et d'une douce vapeur fruitée qui vous saoule bel et bien si vous n'y prenez pas garde. Sa machine ronronne, ruminant, dans son estomac de cuivre rouge, qui brille dans le soir, un suc qui gargouille dans le dôme et tombe goutte à goutte par la goulotte. Pour peu que vous vous approchiez, vous découvrez alors plusieurs silhouettes silencieuses accroupies devant la pisserotte, l'œil fixé sur ce mince filet de cristal, urine sacrée dont ils supputent la richesse à la seule vue de sa couleur, de son perlé, de sa chanson, de son cordé, de ses réticences ou de ses débordements. De temps en temps, le maître prend un tâtevin, le remplit à la brûlante mamelle, le hume, le regarde, le respire, y trempe ses lèvres, le passe à son voisin, qui le regarde, le hume, le respire, y mouille ses moustaches et le transmet à un autre qui en fait autant, avec lenteur, et une sorte d'onction ecclésiastique.

Il y a, dans chaque village, des vieillards qui, de coutume, n'ont pas la force de dépasser le coin de leur bûcher, et qui, l'hiver, montent tous les jours jusqu'aux granges, d'un pas alerte et décidé. On appelle cela « les miracles du chaudron ». Quand un vieux, malade en été, agonisant en automne, tarde à mourir, on dit : « Il attend l'alambic », et on en voit qui, quasiment, ressuscitent pendant l'Avent, stimulés par la perspective du pèlerinage annuel.

On chargea la Gazette, donc, de retrouver le brandevinier qui n'était pas homme à tolérer que sa fille jouât la Sainte Vierge sans son consentement. Sa femme disait : « Il est à Bouhey aujourd'hui ! Vous le trouverez sous les roches ! » Mais il était à Nuas, car c'était un homme qui aimait son quant-à-soi. Il brouillait ses pistes, en bon Bourguignon, afin d'être le seul maître de ses actes et de ses pensées. « Pas moyen de commercer avec toi, lui disait-on, t'es toujours ailleurs ! » Il riait en répondant « Marche ! Ils savent bien quand même trouver le chemin de mon chaudron ! Tout arcandier que je suis, je n'ai jamais vu homme si bien entouré que moi ! Il y a plus de monde à mon chantier qu'à la messe ! »

La Gazette, pour le retrouver, servait donc de guide à deux des organisateurs de la crèche vivante et, de fait, lorsque les trois émissaires arrivèrent au chantier du brandevinier, il y avait bien dix fidèles prosternés devant la source miraculeuse.

Le distillateur leur offrit, dans la tasse commune, une rasade de cette eau-de-vie qui, toute tiède encore, sortait des tripes ardentes de l'alambic.

— Ma fille pour faire votre Sainte Vierge ? dit l'homme. Entendons-nous bien : j'ai deux filles : la Christiane et la Jeannette ; il n'y a que la Jeannette qui peut faite l'affaire parce que la Christiane, elle, il n'y a plus moyen depuis longtemps. Vous voyez ce que je veux dire et je ne vous apprends rien. C'est la plus belle, d'accord, mais j'ai beau être mécréant, je ne voudrais pas vous voler sur la marchandise !

— C'est à Jeannette que nous avions pensé ! affirmèrent les négociateurs.

— Alors d'accord pour la Jeannette, mais à condition qu'elle accepte ! Arrangez-vous avec elle, parce que moi, vous n'êtes pas près de me revoir. Je suis en tournée et ça peut me conduire jusqu'aux vigiles de Pâques !... ou de la Pentecôte ! Va savoir !

Jeannette se fit tirer l'oreille et tout le canton en frémit.

— Que je fasse la Sainte Vierge, moi ? Vous m'y voyez avec mon air ?

— On t'y voit très bien, Jeannette.

— Avec mes grosses mains rouges que je fais la pâtée aux canards ? Non, c'est pas possible !

On insistait, elle s'entêtait et la fête approchait. Un jour, alors que tout le village la bousculait pour qu'elle acceptât, elle gémit :

— Je ne suis pas près d'être à moitié aussi jolie qu'il faudrait !

Alors une voix convaincue s'éleva :

— Vous serez la plus jolie Sainte Vierge qu'on aura jamais vue !

C'était Germain, oui Germain le Bourguignon Bien-Pensant, qui aussitôt devint rouge comme une cornouille.

— Sacré Germain ! lança Gilbert, si la Toinette t'entendait !

— Quoi Toinette ? Quelle Toinette ? fit vivement Germain.

— Je ne sais pas. Il m'avait semblé t'entendre dire, du côté de Milly : A bientôt Toinette ! Je reviendrai !

Germain gronda :

— Il est bête comme un jeune doguin ce Gilbert ! Quelle idée de raconter des menteries comme ça !

Puis se tournant vers Jeannette :

— ... L'écoutez pas, mademoiselle Jeannette, il y a pas plus de Toinette que de beurre en broche, et moi je vous dis que vous serez une sacrée Sainte Vierge ! Parole de compagnon-sculpteur-imagier !

Et voyez comme vont les choses : ce que ni père ni mère ni maire n'avaient pu obtenir, en six mots, Germain, étranger au village, l'obtint : Jeannette Lucotte fut la Vierge. Une jolie petite Vierge un peu rousse, aux yeux verts, à la peau blanche. « Une belle Celte ! » disait la Gazette.

On repassa donc les costumes, on prit la pose pour draper les étoffes. La Gazette s'en fut couper du gui et l'apporta pour qu'on en ornât la scène. Ce qui lui fut refusé :

— Je l'ai pourtant coupé avec ma gougeotte d'or ! pleurnicha-t-il.

— On n'a pas besoin de tes diableries !

— Des diableries ? Le gui sacré de nos ancêtres ?

— Ne viens donc pas mélanger tes religions barbares à la nôtre, sacré Romulus !

— Barbare ! Haha ! ricanait la Gazette. Écoutez donc ce que dit saint Augustin : « ... *Ce que l'on appelle aujourd'hui " religion chrétienne " existait chez les Anciens et n'a jamais cessé d'exister depuis le commencement des temps, jusqu'à ce que le Christ étant venu, on commençât d'appeler " chrétienne " la vraie religion qui existait dès le commencement du monde !* »

— Tais-toi, Gazette ! Dis pas des énormités ! Tu vas voir qu'un beau jour on te brûlera comme sorcier, et t'auras que ce que tu mérites !

— Je n'ai pas peur du feu, garçon ! Et Augustin était professeur de rhétorique et Père de l'Église latine ! Alors !...

De son côté, Jean-Paul, le jeune curé, proposait que cette crèche fût remplacée par une sorte de panneau d'affichage où, par inscriptions lapidaires et brutales, tout fût remis en question, surtout l'Ordre, l'ordre établi.

— Mais la crèche! disaient les gens.

— L'Évangile est la critique permanente de la société! lançait-il.

— Mais la crèche! lui répondait-on.

— Depuis la crèche jusqu'au vendredi à trois heures de l'après-midi, Jésus est en contestation avec la société de brigands. Il faudrait tout de même bien qu'on le dise!

— Mais la crèche?...

— Eh zut pour votre crèche de papillotes! Faites-la pour amuser les bourgeois, moi, je ferai la mienne!

— Vous n'êtes qu'un révolutionnaire, l'abbé!

— Jésus est la Révolution!

— Mais Noël?...

— Eh bien! Noël, c'est la naissance de « Jésus la Révolution ».

— Non, Noël est la fête de l'enfance. C'est un mystère joyeux!

Le petit curé en chandail montait d'un ton :

— Ah! Noël est un mystère joyeux? Vraiment? La fête de l'enfance? Sans blague?... Vous trouvez joyeux que cette femme vienne faire son gosse sur la paille d'une écurie, alors que tout le monde est bien au chaud, s'amuse, cherche à s'enrichir par tous les moyens? Joyeux ce gars qui ne cesse de répéter « Aimez-vous les uns les autres » et que nous collons sur une croix, comme ça, à coups de marteau!

— Nous?

— Oui, tout le monde s'y est mis : les riches, les

pauvres, les puissants, les miteux, les gouverneurs et les traîne-savate, les salauds et les braves gens, car ils étaient tous là pour crier tue-assomme ! Et qu'est-ce qu'il avait dit, qu'est-ce qu'il avait fait pour mériter tout ça ? Hein ? Je vous le demande ?... Il avait dit : « Heureux les simples ! Heureux les doux ! Heureux les pacifiques ! Heureux les miséricordieux ! Que celui qui a deux chemises en donne une à celui qui n'en a pas ! » Il avait dit : « Aimez vos ennemis, faites du bien à ceux qui vous persécutent !... Vous entendez ? Aimez vos ennemis. » Et tout le monde, les braves gens comme les autres, l'a roué de coups, l'a couvert de crachats et d'injures, et votre mystère joyeux débouche sur quoi ? Sur un supplice affreux : la croix ! Les clous dans les mains et dans les pieds, le coup de lance dans le côté, et vous appelez ça un mystère joyeux ? La fête de l'enfance ?

« Alors amusez-vous bien ! A votre santé ! Régalez-vous à regarder ce joli poupon bien rose sur sa jolie petite paille, entre sa jolie maman et son vieux papa ! ses braves bergers bien propres et bien respectueux, ses gentils rois si bien intentionnés ! Sous cette bonne vieille étoile, dans ce merveilleux climat de prodigieuse espérance ! Ne changez surtout rien aux hommes ni aux choses ! Regardez donc comme tout va bien !

« Tout à l'heure, pour commencer, on va massacrer quelques milliers de nouveaux-nés, une bagatelle, mais ne changez rien à l'ordre des choses ! Si vous voulez changer, vous êtes de vilains petits révolutionnaires ! Et vous faites de la politique !

« Réjouissez-vous plutôt ! Jouez hautbois résonnez musettes ! Endormez-vous tranquillement, braves gens ! Pour célébrer la naissance du Sauveur, contentez-vous de chanter. Pendant ce temps-là nous prendrons comme nous pourrons les dispositions qu'il faut pour le supprimer, car il est dangereux, ce charpentier, c'est lui qui va donner à nos esclaves l'idée qu'ils sont nos égaux devant Dieu ! C'est lui qui va leur montrer notre petit trafic de Dieu ! Nous y mettrons le temps qu'il faudra, mais nous le supprimerons pendant que vous chanterez Noël.

« Mystère joyeux ? Ah oui vraiment ?... »

La Gazette était médusé. Il regardait fixement le jeune curé. Une grande exaltation semblait monter en lui. Il se mit à trépigner en criant :

— Bravo Jean-Paul !

Les autres lui disaient :

— Tu soutiens ce petit curé anarchiste, toi, le pape des escargots ?

— Il me rappelle tout à fait saint Andoche, criait le vieux. Quand j'ai rencontré Andoche pour la première fois, c'était sur la voie d'Agrippa, en 176, juste à la sortie de ce que vous appelez Dijon et que l'on appelait Divio, à l'époque.

« Quand je le vis, il était monté sur un tas de pierres et parlait à des gens qui se rassemblaient. Je me suis approché et j'ai écouté. Il disait à peu près la même chose que votre petit curé, oui la même chose, avec le même feu et presque les mêmes mots !... Mais une patrouille de soldats est venue et les a chassés en dispersant la foule... »

La Gazette arrivé à ce point de son récit se mit à sangloter :

— Hihi, les pauvres enfants ! Je ne les ai revus que quelques mois plus tard, à Saulieu, que nous appelions « Soli locus » en latin, Solieu, le lieu du soleil, et où, bien avant, nous avions déterminé le lieu cosmogoni-

290

que où le soleil est en puissance avec la Grande Vouivre. Bref, je venais là comme je le fais encore pour préparer les fêtes du solstice et j'ai revu ce pauvre Andoche et ses camarades . on venait de les arrêter pour les mettre à mort, et Andoche disait la même chose que votre curé Jean-Paul !

« Hihi ! Comme je me reproche de ne pas les avoir cachés dans les grottes où nous nous cachions nous-mêmes pour échapper à la police des occupants !

« Pauvre Andoche ! Pauvre Jean-Paul ! Comment vont-ils le massacrer ?... Le noyeront ? Le grilleront ? L'échauderont ? L'empaleront ?... Comme Bénigne ou comme Symphorien ? Pauvre petit curé en chandail rouge ! »

On disait :

— Tu le plains à cette heure, et hier tu l'accusais d'avoir vendu Saint-Thibault et Notre-Dame-de-sous-Terre ?

La Gazette hochait la tête :

— C'est vrai qu'il a bradé Thibault et la Dame ! Le gredin ! le mandrin !... Et pourtant ce petit a le souffle ! Il dit bien et pense mieux encore !... Mais allez donc vous fier à ça !

« Ah ! quelle époque que celle-ci ! On ne sait plus ! N'est vrai aujourd'hui que ce qui se mesure, se calcule ! Plus le sens du sacré ! Plus le sens du symbole !... »

La Gazette s'agitait :

— Doucement, doucement, lui disait-on, tu vas encore faire un coup de sang... Et rentre donc ton bras droit sous ta capote, on voit ta main qui dépasse sous ta besace !

Et la crèche vivante eut lieu néanmoins, et Jeannette fut la Vierge, et Germain, qui n'entrait dans les églises que pour y sculpter les pierres, ne manqua ni la messe de minuit, ni celle du jour, et je crois bien que si l'on eût dit, comme jadis, celle de l'aurore, il n'eût pas quitté son banc! regrettant même qu'on eût perdu l'habitude de chanter vêpres, pour pouvoir plus longtemps contempler Jeannette, immobile, voilée de céladon.

2

Ainsi passa Noël, passa l'Épiphanie, passa la Saint-Vincent, fête des vignerons, que Gilbert prit l'idée de célébrer chez l'oncle Meulenot, à Saint-Romain.

— Viens avec moi ! dit-il à Caïn Goë, tu m'aideras à charger la feuillette !

C'était un jour de grand froid, avec des éclaircies glacées et des coups de soleil tranchants comme des coups de vouge. Ils tombèrent sur la ferme des Ruhautes sur le coup de dix heures, alors qu'on finissait d'y préparer la fête. La cousine Manon, manches retroussées sur ses beaux bras dodus, où la veine faisait, à la saignée, un renflement nacré, plumait volaille et tournait la pâte.

Quand elle vit entrer son cousin, on aurait cru qu'elle voulait rentrer sous terre. Elle fit mine de s'enfuir mais elle était comme paralysée, elle devint toute pâle, lâcha la jatte où les blancs d'œufs des meringues montaient sous le fouet, et resta là, les mains ouvertes, sans pouvoir dire un mot.

C'était la première fois qu'elle revoyait son cousin depuis le massacre du calvaire. Elle crut qu'il venait pour lui en demander raison devant ses parents.

— Te voilà bien muette, cousine ! Je ne te reconnais pas !

— C'est toi cousin ? dit-elle niaisement.

— Oui, je viens faire la Saint-Vincent ! Allons ! embrassons-nous, Manon, et embrasse aussi ce grand dépendeur d'andouilles. C'est Caïn Goë !

Elle regarda le gaillard et sentit revenir son goût de plaire pour dominer. La peur qu'elle avait eue fondait comme le beurre qu'elle venait de mettre sur le feu. Du coin de l'œil elle surveillait le gaillard qui, lui, la regardait tout crûment, prêt à bondir sur elle, en passant sa jeune langue rose sur ses lèvres.

Sans la quitter des yeux, et en s'approchant lentement, Caïn murmura d'un air cruel :

— T'aurais dû me dire, Gilbert !... T'aurais dû me dire qu'il y avait une poulette à croquer ! Je me serais rasé !

Brusquement, il empoigna la Manon par l'aile et avançait le museau pour l'embrasser, mais elle lui retourna une gifle en éclatant de rire alors qu'il clamait :

— Voilà ! Tudieu oui, voilà ce que j'appelle une fille !

Et il se rua sur elle en poussant de grands cris de sauvage. Elle lui échappait, sautait par-dessus la maie, tentait de monter l'escalier, il empoigna le volant de la jupe, tira, et la fille lui retomba dans les bras en se pâmant, se laissant goulûment prendre un baiser sur le cou, un baiser qui fit un bruit de moulin. Elle regarda alors Gilbert, comme pour lui dire :

— Voilà comme il faut me prendre, moi !

Puis, sans transition :

— Alors, comme ça, à la Rouéchotte, ça va bien ?

Puis aussitôt :

— Caïn, allez donc me chercher un seau d'eau !

Gilbert racontait :

— Une saloperie de Parisienne est venue me beursiller mon calvaire !

— Une Parisienne ? Pas possible ?

— Une traînée qui me poursuivait depuis Paris...

— Depuis Paris ? Eh bien, dis donc, cousin, t'as pas perdu ton temps dans la capitale !

— Elle a profité que j'étais en train de travailler à la collégiale de Semur pour saccager mon Jésus, sa mère, saint Jean ! Ah si j'avais été là ! Je crois bien que je l'aurais tuée ! Enfin ? Tu comprends ça, toi, quand on en veut à un garçon de s'en prendre à son travail ?

Les parents, les amis revenaient de la messe, et ce fut le repas qui permit à Manon de laisser sans réponse la question de son cousin.

La Saint-Vincent aux Ruhautes ? Une franche frairie où bien des records d'endurance étaient battus : sept heures à table pour dîner, une petite sortie pour pencher l'eau sur le fumier, et l'on repartait pour le souper. En tout douze heures à table.

Dès la gougère, on avait envie de parler et d'entendre jaser les autres. Le maître Meulenot disait : « Jaser, c'est à moitié digéré ! » Il interrogeait l'un, l'autre, donnant à chacun l'occasion d'avoir de l'esprit. Il regardait son neveu Gilbert et le trouvait changé. Son séjour à Paris l'aurait déboudrillé ? pensait-il. Il lui demanda :

— Et ta Rouéchotte, Gilbert ! Est-ce qu'on lui voit encore la figure sous sa tignasse d'épines et sa barbe de ronces ?

Et c'était Caïn Goë qui répondait, à demi tourné vers Manon :

— La Rouéchotte ? Maître Meulenot, si vous la voyiez, elle est pas reconnaissable ! Et on va nous en

faire une sacrée rente, de votre Rouéchotte, marchez !
Les Goë viennent de s'y mettre...

Et il ajoutait, flambard :

— Et quand les Goë s'y mettent !...

— Vrai ? disait Meulenot, mais avec quel matériel ?
Vous êtes équipés ?

— Du matériel ? Pas besoin avec les Goë ! Les moines, ils avaient peut-être des bulledosaires ? Hein ? Et
pourtant, ils en ont fait, de la terre ! Les Goë, c'est
pareil !

— Des drôles de moines ! lançait Manon, des moines
qui embrassent les filles qu'ils voient pour la première
fois !

Caïn se gonflait un petit coup en regardant la fille
comme s'il voulait la dévorer toute crue, puis il buvait
une gorgée de gamay et reprenait, sur un ton d'homme
d'affaires :

— Non, voyez-vous, maître Meulenot, ce qu'il me
faudrait, ce serait une femme d'attaque, une qu'aurait
la Rouéchotte dans la peau, supposition, et du sang ! Et
alors, on verrait ce qu'on verrait, maître Meulenot !

En disant cela, il riboulait des yeux terribles en
direction de Manon qui faisait mine de ne pas
entendre.

A la pauchouse, avec un meursault, il s'enhardissait :

— Une femme solide, maître Meulenot, et avec moi,
la Rouéchotte devient une ferme modèle : moutons au-
dessus, châtrons dans les pâtures, et la petite vigne
sous les roches ! Tout ça réglé comme du papier à
musique, avec stabulation libre et tout... Une femme
comme il n'y en a plus guère, d'accord, mais y'en
aurait plus qu'une qu'il me la faut !

Au civet de lièvre, avec un santenay qui se tenait bien, c'était :

— Maître Meulenot, je peux vous le dire à vous : j'ai des vues. Oui, j'ai des vues !

— Vrai mon garçon ? Vous avez des vues ?

— Et des sacrés vues ! Et celle que je pense serait bien tout à fait ce qu'y faut pour la Rouéchotte !

A la dinde rôtie, avec un échézeau de 1947 :

— Maître Meulenot, vous êtes un homme à qui on peut causer. Eh bien moi je vous le dis : La Rouéchotte est un sacré bon Dieu de domaine. Si on met dedans un gars décidé et une fille à la hauteur...

— Y en a-t-il encore, garçon, des filles à la hauteur ?

— Plus guère, d'accord, mais il y en a !

— Voire !...

— Allons, allons maître Meulenot ! Faites pas l'innocent ! Vous en connaissez au moins une !... Et moi aussi j'en connais une !

Après les fromages, c'était :

— Me dites pas que vous n'en connaissez pas ! Vous en connaissez au moins une ! Et moi aussi j'en connais une ! et si ça se trouve, c'est peut-être la même !

Pendant ce temps-là, Gilbert racontait comment il avait trouvé ses statues brisées, sur les dalles, et comment il avait entrepris de rabouter les morceaux, et de refaire le christ, encore plus beau qu'avant !

— Et quand il sera restauré, en place sur le reposoir des Griottes, vous verrez ! Et il partait dans ses rêves

A minuit, il eût fallu reprendre la petite route tordue et rentrer à la Rouéchotte, mais les deux garçons se montrèrent très prudents. On leur fit un lit dans la cuverie, la maison étant pleine, et ils ne partirent que le lendemain, après le dîner de midi où il fallut manger les restes et le bouilli, et puis enfin, il fallut charger la feuillette dans la camionnette. Manon étant là, les mains sur les hanches, Caïn Goë écarta tout le monde :

— Pour charger une feuillette ? Un seul homme ! A deux on se gêne, à trois on se tue ! Laissez-moi ça !

Il roula la futaille jusqu'à la voiture et posa ses grosses pattes sur les rebords. On faisait le geste de venir l'aider :

— Laissez-moi ça, que je vous dis !

Il se gonfla comme pigeon devant pigeonne, puis on vit la feuillette basculer en bout, prendre appui sur le plateau de la Citroën, et, lentement, se soulever puis culbuter doucement dans la voiture qui accusa le coup. Ce fut tout. Il frotta ses mains l'une contre l'autre, donna un petit coup à son genou de pantalon, et en route.

Manon faisait celle qui n'a rien vu. Après avoir allumé l'incendie, elle feignait de ne même pas sentir la fumée. A peine fit-elle un geste du bout des doigts, en essuyant une assiette.

Ils n'avaient pas atteint le dessus des murgers que, n'y tenant plus, Caïn débonda :

— Quelle fille, bons dieux, quelle fille ! Pour sûr qu'en voilà une qui a la mandorle ardente, comme dirait la Gazette. Il me la faut, cré mille loups-garous !... Sans avoir essayé je te jure qu'elle me va !

— Tu ne vas tout de même pas pêcher dans ces eaux-là !

— Que je vais m'en priver, tiens ! T'as pas vu comme je lui gonfle le cou, rien qu'à lui causer ? T'as pas vu comme ça rebique dans son corsage seulement quand je la regarde...

— Oh ! tu sais, ça rebique facile, chez elle !

— ... Et sa sueur ? T'as senti sa sueur ?

— Pardi, comme tout le monde !

— Non. Sa sueur sentait la sueur avant que j'arrive et que je la touche ! Sûr !

— Oh boh !

— Mais à partir du moment où je l'ai touchée, ça a changé !

Être poète, c'est trouver parfumée la sueur de la femme qu'on aime. Caïn était donc poète ? Qui l'eût cru à le voir si lourd, si endormi ?

— Conte ton conte, l'artiste ! Je suis fait pour elle et elle le sait bien dans son tréfonds !

Gilbert regarda son Caïn : Il était très beau.

Ils arrivèrent à la Rouéchotte vers les quatre heures du « tantôt », comme on dit chez nous. Alors qu'ils prenaient la petite route de Combe-Ravine, ils durent se ranger pour laisser passer une ambulance qui fila sur Dijon.

— Une ambulance ? Qui donc se serait encore cassé le cou ?

— Personne. Elle était vide ! dit Caïn.

— Vide ?... Alors... Si c'était... ?

Ils montent la combe aussi vite que le Pierre Chambellan dans la course de côte d'Urcy. La camionnette avec ses deux gars et sa feuillette entre en trombe dans la cour. Gilbert saute à terre avant même de serrer le frein : il voit Adam et Abel sortir en hâte de la chambre à four, puis le père Goë, puis la Gazette, et, derrière eux, la porte se ferme et l'on entend le verrou qui glisse en grinçant, et c'est fini.

— Alors ?

— Alors quoi ?

— Cette ambulance ? C'était pour qui ?

Les quatre hommes se regardent. Ils sont tout penauds.

— Ève ? crie Gilbert.

— Oui, font les autres en hochant la tête.

— Où est-elle... Mais dites-moi donc ?

— Elle est revenue, Gilbert. Le docteur a dit qu'elle pouvait rentrer...

— Mais montrez-la-moi donc !

Ils se regardent, d'un air gêné :

— C'est que...

— C'est que quoi ?

— Euh...

— Mais parlez !

C'est la Gazette qui s'approche :

— On l'a mise dans la chambre à four.

— Vous êtes fous ! C'est dans la belle chambre qu'il fallait !

— Elle a refusé. Elle dit qu'elle est mieux cachée là...

— Cachée ? Ça par exemple ! Cachée pour qui ?

— Pour toi, Gilbert.

— Pour moi ?

Il se précipite vers la porte cloutée, il tambourine.

— C'est moi, Ève, c'est moi ! Gilbert ! Ouvre-moi vite !

Rien.

— C'est moi, Ève ! Ouvre à ton Gilbert !

Rien. Le circaète piaule, très haut dans le ciel.

— Ouvre-moi !... Je veux te voir, Ève.

Une petite voix qui a bien de la peine à passer par le trou de la serrure :

— Il n'y a plus rien à voir, Gilbert ! Plus rien !

— Arrête-toi de parler comme ça, Ève. Sinon je...

— Je suis laide et bossue, Gilbert, molle comme une loche.

— Ce sera vite revenu...

— Non, jamais je ne pourrai me mettre sur mes jambes... Si tu voyais, Gilbert : ces deux cuisses soudées, ces jambes mortes.

— Mais voir tes yeux, Ève ! Tes yeux ! Tes lèvres, pour les caresser...

— Tais-toi, tu n'as pas le droit !

— Je suis pourtant ton fiancé...

Un long silence, terrible comme un hiver. Il répéta :

— Je suis bien ton fiancé, Ève !

Encore un silence, puis une petite voix, un souffle :

— Je te rends ta parole, Gilbert.

— Mais moi je ne la reprends pas, et je ne te rends pas la tienne !

— Je suis une boscotte, Gilbert.

— Tu m'as promis, Ève !

— Je suis une morte qui n'a plus rien à donner.

— Je ne te tiens pas quitte !

— Je ne suis plus rien.

— Tu es toujours ma fiancée...

Elle ne répondit pas, car elle s'était mise à pleurer. Il resta ainsi appuyé au bois de la porte, comme s'il avait voulu l'enfoncer, de ses grandes mains de sculpteur.

— Te voilà déjà installée à la Rouéchotte, qui est maintenant ta maison...

— Tais-toi ! gémit-elle faiblement.

— Non je ne me tairai pas. Tu es déjà la maîtresse de cette maison ! On va te soigner et te requinquer ! C'est l'affaire de rien de temps !

Il était resté là longtemps, répétant :

— Ouvre-moi, Ève ! S'il y en a un ici à qui tu peux te montrer, c'est moi !... Ève, ouvre-moi !

Le soir était tombé sans qu'elle lui eût répondu. Il l'entendait pleurer sans bouger, immobile. Furieux, il s'en était pris à la Gazette qui dépiautait une hermine, sous le hangar :

— Gazette, toi qui l'as vue, comment est-elle ?

— Elle n'a plus figure de femme, Gilbert ! Elle est étendue sans un souffle...

— Tâche de la décider à me voir !

La Gazette était resté un instant bouche close.

— Si tu m'écoutais..., avait-il dit en coupant net les pattes de l'hermine.

— Quoi, si je t'écoutais ?

— Eh bien tu ne penserais plus à elle ! Elle ne peut plus te faire d'enfants...

Il ajouta, d'une voix sourde :

— Elle ne peut même plus te recevoir !

— Alors ?

— Alors moi, à ta place, je comprendrais que le jour où le rocher s'est détaché et qu'il l'a entraînée à la vallée, c'était le signe...

— Quel signe ! Le signe de quoi ?

— Que la femme n'est pas pour toi !

— Qu'est-ce que tu chantes !

— Que tu es marqué, voué au célibat, pour accomplir ton destin...

— ... Parce qu'aucune fille n'a voulu d'un beurdin comme toi tu voudrais que les autres s'en passent ? Hein ?

— Tu es marqué, Gilbert, tu te dois à ta vocation sous la conduite de ton vieux maître qui t'apprendra tout ! Tu es aux portes de la Connaissance, Gilbert ! Une vie prodigieuse se présente à toi, loin des halètements de l'engeance...

Le vieux continuait sur ce ton, mais Gilbert ne l'écoutait plus, il partait en jurant tous les dieux de l'Olympe, et en donnant de grands coups de pied dans les mottes de terre.

Le lendemain, au petit matin, il était devant la porte de la chambre à four et se talait les poings sur le vantail :

— Ève ouvre-moi, je viens t'allumer le feu !... Te porter pitance !... Ève !... Enfin Ève entends-moi !

— Je suis laide, je suis moins que laide, je ne suis rien !

— Mais plutôt que de te cacher, viens donc seulement à la fenêtre ! Un seul être est capable de te dire si tu es laide : c'est moi ! Montre-toi, et je te dirai !

— Tu es le seul à qui je ne me montrerai pas, Gilbert !

Le jour même, on les convoquait à Dijon pour travailler à la réfection du chœur de Saint-Bénigne où l'une des verrières se désagrégeait. Une partie d'un meneau était tombée, de vingt mètres de haut, aux pieds de l'archiprêtre de la cathédrale. Une révision des trois fenêtres hautes s'imposait, ainsi que celle du chœur de ce sanctuaire abbatial que Joseph Samson avait appelé « la cathédrale enchantée ».

Enchantée, c'était le mot, car ils y arrivèrent un dimanche pour la grand-messe, alors que la maîtrise chantait. Gilbert disait ne rien entendre à la musique. En réalité c'est parce qu'il n'avait jamais entendu de musique. Là, il comprit tout de suite. Et cela s'était présenté d'une façon peu ordinaire : l'échafaudage étant en place, ils étaient montés pour avoir une idée du travail. En fait, ce n'était qu'une affaire pour tailleur de pierre et ils s'apprêtaient à descendre, prêts à refuser l'entreprise, lorsque, le bourdon ayant sonné la messe de dix heures, les grandes orgues entamèrent l'entrée.

Gilbert resta comme pétrifié, accroché à l'échafaudage, caché par la bâche, le souffle coupé.

Sans doute, ces grandes orgues et leur tribune, rajoutées au dix-huitième siècle dans le style baroque, sont-elles un sacrilège dans cette église dure et nue, comme pauvre, qui se contenterait, pour tout ornement, de la couleur rose de la pierre des Perrières, mais Germain et Gilbert reçurent de plein fouet le grand souffle de l'orgue, après quoi montèrent jusqu'à eux les voix d'enfants de la maîtrise et s'il ne se fût tenu à la main courante de l'échafaud, Gilbert de la Rouéchotte se fût écrasé sur les dalles du chœur, plus de quinze mètres plus bas, tant le choc fut terrible.

Ils restèrent là, immobiles pendant tout l'office, haletants, pris aux tripes par une espèce de crampe, prisonniers de cette voûte où tous les bruits de la nef se ressemblaient, par la vertu de cette pierre tendue comme ressort.

Après l'extase, ils descendirent à la crypte que la Gazette n'eût pas manqué d'appeler « la chambre dolmenique » et où toutes les harmonies entendues dans l'église haute semblaient s'être concentrées. Gilbert les perçut, mêlées à d'autres qui montaient du sol, prodigieusement. Il pensa : « Voilà probablement ce que la Gazette appelle les portes de la Connaissance ! J'y suis ! », et il lui sembla que ses pieds ne touchaient plus le sol.

On leur demanda aussi de participer à la réfection de l'église Notre-Dame. Là, c'était la restauration de la lanterne du transept et l'étude de la reconstitution de toute l'imagerie du tympan, anéantie en mil sept cent quatre-vingt-treize. Restitution sans cesse remise en question mais jamais réalisée.

Ainsi devaient-ils œuvrer longtemps dans Dijon, et cette perspective les remplit de joie.

3

Dès leur départ, Ève avait rouvert sa porte. La Gazette entrait près d'elle, elle ne le chassait pas, lui demandant de la redresser ou de pousser un oreiller sous sa nuque ou sous ses reins.

Elle se faisait apporter des monceaux de linge à repriser abandonné par les hommes. Elle tentait d'enfiler l'aiguille et de ravauder toutes ces nippes, mais les bras lui retombaient le long du corps, alors, pour ne plus penser à ses misères et repousser le découragement, elle disait à la Gazette :

— Gazette, raconte !

Le vieux druide venait près d'elle pour décharner ses peaux et les préparer pour la foire des sauvagines de Chalon. Il dodelinait de la tête, et de sa voix de fausset il égrenait les nouvelles des six cantons. D'autres fois, il débitait, tout d'une traite, de grandioses foutaises où personne, sauf Ève, ne pouvait se retrouver.

Elle paraissait s'assoupir, comme endormie par ce curieux radotage, mais, les yeux clos, elle était éblouie par ses trouvailles de conteur, ses brusques envolées prophétiques et troublée par ces mystérieux souvenirs imaginaires...

Mais étaient-ils imaginaires ?

Quand il s'arrêtait, elle remettait en marche cette étrange machine à paroles.

— Tu dis toujours : « Nous autres les druides », mais les druides sont à la première page de notre histoire de France, et nous, nous sommes à la dernière ?...

— C'est parce que ce que vous appelez l'histoire de France est trop court pour moi !

— Tu ne vas pas me dire...

— Je te dirai ce qui est... Il se fait tard, je me souviens. J'attends l'étoile du matin !

— Vieux rabâchon !

— ... Quand Jules César assiège Alise, c'est ça le début de votre petite histoire de rien du tout. Eh bien moi, à ce moment-là, je ne suis déjà plus un gamin...

— Quelle guoguenette vas-tu encore me dire ?

— ... Après la défaite de Vercingétorix, sois sûre, j'ai fait ce que j'ai pu pour maintenir le culte, mais Jules César est un malin : il veut abattre le druidisme, qui vient des Atlantes et qui est le ciment de tout le pays celte ! Alors il nous persécute, et c'est à cette époque-là que je commence à me cacher dans les bois.

— Pas étonnant que tu sois devenu sanglier !

— Oh ! je ne suis pas le seul ! Par-ci par-là il y a bien eu quelques collaborateurs, mais presque tous les druides ont pris le maquis !

— Tu mélanges tout, Gazette !

— Nous avons essayé, dans la clandestinité, de maintenir notre culte et de conserver notre science. Mon diocèse était grand : j'ai assuré clandestinement mon ministère pendant cinq cents ans, caché dans les bois !

— Cinq cents ans dans les bois et les grottes ? Pas étonnant que tu sentes le reûtené !

— Oui, cinq cents ans ! J'ai vu les Romains briser, détruire par le fer et le feu toutes les traces de notre civilisation. Après eux, ce furent les sauvages ! Si tu avais vu passer les bandes d'Alains, de Sarmates, de Boyens, de Huns ! Il y en avait toujours une bande en train de piller, de tuer ou de violer ! On voyait de grandes colonnes de fumée monter de la plaine de la Saône, du Dijonnais. Les corbeaux étaient à la noce de ce côté-là !

« Les Gaulois n'avaient plus figure de Gaulois ! Quatre siècles de barbarie romaine, on ne s'en remet pas comme ça ! Châtrés qu'ils étaient, nos Gaulois ! Et nous n'avions plus les moyens de les reprendre en main !

— Et toi, vieux coquin, qu'est-ce que tu faisais pendant ces quatre siècles ?

— Nous, les druides, nous nous transmettions la Connaissance de bouche à oreille, pensant qu'une si belle science ne pouvait se perdre comme ça, et qu'un jour viendrait où elle serait recueillie là où il fallait, par qui il fallait !

— Et alors, Gazette ?

— Alors ? »

La Gazette se redresse, lâche la peau de renard qu'il est en train de fouler à la main, ses yeux s'agrandissent et il entre dans l'extase.

— Alors voilà que le bruit court que des hommes justes parcourent nos sauvageries. Ils entrent dans nos forêts vierges, remontent nos vallées, retournées au marais et à l'épine. On dit qu'ils viennent enseigner une nouvelle philosophie...

« ... Oh ! les premiers ne sont ni bien nombreux, ni

bien hardis. Ils disent qu'il faut s'entr'aimer, être doux et miséricordieux. Mais le plus souvent, on les reçoit à coups de pierres.

— Non ?

— Hélas ! On les brûle, on les ébouillante...

— Pourquoi ?

— Parce qu'ils apportent une drôle de nouvelle et une façon de vivre à l'envers des autres.

« Au début, moi aussi, j'étais contre eux et je ne dis pas que je n'ai pas jeté aussi ma petite pierre...

— Pas vrai ? coupe Ève, qui s'amuse.

— Hélas si, ma chère enfant ! Mais en les écoutant dire qu'il fallait s'aimer, partager, faire du bien à celui qui vous persécute, j'en suis arrivé à les admirer !

« Oh ! ça n'est pas venu tout seul. J'ai bien mis trois siècles à comprendre !

« ... A fallu que j'en voie frire une bonne douzaine, qui chantaient dans les flammes ! A fallu en voir des horreurs et des abominations que je ne peux pas raconter à une pucelle... Pourtant eux aussi prenaient le maquis, se cachaient, comme nous, dans les bois... Et c'est là que j'ai appris à les connaître.

— Et après ?

— Là-dessus, encore deux bons siècles d'horreurs mérovingiennes, franques ou burgondes ! Des barbares qui ne connaissaient que la force ! Quel bain de sang ! Quelle foire d'empoigne !

— Et toi, Gazette, pendant ce temps-là, tu devais t'ennuyer, toujours dans tes bois ?

— Lourds siècles de plomb !... Mais voilà que, tout par un coup, arrivent des hommes vêtus de bure, avec une corde comme ceinture et une croix comme épée. Ils disaient la même chose que les premiers : aimez-vous les uns les autres ! et chantaient le même refrain...

— Mais ceux-là, Gazette, ils ont été mieux reçus que les autres ?

— Plus malins, qu'ils étaient ! Ils ne sont pas venus un par un, mais tous ensemble, en ordre, comme une armée, avec leurs généraux, leurs capitaines, leurs adjudants, et une piétaille nombreuse et besogneuse comme freumis. On les regardait venir : c'était beau. Quand ils arrivaient dans un coin, ils commençaient par arracher ronce et tracer sillon et aussitôt qu'ils avaient dégarni trois ouvrées, ils construisaient chapelle et chantaient psaumes ! On sortait alors de nos trous pour les regarder et venir renifler de près la bonne odeur de la terre bellement retournée et celle du mortier frais. Ils étaient si forts et si sûrs d'eux qu'ils en imposèrent même aux charognards. Ils avaient inventé une histoire pour leur faire peur : celui qui tue, qui vole, qui viole ira dans un terrible feu éternel où des diables cornus les feront rôtir en les pigonnant avec leurs grands fourchets jusqu'à la fin des siècles et des siècles...

— Ainsi soit-il ! ajoutait Ève.

— ... les autres, ceux qui se tiennent bien sages, iront dans un paradis d'or et de belle musique...

— Et cela a suffi à tout arranger ?

— ... Il y en avait qui étaient tellement terrifiés qu'ils invitaient ces moines à venir s'installer sur leurs terres. En réalité, c'étaient des terres qu'ils avaient volées aux autres, mais ils en faisaient cadeau aux frocards pour le salut de leur âme ! Ce que l'amour et la douceur n'avaient pu faire, la peur le fit ! Ah ! c'est une machine bien curieuse et bien étonnante que la cervelle humaine !

— Et toi, Gazette, pendant ce temps-là ?

— Ah ! moi ! J'ai fait comme les autres druides. Un

jour il en vint une troupe près de mon ermitage. Leur chef, avec lequel je bavardais souvent...

— Je m'en doute bien.

— ... me dit : tu es du pays, tu as autorité sur les clans, tu connais le ciel, les étoiles, la marche des mondes, la tête de l'eau, la Vouivre, tu connais la quadrature du cercle et les techniques des Égyptiens et des Chaldéens pour soulever des blocs énormes de pierre pour en faire des instruments de régénération et de transmutation humaine! Tu connais les champs magnétiques, le chiffre du monde et les règles de l'harmonie cosmique...

— Il t'a dit tout ça, Gazette ?

— ... Tu connais le système numéral qu'on appelle la Kabbale, tu connais la puissance des eaux, des airs et du soleil! Nous, nous apportons l'amour, la philosophie du cœur, vous la Connaissance et la puissance de l'esprit, à nous tous, nous pouvons conduire l'homme au royaume de Dieu!

— Et qu'est-ce que tu as répondu, Gazette ?

— Ma réponse ne s'est pas fait attendre. J'étais décidé à me rapprocher d'eux, car eux seuls me paraissaient capables d'atteindre à l'idéal de mes maîtres. Oh! ce ne fut pas long : « Tu aimes le Christ ? Tu crains Dieu ? Alors tu es moine pour l'éternité, *in nomine patris et...* Amen! »

Maintenant la Gazette n'est plus le vieil ivrogne truculent et farceur : il a fermé les yeux, sa voix est grave et lente et il continue, majestueux, revenu à son idée fixe :

— ... Tous mes frères les druides, encore dispersés, ont été attirés et absorbés comme moi par les ordres monastiques et c'est de ce moment qu'ils ont triomphé! C'était enfin la revanche du druidisme!

Ève regardait le vieux fou, et elle ne le reconnaissait pas. Ni sa voix, ni son visage n'étaient les siens.

Il n'avait même plus l'accent bourguignon.

— Continue, vieux bavard !

— Je n'ai jamais dit ces choses à personne. Tu es la seule à savoir. Tiens ta langue ! Sinon !...

— ... Et comme ça tu as chanté laudes et matines ?

— Sans doute, mais on m'employa surtout selon mes compétences. Je fus bien vite maître d'œuvre, moi qui connaissais l'équilibre des mondes ! Ah ! j'en ai construit à cette époque avec mes frères Initiés ! Et voilà pourquoi on rencontre, dans les sanctuaires bâtis en ce temps-là, des signes que votre époque ne sait plus déchiffrer ! Nous avons voulu donner la clé, à qui sait s'en servir !

— C'est drôle ! disait Ève, un instant distraite de ses douleurs et de son chagrin.

— Saint Bernard aussi trouvait ça drôle ! Il me disait...

Ève levait la tête, étonnée :

— Tu veux dire que tu as connu saint Bernard ? Toi, Gazette ?

— Si j'ai connu le rouquin ? Je l'ai vu comme je te vois, que je meure si je mens ! C'est en mil cent seize ou dix-sept, je ne sais plus très bien, qu'il m'entretint de son projet d'envoyer neuf chevaliers, dévots et craignant Dieu, sur les ruines du temple de Salomon, pour y rechercher l'Arche d'Alliance dont il pensait qu'elle contenait les secrets et la clé du monde, et le complément à nos connaissances...

— Je compte sur mes doigts, Gazette, et je m'aper-

312

çois que tu avais déjà, à ce moment-là, mille deux cents ans. Pardonne-moi, mais je trouve ça étonnant !

— Saint Bernard de Fontaine, le Bourguignon génial, trouvait ça bizarre aussi, mais avec les renseignements que je lui ai donnés, il a fini par comprendre que j'avais le moyen d'utiliser les forces admirables de notre mère la terre et de notre père le soleil pour vivre éternellement !

« C'est de ce moment que lui aussi a révéré la terre, vierge, et cependant mère de l'homme. Il l'a chantée dans maints de ses hymnes... C'est ce que les curés d'aujourd'hui traduisent en disant qu'il avait une grande dévotion pour la Vierge ! Haha ! je ris de voir comme on peut travestir la vérité !

— Moi aussi, répliquait Ève, je ris de voir comment la Gazette sait bien conter sornettes ! »

La Gazette s'était levé. Il marchait à grandes enjambées en gesticulant. Il allait répondre, mais il s'arrêta net :

— Puisque tu ne me crois pas, tu ne sauras jamais ce que m'a dit saint Bernard !

— Eh bien, je ne le saurai pas, et je n'y perdrai pas grand-chose, puisque c'est tout faribole !

Elle se tut et, gentiment :

— Mais puisque tu sais tant de choses, tu ferais mieux de rebouter mes os, plutôt que de jaser pour ne rien dire !

« Regarde-moi, tout inutile sur mon lit, et dehors j'entends les hommes qui travaillent, j'entends les craquements des taillis fracassés, et les chaussettes déchirées s'accumulent. Ils me rapportent des pantalons que je ne peux même pas soulever, tellement ils sont cuirassés de boue et de crasse ! Gazette, je ne peux

313

même pas tenir l'aiguille ! Autant mourir tout de suite !
Gazette, guéris-moi ! »

Le vieux reprit alors sa mauvaise tête d'idiot. Il accrocha au plafond la peau qu'il venait de tendre et sortit sans dire un mot.

Dehors, le souffle du printemps se reconnaissait à travers les derniers frimas du dégel.

Du haut de la verrière du chœur de Saint-Bénigne, Gilbert voyait les toits du quartier Saint-Philibert, et, émergeant de ces vagues clapotantes, faites de tuiles brunes, les trois vaisseaux, ancrés l'un derrière l'autre, de Saint-Jean, Saint-Philibert, dans le sillage du navire amiral et cathédral : Saint-Bénigne.

Les trois sanctuaires ainsi accolés, comme des bâtiments de mer au mouillage, paraissaient se presser bord contre bord, pour profiter d'un lieu de pêche favorable. Là, quelque part dans les profondeurs, une richesse gisait, sans aucun doute, que ces chalutiers immobiles s'acharnaient à exploiter depuis des siècles. C'était si vrai que l'édifice primitif était souterrain, construit autour d'un puits, le fameux puits dont parlait toujours la Gazette.

Car Gilbert ne pouvait plus voir un pilastre, une voussure, un arc doubleau ou même simplement une pierre taillée sans évoquer le vieux mage. Lui seul semblait donner réponse à toutes les questions que se posaient les deux sculpteurs. Au milieu d'un fatras d'âneries, on trouvait, dans ses vaticinations, des explications fulgurantes et Gilbert commençait à croire à ses fables.

De lui, il passait à Ève, qui ne pouvait plus attendre sa guérison que d'un miracle. La Gazette, seul, pouvait faire de cette loque invertébrée un être allant et venant, comme tout le monde. Le médecin-chef de l'hôpital lui avait bien dit que plus rien n'était possible pour elle maintenant. C'était déjà merveille qu'elle fût encore vivante.

Il pensait à cela nuit et jour.

Du haut de la lumineuse abside, ses idées naissaient, librement, se développaient avec une aisance incroyable, et il en arrivait à penser qu'il fallait décider le vieux bonhomme à intervenir, coûte que coûte !

Le samedi, après six jours de ratiocinations, il partait pour la Rouéchotte gonflé d'espoir. Il se précipitait à la porte de la chambre à four, y tambourinait :

— Ève ! Me voilà ! Ton fiancé pour toujours !

Puis il tarabustait le vieux :

— Alors, quand me la guériras-tu ?

Il tournait autour de la chambre à four comme renard autour du poulailler, puis partait, ainsi qu'un fou, dans les brûlis, et gagnait les dessus, marchant pour tuer son impatience et sa colère.

Un jour, il tendit quelques pièges et le hasard voulut que, dans l'un d'eux, se prît une martre, la première martre de l'année, mais une martre blonde.

Il courut à la chambre à four et cria :

— Ève ! J'ai un cadeau à te faire !... Une martre ! Une martre blonde !

Ève se taisait, en mordant ses lèvres pour ne pas pleurer.

— Ève ! Elle est pour toi.

— Mais Gilbert, que peut faire d'une martre blonde une petite boscotte comme moi ?

— Je te la tannerai, et tu en feras une jolie toque pour ton voyage de noces !

— Pauvre bête ! elle risque d'avoir brâment perdu tout ses poils si elle attend jusqu'à ce jour-là !

— Tais-toi, Ève !

— Et moi, le beau cadeau que je ferai à mon pauvre époux ce jour-là ! Gilbert, il faut abandonner ton idée ; oublie-moi ! Je t'en supplie, Gilbert, oublie-moi à tout jamais !

L'accent était tel qu'il se retira sans dire un mot, un sanglot dans la gorge. Il allait éclater lorsqu'il aperçut la Gazette qui, se dérobant derrière le tas de fagots, rentrait du piégeage, lui aussi.

— Ho Gazette ! Viens un peu par là, toi, que je te reveuille !

Il l'empoigne par le revers de sa vieille capote verte, celle qu'il avait prise, vingt-huit ans plus tôt, à un déserteur allemand qui passait, entre chien et loup, en bordure des friches de Saint-Jean-de-Beuf.

— Maintenant, je n'irai pas par quatre chemins : Guéris-la, ou je te flanque une taugnée dont tu te souviendras encore pendant les deux mille ans qui te restent à vivre !

— Tu es fou, Gilbert ! Elle est bloquée à jamais, ses os sont comminués, la médecine et la chirurgie ne peuvent plus rien pour elle !

— Et tes courants telluriques ? Hein ? A quoi ils servent ? Et tes puits celtiques ? Hein ? Et tes danses rituelles ? Et ta verge d'Aaron ? Et ton rapport d'Osiris ? Et ta corde des druides ?

— Mais Gilbert...

— C'était de la blague, tout ça, hein ?

— Mais, Gilbert...

— Pas la peine d'aller tourner comme derviche sur tes ronds de fées, pas la peine de caresser ta Vouivre pour ranimer ton vieux squelette déjà refroidi, si tu ne peux pas redonner simplement un peu de souffle à une jeunette de vingt ans qui ne demande qu'à vivre !

« Tu ramènes ta science toute la journée, mais tu n'es pas capable de remuer tant seulement un petit doigt pour ranimer un joli corps comme ça ! »

Le vieux, presque étranglé, crachotait, bredouillait :

— Gilbert, guéris-la toi-même ! tu es mon eubage... Tu peux !

— Je ne peux rien du tout. Tu m'as toujours dit : « Tu sauras tout, je t'initierai ! » Mais ouatte ! Tu ne m'as jamais rien dit !

— La porte du Temple doit rester fermée ! ergotait la Gazette. On n'ouvre pas à n'importe qui ! Je voulais t'éprouver ! Mais nous allons nous retirer tous les deux sur la montagne et je t'apprendrai les vingt mille vers qui contiennent notre savoir...

— Mais c'est tout de suite ! Vingt mille vers ? Tu ne m'en avais jamais parlé de ces vingt mille vers-là ! Et moi je vais mettre vingt ans pour les savoir, et nous serons de vieux croûtons, Ève et moi, lorsque je pourrai la guérir !

— Vingt mille vers qui ne furent jamais écrits, continuait le vieux braconnier, et qui t'enseigneront le mouvement des astres, les...

— Va te faire lanlaire avec tes vingt mille vers ! Moi, j'ai rabouté les bras de mon christ, c'est tout ce que je peux faire ! Gazette, guéris Ève, c'est ton vieux Gilbert, ton cher enfant, qui te le demande !

— Dès demain, nous nous mettrons à l'ouvrage ! dit gravement la Gazette en reprenant son souffle.

317

Le lendemain, la Gazette avait disparu.

Se lancer à ses trousses, c'était comme essayer de passer cravate à nuage qui passe.

Gilbert eut une drôle d'idée.

— Et si ce que la Gazette dit était vrai ? Si la chapelle des Griottes était l'athanor, l'instrument qui capte les courants de la terre pour opérer la « mutation », comme il dit ? Si les guérisons de jadis, dont tout le monde parle dans la région, étaient vraies ? Pourquoi ne pas s'en servir ? Les dons de la terre et du ciel sont là, il n'y a qu'à prendre ! Se prive-t-on des pommes, des poires que les racines et les feuilles des arbres vont chercher dans la terre et dans le ciel ?

Perché sur son échafaudage, il rumina cette idée toute la semaine. Le samedi suivant, il était décidé.

La Gazette, lui, avait repris la randonnée d'équinoxe et, au passage, il racontait dans les villages :

— C'est fait ! Gilbert de la Rouéchotte va pouvoir être mon vicaire ! Je lui enseigne le mouvement des astres et la grandeur des mondes ! Il sera bientôt au comble de la maîtrise initiatique ! Nous nous sommes retirés dans le Peux Petu et je lui enseigne les secrets !... Bientôt je pourrai mourir, enfin, après deux mille ans de quête...

Il était ainsi quand soufflaient les vents de mars, le hâle et la bise, qui remuent tout et mettent la folie dans les esprits privilégiés.

Il passait par le village abandonné de Saunières, perdu dans le fond de sa petite combe, il y pleurait les habitants disparus qu'il avait si bien connus, il repartait, suivant la Vouivre, passant la nuit pelotonné dans les grottes perdues, le puits Groseille, la grotte de Tebsima, et le fameux Peux Petu. Des chasseurs postés au sanglier l'entendirent parler un drôle de baragouin et répandirent le bruit que des cérémonies initiatiques se déroulaient là, où l'on voyait la Gazette, drapé de linge blanc, la tête ceinte d'un bandeau blanc, se livrer à de bien curieuses grimaces, dans la semaine qui précédait le vingt et un mars. Les mieux renseignés, ou les plus hâbleurs, dirent avoir vu Gilbert, en personne, revêtu de lin candide, agenouillé devant un Gazette mitré, et mangeant des escargots crus ! Ce sont ces sortes de plaisanteries, les moins logiques, qui ont le plus de chance d'être avalées par les contribuables. A preuve : les élections. Aussi tout le monde croyait, dur comme cornouiller, que Gilbert jouait les ermites, quelque part dans les Arrière-Côtes.

Le pauvre était, pour lors, sur son échafaudage, en la cathédrale Saint-Bénigne, en train de combiner son coup, et la Gazette, le feu aux fesses, filait comme le gibier noir en direction du sud-ouest, en faisant de grands détours mystérieux qui eussent bien étonné ceux qui l'auraient suivi. Les seuls escargots qu'il mangeait étaient ceux qu'il trouvait, en retournant les pierres des murées, bien mortifiés par leur jeûne d'hiver, et qu'il faisait griller sur son feu de bivouac. De gros escargots bien blancs dont une douzaine lui faisaient un repas, pour peu que les grives lui eussent laissé, par-ci par-là, une poignée de senelles noircies par les gelées, et qu'il égrappait au passage, en disant : *Crataegus vulgaris, martyrum meritis, hosanna in excelsis !*

Parti plus tôt que de coutume, il allongeait le pas à plaisir. On le voyait à Ogny, sur les ronds de sorcières, à Vouvres, village à cheval sur la Vouivre, comme son nom l'indique, au-dessus de la butte de Sussey, autel cosmogonique, dressé juste à la conjonction des versants, battu par les souffles contradictoires de deux mondes. Il y attendait le coucher du soleil qui, dans le grand ciel vert, balayé d'un coup de vent terrible, plongeait au défaut du menhir de Pierre-Pointe qu'on voyait, gros comme un téton de truie, sur le ventre de la montagne d'en face.

Il était alors pris d'un grand frisson qui le secouait des pieds à la tête. Il s'y abandonnait en poussant de petits geignements de bête, des râles d'orgasme, pendant tout le temps que l'astre disparaissait. C'est ainsi, tout au moins, que le racontait, le soir même, dans les cafés du Maupas, le Daniel, arrière-petit-fils de la bourrique de Robespierre ; il l'avait vu faire ses simagrées, alors qu'il labourait par là.

Il l'avait vu aussi se tourner vers le bois de Vèvre et crier : « Salut à toi, Vèvre Vivre Vouivre, qui gonfle la montagne et nous donne ton souffle ! »

On le voyait, trois jours plus tard, à Couches, versant sa petite larme sur la maison des Templiers, il y rencontrait le notaire qui lui disait :

— Te voilà, Gazette ? Toujours fidèle à la Vouivre, à ce que je vois ?

— Ça bouge ! Ça bouge ! Tabellion, heureux celui qui sait !

Il repartait, en direction d'Autun, évitant la grand-route, bien sûr, traversant les villages en criant :

— Ça bouge ! Ça bouge ! Bonnes gens, ça bouge !

Il quittait le pays des vignes et retrouvait les bois de l'Autunois, encore confits de givre, alors que les pêchers du vignoble, à seulement dix kilomètres, poussaient des boutons, rouges comme des vits de chiens.

Il arrivait à Autun, débouchait sur le parvis et

s'annonçait bientôt chez le chanoine Robelot; il le trouvait dans son grenier, armé d'une longue-vue qu'il pointait vers l'extrême pointe de la flèche de pierre de l'église Saint-Lazare.

— Ça bouge! chanoine, ça bouge! disait le druide.

L'autre ne répondait pas. Il ronchonnait :

— C'est un appareil qu'il me faudrait! Un appareil avec ce qu'ils appellent un téléobjectif!

— Ton œil ne te suffit plus, Robelot?

— Hélas! Même si j'avais vingt ans, je ne pourrais pas identifier cette figure que nos pères sont allés percher jusque là-haut! Car je dois te dire, Gazette, que je viens de m'apercevoir que l' « Inventaire complet de l'imagerie de Saint-Lazare », que j'ai publié il y a quatre ans, est incomplet!

— Diable!

— Laisse le diable tranquille, je te prie! Avec cette lunette de marine, je viens de découvrir une foule d'animaux qui manquent à mon bestiaire!

— Haha!

— Pourquoi fais-tu haha?

— Moi, j'ai fait haha?

— Aide-moi donc plutôt! Toi qui sais tout!

— Pas besoin de lunettes. Je vais te les dire, moi, tes animaux!

— A l'œil nu? Tu es trop malin.

— Pas à l'œil nu, mais de mémoire.

Le chanoine, qui était ponté sur deux vieilles caisses superposées pour atteindre la chatière d'où il pouvait voir les parties inaccessibles de sa cathédrale, manqua tomber à la renverse :

— De mémoire? Voudrais-tu dire que tu les as déjà vus? La dernière fois qu'on les a révisés, c'était je crois

321

du temps de Viollet-le-Duc! Voudrais-tu me faire croire que tu étais là, avec lui, sur les échafaudages?

— Surtout pas avec cet ignorant, ce vandale, ce...

— Alors?

La Gazette laissa tomber un joli petit silence, puis, glorieux, comme toujours :

— C'est moi qui les ai sculptés!

— Je m'en doutais, figure-toi, noble vieillard! Et moi qui manquais me casser la figure pour les voir, avec cette lunette ridicule, alors que je n'avais qu'à convoquer mon illustre confrère, la Gazette, de l'Institut!

— Tout simplement! ajouta modestement la Gazette.

Le chanoine était descendu de son perchoir :

— Alors, pendant que je vais vous préparer les rôties de fromage fort, et déboucher une bouteille des Maranges, vous voudrez bien, cher maître, m'énumérer les animaux que vous sculptâtes, en... Puis-je me permettre de vous demander de me rappeler la date?

— Mil cent trente! lança la Gazette avec aplomb. Mon ami Gislebert étant mort, c'est moi qui ai terminé les imageries hautes!

— Tiens donc! ricanait le chanoine. Que n'y ai-je pensé plus tôt!

— J'y ai même mis ma chouette!

— Ta chouette?

— C'était ma signature personnelle! Signature symbolique d'ailleurs, puisqu'elle est, d'abord, un des symboles du druide!

— Et allez donc! Et pourquoi pas? gloussait le curé en étalant le fromage fort sur les tartines.

— Je te ferai remarquer, frocard, ajoutait la Gazette en clignant de l'œil, que je l'ai mise aussi, ma chouette,

322

à Saint-Andoche-de-Saulieu sur le cinquième pilier du collatéral sud, comme je l'ai mise aussi à Notre-Dame de Dijon, sur la base d'un des contreforts nord de la nef, et je ris, hihi !...

— Et pourquoi ris-tu, cher vieux freban ?

— ... Hihi ! je ris quand je vois les Dijonnais aller toucher de la main « ma » chouette, sous prétexte qu'elle porte bonheur ! Hihi !... C'est la revanche du druidisme, chanoine !...

— Bien entendu, Notre-Dame de Dijon est, selon toi, un monument druidique ?

— Il suffit de regarder, chanoine ! Et qui regarde voit ! Et qui étudie découvre ! Tu t'es étonné, un jour, devant moi, qu'il y ait eu, à Notre-Dame de Dijon, la statue de la reine Pédauque. Je t'entends encore dire : « Qu'est-ce qu'elle venait faire ici, cette pouffiasse, cette pédoque ? »

« Ignores-tu donc, latiniste distingué, que « pédauque » veut dire pied d'oie ? Que la patte d'oie est, encore aujourd'hui, le signe distinctif du druide enseignant, et que la statue de la reine Pédauque est la façon occulte dont le druide maître d'œuvre signalait aux postérités que cet édifice était construit selon les règles, qu'il était en harmonie avec le globe terrestre à ce point précis du parallèle qui passe à la latitude du bâtiment ?

— Parallèle, latitude ? Mais ces églises ont été construites aux dixième, onzième, douzième et treizième siècles. Or à cette époque on ignorait même que la terre fût ronde et qu'elle tournât, Gazette ! Et ton parallèle ne tient pas debout ! »

La Gazette venait d'éclater de rire en se tenant le ventre à deux mains :

— Et voilà l'ignorance des gens d'Église ! gloussat-il. Pour eux, c'est Copernic qui, en 1543, a découvert que la Terre est ronde et qu'elle tourne sur elle-même autour du Soleil !

— Ne serait-ce point vrai ?

— Pourtant, chanoine, si le séminaire n'avait pas fait de toi une taupe servile, tu aurais lu, aussi bien que moi, dans Job : « ... C'est lui qui trône sur le globe de la Terre... » Et dans Samuel : « Jéhovah tient les gonds de la terre, sur lesquels il a posé le globe ! » Et dans le Deutéronome : « ... Que la terre danse autour du soleil ! avec toutes les étoiles !... »

« Copernic et Galilée, eux, avaient lu, sans œillères, les Saintes Écritures, tout simplement, mais Son Ignorance Paul V a condamné les théories de Copernic parce qu'elles étaient « contraires aux Écritures ! » Hihihihihi !

— Mais, Gazette, pour déterminer les parallèles, les tracer à la surface de notre terre, pour les mesurer, il faut des connaissances mathématiques, des instruments !

— Hihihihi ! Un jour, vos cerveaux électroniques découvriront que les Pyramides, les cromlechs, les alignements et les vraies cathédrales étaient aussi des computeurs astronomiques très complets... Et le plus fort, chanoine, c'est que ce sera vrai ! »

Le chanoine Robelot s'était arrêté de préparer le casse-croûte :

— Où as-tu lu tout ça, Gazette ?

— Je n'ai jamais lu, car notre savoir n'a jamais été écrit ! Et notre Savoir est immense...

— Pourquoi n'en fais-tu pas profiter la Science ?

— La Science ? Hihihihi ! mais vous n'avez plus de Science, mes pauvres canards ! Ce que vous appelez Science n'est qu'un secret de polichinelle : vous l'enseignez à tout le monde ! Alors les salopiauds l'apprennent autant que les autres, et ils s'en servent, pardi ! Ils se servent, surtout ! Ils fabriquent n'importe quoi, pourvu que ça gagne de l'argent ! Crève l'humanité ! Et je t'extrais le pétrole, et je te fabrique des automobiles ! Et je te vends des engrais chimiques !...

Le chanoine faisait griller ses rôties et débouchait sa bouteille, mais la Gazette continuait :

— La pollution des eaux, des terres, des tripes et des âmes, la voilà votre Science !...

« ... L'égalitarisme est le grand pourrisseur de votre civilisation ! La Science à tout le monde, c'est la confiture aux cochons !... »

Le chanoine le regardait parler. Une fois de plus, il s'étonnait de voir changer son visage aussitôt qu'il abordait certains sujets.

— ... Hélas, continuait le vieux chemineau, Notre-Dame de Dijon est un des derniers édifices que nous ayons pu construire selon les règles !... Après, ce fut la décadence ! Dès la fin du treizième siècle, c'est la démission générale de l'esprit !. On se met à faire de l'ogival, du flamboyant ou même de l'architecture d'archéologue, comme la façade de votre Saint-Michel de Dijon : un catalogue d'art antique ! Violons sans corde !... « La Belle s'est endormie, qui la réveillera ? » comme dit le Cantique des Cantiques...

« Aujourd'hui, on construit une église en forme de hall de gare, n'importe où. Ses dimensions sont calculées en fonction du nombre de paroissiens, qui n'y viennent jamais, et pour cause. On prend l'emplacement qu'on trouve. Quelle décadence ! Quelle ignorance !... »

Le chanoine regardait son commensal, et depuis longtemps les tartines étaient en charbon.

— Quel dommage, pensait-il, quel dommage qu'une belle intelligence comme celle-là se soit noyée dans le vin et dans la débauche!

Et puis, lentement, la Gazette redevenait la Gazette. De sa voix de vieux bouc, il annonçait :

— Le petit curé à chandail rouge a vendu notre Saint-Thibault, et avec l'argent, il sonorise son église, comme il dit...

— Vendu? hurlait alors Robelot. Ah! c'en est assez! il est grand temps que cesse ce massacre! Hier, c'était le vol du triptyque de Montréal, avant-hier le Saint-Denis de l'église de Saint-Thibault, l'autre jour le Saint-Hubert de Noidans! Tous les jours un joyau disparaît!

— Ça me rappelle les années 380! exultait la Gazette.

— Il faut prendre immédiatement des mesures! J'irai dès demain trouver le professeur Viardot...

— Hihihihi! ricanait la Gazette, c'est justement le professeur Viardot qui a montré la Dame-de-sous-Terre à l'acheteur!

— Malheur! gémissait Robelot, à qui se fier? Nos intellectuels sont bien naïfs!

— Ils sont surtout bien ignorants, chanoine! eux aussi!

Le lendemain matin, le chanoine Robelot, dans les ténèbres, se levait pour aller dire sa messe de six heures et demie. C'était toujours avec la même émotion qu'il pénétrait chaque matin dans cet extraordinaire Saint-Lazare, qui était la passion de sa vie. Il glissait discrètement parmi cette imagerie bouleversante des chapiteaux qu'il avait tant étudiés : ces hydres-griffons, ces oiseaux monstrueux, ces fleurs étranges, ces personnages, insolites parce qu'inexpliqués, sur lesquels il n'osait pas lever les yeux, de peur, confiait-il à ses intimes, de perdre la foi.

Au passage, il ne se permettait de regarder que les figures dont il était à peu près sûr qu'elles appartenaient à l'Ancien ou au Nouveau Testament. Encore que la plupart fussent affublées d'attributs mystérieux qui permettaient les exégèses les plus troublantes. Les mécréants ne s'en privaient pas (le chanoine le savait bien) en ne voyant dans ces signes que symboles profanes, rythmes incantatoires, clés ésotériques.

Tout en pensant qu'il allait falloir bientôt fermer à clé tous les sanctuaires pour en éviter le pillage systématique, il expédiait vivement sa messe et filait prendre l'autobus pour Dijon.

Près de la gare, il rencontra, dans le gris du matin, la Gazette qui trottinait en direction de Monthelon. Il lui lança :

— Pour ta Pédauque, tu mélanges tout, vieux fou : il m'est revenu que la statue de la reine aux pieds d'oie n'était pas à Notre-Dame, mais à Saint-Bénigne de Dijon !

L'autre, très à l'aise, avec la désinvolture que donne l'inconscience sans doute, répliquait :

— Peut-être, Robelot robin, mais ça n'a pas d'importance car il y a des reines Pédauque partout, dans les églises de France : celle de Nesle-la-Répote, celle de Saint-Pierre de Nevers, celle de Bourges, et tant d'autres, sans parler de toutes ces saintes quelque chose qui ne sont que des reines de Saba rebaptisées et des Pédauques mutilées. Mais cela n'a aucune importance, car tout ça bout dans la même marmite, chanoine !

Et puis on entendit son rire qui se perdait dans le

327

brouillard alors qu'il prenait la direction du Beuvray où il espérait bien arriver le jour de l'équinoxe, le crâne ceint du linge blanc où se lisaient les trois traits de la patte d'oie.

Il traversait les fermes en criant : « Ça bouge, braves gens, ça bouge !«

De son côté, le chanoine prenait le bus pour gagner Dijon, où, suivant lui aussi sa folie, il espérait trouver le professeur Viardot et sans doute aussi un ami complaisant et généreux qui voudrait bien l'aider à se procurer... un téléobjectif.

4

Quand Gilbert arrive à la Rouéchotte, elle est déserte. Seul le vieux Goë se chauffe au coin de la cheminée. Germain est chez le brandevinier, Caïn a gagné Saint-Romain pour tenter sa chance auprès de Manon, Adam et Abel courent les cafés de la vallée.

Gilbert est décidé : il frappe à la porte de la chambre à four : « C'est moi, Gilbert ! » Il entend le froissement de l'étoffe et les petits cris de douleur qu'Ève pousse aussitôt qu'elle essaie de remuer un orteil.

— Ne bouge pas ! Je vais te dire mon idée : je vais te guérir ! Je vais poser mon calvaire sur le socle de la chapelle des Griottes et ensuite je t'y emmènerai : tu boiras l'eau et tu passeras sous la pierre de l'autel, comme dans le temps...

— Et je serai guérie ?

— Ça s'est vu.

— ... Au temps où les gens croyaient, oui...

— Pas besoin de croire : c'est la Vouivre !

— Tu es aussi fou que la Gazette !

— Pourquoi ne pas essayer ? Ève ! Je ne t'entends plus ?

— Parce que je ris, Gilbert !

— Tu ris ?

— Oui. Tu oublies que des tringles de métal soutiennent tous mes os, ceux des bras, ceux des jambes, mes côtes !... Mes os sont pourris, Gilbert, tout effrités ! Il en sort des morceaux par toutes les plaies de mon corps ! Jamais plus je ne me mettrai debout !

— Ce n'est pas vrai !

— Si tu me voyais !

— Comment veux-tu que je te voie ? Si tu te montrais, alors je pourrais te voir, et je saurais !... Ève, je t'aime !

— Tais-toi ! tu n'as plus le droit !

— Depuis quand un gars n'a plus le droit de dire je t'aime à sa fiancée ?... Et puis il n'y a pas que la Vouivre : j'ai remis les bras de Jésus, il s'arrangera bien pour remettre les tiens ! A eux deux, la Vouivre et lui, c'est bien le diable...

— Oh ! Gilbert !

— Tu me fais dire des bêtises ! Ouvre-moi !

Ève ne répondit pas tout de suite. Puis, un murmure fiévreux, haletant :

— Va mettre ton calvaire sur l'autel des Griottes ! Va vite !

Il se rua vers le cellier en criant :

— J'y vais, ma belle, j'y vais !

Elle l'écouta détaler vers la porte de l'atelier. Retenant son souffle, elle l'entendit ouvrir les deux battants, glisser le crochet de fer, revenir dans la grande salle et crier au père :

— Dieu le Père, venez donc m'aider !

Elle perçut le bruit que faisait le père en se levant, elle entendit les cliquetis des harnais, le glissement du collier sur l'encolure, le chuintement des brancards sur la croupe de la jument, le claquement des traits qu'on

330

accroche au collier, le battement de la sous-ventrière qu'on ajuste, le crissement de l'ardillon qui se referme, puis ce furent des bruits lourds, on chargeait les statues ressuscitées, puis la croix, puis les outils, le sac de ciment, les pattes de scellement, prêtes depuis huit jours.

Enfin le coup de fouet sonore et le :

— Allez Trompette !

Et le pas de la jument, un trot précipité, qu'Ève put suivre, ponctué de grands cris sauvages de celui qu'elle aimait. Quand elle n'entendit plus rien, quand elle en fut bien sûre, elle éclata en sanglots en répétant :

— Mon Gilbert ! Mon Gilbert ! comme elle aurait dit « Mon Dieu ! Mon Dieu ! »

Très tard dans la nuit, elle entendit revenir la voiture, et à travers la porte, la voix de Gilbert :

— Ça y est ! Tout es scellé ! Demain je t'emmènerai à la chapelle des stropiats !

Il entendit le cliquetis d'un chapelet, dans la nuit.

— Ève ? Tu m'entends ? C'est fait !

— Oui Gilbert !

— Ève, ouvre-moi !

— Je suis laide, Gilbert !

— Mais je ne te verrai pas, il fait noir comme dans un four mais, au moins, je t'aurai, près de moi ! Ève !

Un chien aboya du côté de la Comboyard. Puis, la petite voix tremblante d'émoi :

— La clé, c'est mon père qui l'a ! Il la cache dans sa maie !

— J'y vais !

Le pas de Gilbert traverse la cour, sec comme un pied de chevreuil sur la roche du Senn Goll. Un long temps. « Mon Dieu qu'il est maladroit ! Les hommes ne sauront jamais rien trouver ! » Le pas revient.

Oh ! le bruit de cette clé dans la serrure ! Que c'est long, un pêne qui se refuse, faute d'huile, même si c'est un gars impatient qui le manœuvre ! — La porte s'ouvre. Gilbert se jette sur elle, les mains se trouvent, se nouent, se broient, avec cette brutalité bien-aimée qui ne blesse pas, mais qui, au contraire endort les douleurs comme un baume, les bouches se soudent, l'étreinte respire et bat, comme une pulsation, le chapelet tombe sur les dalles.

— J'ai prié, Gilbert ! Tu ne peux pas savoir !

— Moi aussi ! dit Gilbert qui ne ment pas.

Le lendemain dimanche, les frères ne sont pas rentrés, Germain non plus. On attelle la jument. Ève voudrait se vêtir, mais le moindre geste lui tire des cris de douleur. Gilbert l'enveloppe dans cinq couvertures, il la cale sur des bottes de paille étalées dans la carriole, et ils partent. Dès les premiers tours de roue, elle hurle. On s'arrête. Elle respire puis elle dit : « Allons, en route, il faut ! » Gilbert mène la jument par la bride en lui murmurant des douceurs : « Là ! Là ma jolie ! Doucement ! »

Hélas Ève ressent dans ses os le moindre gravier, la moindre trochée d'herbe. Il faut s'arrêter encore. On essaie de repartir, mais non ce n'est pas possible :

— Non, Gilbert, je ne pourrai jamais !

— Alors je te porterai !

— Si loin ? A travers les grandes herbes ?

— Je te porterais à Jérusalem !

Il la prend dans ses bras, doucement, toute roulée dans ses couvertures, et le voilà qui emboîte le sentier, lentement, chargé de son fardeau qui gémit à chaque faux pas. Il avance, sous le grand ciel qui roule, il s'enfonce dans la friche, là où le chemin se perd et disparaît sous les hautes herbes, couchées par les neiges.

Gilbert avance, couvert de sueur, les bras paralysés de fatigue, le dos dur comme un tronc, sans se reposer, la mâchoire serrée. Il l'écoute roucouler dans ses bras, il irait comme ça, pour elle, au-delà des horizons, par-dessus les nuages qui ressemblent à des montagnes, comme ces gens qui passèrent jadis sur les chemins de Saint-Jacques, venant de toute l'Europe et gagnant Compostelle, portant le poids de leurs péchés.

Il marche. Il ne sent plus sa fatigue, car l'espoir le tire en avant. Il comprend qu'on peut marcher ainsi, marcher chargé de sa misère et de ses peines pendant des jours et des jours, quelquefois pendant toute une vie, pour aller chercher l'espoir de rémission.

Il rumine toutes ces idées. Il dit :

— Quand je pense que je riais des gens que je voyais partir en pèlerinage à Lourdes pour implorer guérison !

— Il ne faudra plus rire ! dit Ève.

— Il ne faut jamais rire de personne, non.

Il marche, et, tout à coup :

— Mais, j'y pense ! A Lourdes aussi on boit de l'eau, on touche un rocher, on parle à une dame qui sort de sous terre !

— Comme c'est drôle, c'est tout pareil ici !

— C'était pareil du temps des druides.

— Tous les âges de l'humanité se ressemblent.

— Tous les hommes se ressemblent, je crois bien.

— Oui. Fiers et glorieux, durs et secs quand tout va bien.

— Bien humbles et bien gentils quand tout va mal !

— Bien pitoyables... quand ils souffrent...

Un temps, puis :

— Hardi ma belle, tu guériras !

Ainsi cheminant, ils arrivent aux Griottes. Il court presque. Il lui dit :

— Comme tu ne peux pas te tenir à quatre pattes comme il faudrait, je vais te coucher sous l'autel et tu resteras là un moment.

— La dalle est trop dure et trop plate ! Je n'y tiendrai pas deux secondes !

— Alors je t'y porterai, comme on porte un nouveau-né sur les fonts !

Il se baisse, entre avec elle sous cette pierre, à l'aplomb de la clé de voûte, au-dessus de l'eau souterraine, sans dire un mot. Il l'enveloppe de son corps et l'univers se referme autour d'eux.

Ils se sentent acceptés et pénétrés.

— On est comme un œuf, dit Gilbert.

— Je suis le jaune et tu es le blanc, dit Ève.

Puis c'est le silence qui est la coquille.

Au bout d'une heure :

— Tu ne sens rien encore ? demande Gilbert.

— Je crois bien que si ! murmure Ève, je crois bien que si !

Ils se regardent.

Il sourit, puis il éclate de rire :

— Sainte Vierge ou courant tellurique ? Bélise ou Notre-Dame ?

— Tais-toi ! Mécréant !

Deux heures plus tard, ils sont toujours là, sous la grosse pierre :

— On a bonne mine tous les deux, sous notre caillou ! Si la Gazette nous voyait !

— Parlons-en de ta Gazette. Un bavard, pas même capable de te guérir ! Tu as vu comme il a pris la poudre d'escampette quand je lui ai demandé de nous montrer sa science !

— C'est pour ça qu'il a disparu ? Je croyais que c'était sa tournée d'équinoxe ?

— Elle a bon dos, sa tournée d'équinoxe ! Chaque fois qu'on le met au pied du mur, il trouve un soleil ou une lune à suivre dans le ciel ou une vouivre à caresser... et on ne le revoit que quand il a le ventre creux ! Je commence à le connaître, le pape des escargots !

A la Rouéchotte, un drôle de manège tournait maintenant. La semaine, Gilbert et Germain étaient à Dijon, perchés sur leurs chafauds, ou bien à croupetons sous la bâche, à fignoler des modillons. Les Goë menaient le train de culture, au milieu de la clairière qui reprenait ses limites anciennes, celles du dix-huitième siècle. Le dimanche, tout le monde se retrouvait là, au pays : Germain filait vers sa Jeannette, Caïn vers sa Manon qui paraissait prendre goût à ses caresses de sanglier, alors que Gilbert restait là, prenait Ève dans ses bras, traversait les friches et gagnait la chapelle.

Il l'installait sous le dolmen couronné de son calvaire, emportait ses outils et terminait les tailloirs et les corbeilles des quatre chapiteaux.

Ève, étendue sous l'autel, écoutait le tac tac bien-aimé, regardait naître les quatre chapiteaux, celui de l'Ange, celui du Taureau, celui du Lion et celui de l'Aigle, par quoi on veut représenter, paraît-il, les quatre Évangélistes, mais où la Gazette décelait, bien sûr, tout autre chose, les quatre éléments, par exemple. Mais peut-on savoir ?

Ils ne parlaient pas. Le seul bruit était celui de la mailloche qui répondait à celui du pivert, ce bocquebos acharné et rageur avec lequel Gilbert faisait un concours de patience et de virtuosité.

A midi, ils ouvraient panier et faisaient dînette, tous deux blottis sous le calvaire, alors que tremblaient les feuilles sous le soleil. Il lui racontait ses éblouissements de sculpteur, ses vertiges dans le ciel de Bourgogne, alors que, porté très haut par les flèches et les tours, il sentait monter vers lui le souffle puissant des terres, des arbres, des vignes, des bourgades ramassées à ses pieds et que son œil pouvait se poser sur les glorieux horizons.

Le soir, il soulevait la dalle, puisait de l'eau, en faisait boire à Ève, en buvait lui-même (si ça ne fait pas de bien, ça ne fait toujours pas de mal !), puis il demandait :

— Tu ne sens rien ?

— Je crois bien que si ! répondait-elle.

Mais c'était pour lui faire plaisir.

5

Quand ils eurent terminé le chantier de Notre-Dame de Dijon, ce fut Vézelay.

Gilbert n'aurait jamais osé espérer cet honneur. Vézelay, pour le Bourguignon qu'il était, c'était La Mecque. Il y était venu avec son grand-père, en carriole, pour la Sainte-Madeleine, tous les vingt-deux juillet de son enfance, et il se souvenait de son émerveillement lorsque, passé la montée du Crot, on attaquait la descente sur Saint-Père et que, d'un seul coup, à la Montjoie, on découvrait le tertre sacré couronné de cette longue basilique, bloquée, à chaque extrémité, par ses tours carrées, dressées très haut dans le ciel d'été. Le grand-père, alors, arrêtait Cocotte et, debout, se découvrait noblement et criait : « Montjoie ! »

Le petit Gilbert d'alors, à peine conscient, se sentait pris d'une grande fierté et d'un grand respect. Jamais il n'aurait osé espérer l'honneur de participer à cette inexprimable grandeur.

Pourtant on leur avait demandé d'y venir restaurer les parties les plus délicates ; il faut croire qu'ils étaient fort réputés pour leur connaissance du roman bourguignon, le grand, celui des tympans.

Ce qu'il vit là, et qu'il n'avait jamais vu, n'ayant jamais feuilleté un livre d'art depuis les pèlerinages de sa petite enfance, l'intimida tellement qu'il ne put dormir les trois premières nuits.

Ces tourbillons de plis enchaînés les uns aux autres donnaient au grand Christ central un mouvement tellement majestueux que jamais Gilbert n'aurait osé les imiter. Il resta confondu devant ce rythme éblouissant de spirales. Toute une journée, il resta immobile dans le narthex et lorsqu'il ressentit véritablement un vertige, il ne put s'empêcher de penser à la Gazette. Oui, tous ces personnages dansaient ! Ils dansaient sous la conduite du plus grand d'entre eux, celui qui jaillissait de la mandorle. Les autres sautillaient, comme impatients de le suivre, mais lui tournait, dansant littéralement, sans qu'aucun doute fût possible.

Et tout à coup, à force de le regarder fixement, Gilbert le vit tourbillonner. Il lui avait suffi pour cela de fixer simultanément les deux spirales de plis : celle du genou et celle de la hanche. Les spirales secondaires, celle du coude gauche et celle de l'épaule droite, se mirent en mouvement à leur tour, comme des remous, dans une eau profonde, entraînent d'autres remous en sens inverse, créant de larges et lentes interférences, frangées de clapotis.

Oui cette danse de pierre évoquait l'eau, le tourbillon de la vie. Ou plutôt elle était la vie et le mouvement du monde.

Voilà pourquoi Gilbert pensait à la Gazette : à cause du « Rythme ! »

Le Rythme ! Il entendait encore le vieux fou mélanger l'Espace et le Temps dans son chapeau et en sortir ce « Rythme » comme un prestidigitateur fait un lapin avec un foulard et une pincée de poudre de perlimpin-pin. Il avait parfaitement compris, mais si on lui avait demandé de représenter ça en pierre, il en eût été incapable. Pourtant, là au tympan de Vézelay, un homme l'avait réussi, un homme qui ne sortait ni de l'académie Fumassier ni de l'École polytechnique, certainement pas un intellectuel, mais un imagier, un tailleur de pierre, un brave pedzouille...

Pedzouille ! Et voilà que réapparaissait ce pied-d'oie signe du druide enseignant, du druide constructeur ! Gilbert les retrouverait donc partout, ces druides ?

Germain s'était approché de lui :

— Alors, compagnon ?

— Si le pape des escargots était là ! répondit Gilbert en désignant la merveille.

— Je serais curieux d'entendre ce qu'il dirait !

— Oh ! moi, je l'entends très bien, il dirait : « Espèce de crapauds vérolés, la nef est le " chemin ", on doit le suivre en dansant et en tournant sous la voûte, comme un rotor dans un champ magnétique... Voilà ce que nous disent ces danseurs ! »

Gilbert s'arrêta de contrefaire la voix et la mimique du vieux ; il poussa Germain du coude :

— ... Eh bien, regarde-le : il danse !

— C'est ma foi bon Dieu vrai ! fit l'autre.

— Et même...

— Et même ?

— ... Les plis s'envirotent... Comme des escargots !

— C'est vrai ! Des escargots ! Ça alors !... On n'a jamais vu de plis s'entortiller comme ça ! Il y a une raison ?

— La clé! L'escargot! La giration du monde! L'enroulement de tout!...

Et ils récitaient les phrases que la Gazette avait prononcées à Saint-Seine : « Tout cela explique que cet édifice est le " Lieu des Forts "... La cornue dont le contenu se divise... C'est ici qu'est capté et concentré le *Spiritus mundi* pour réaliser la mutation de l'homme... »

Ils restèrent sans parler, le nez en l'air, à méditer cette pierre qu'ils allaient devoir travailler. Bouche cousue, l'œil plissé, ils étudièrent la façon dont les étranges sculpteurs avaient savamment mêlé les deux techniques du haut- et du bas-relief, et surtout la manière dont les plis étaient traités, en médaille, sans profondeur et pourtant si vigoureux et si frémissants.

— C'est pas possible! gémissait Germain, ces gars-là étaient plus forts que nous, tous autant que nous sommes!

Gilbert se contentait d'approuver du menton car il ne pouvait pas seulement ouvrir la bouche, il avait la mâchoire serrée et la glotte raide comme un étançon.

— Attention! avait dit l'architecte des Monuments historiques, je vous recommande particulièrement ces plis!

— Laissez faire patron! avait répondu Germain, je vais mettre là-dessus mon compagnon. Vous verrez, ce gars-là, c'est un vrai Jacques!

Et le travail commença, après qu'ils eurent essayé et perfectionné leurs outils en s'exerçant sur des moellons, désespérant de pouvoir jamais réussir à se fondre dans ce travail ancien si parfait et, pour tout dire, inimitable.

Aux heures de pause, ils n'osaient quitter la basilique, craignant de perdre le contact. A peine descendaient-ils la rue qui dégringole jusqu'aux portes du faubourg, aussitôt qu'en se retournant ils ne voyaient plus ni une tour ni la façade, ils se hâtaient de tourner bride et ils remontaient quatre à quatre ces ruelles biscornues. Le plus souvent, ils tournaient autour de l'édifice, grattant la pierre de l'ongle, flânant sur cet étroit plateau d'où surgit cette Sainte-Madeleine, aussi connue pour le moins que la grande Pyramide.

Ils étaient là, par un beau midi de juin, sur la terrasse qui surplombe la vallée de la Cure, regardant les lointains bleus du Morvan, lorsque Gilbert se leva brusquement :

— Non ? Pas possible ? Là-bas, c'est la Gazette !

Sur la route de Saint-Père, tout au fond de la vallée, un petit point noir s'avançait. Il attaquait les lacets de la longue montée sur Vézelay. Il fallait les yeux de tiercelet de Gilbert pour reconnaître d'aussi loin le vieux druide, certes, mais c'était sa façon de cheminer par à-coups, en titubant, s'arrêtant pour remonter besace, repartant, regardant le ciel, faisant de grands signes.

Ils le virent ensuite quitter la route, comme quelqu'un qui sait où il va, puis se faufiler entre les buissons, comme un putois en maraude, et, une demi-heure plus tard, ils le virent déboucher, épuisé et rouge comme coq-dinde, sur le plateau.

Aussitôt qu'il les vit, il eut un geste de triomphe, trouva la force de se dresser et, comme le coureur de Marathon, de pousser le cri de la victoire :

— Gilbert ! Gilbert ! Ève est debout ! Elle est guérie !

Puis, essoufflé, à bout de forces, il s'affala dans l'herbe.

— Regarde-moi dans quel état tu t'es mis ! lui dit Gilbert.

— J'en ai fait bien d'autres, du temps que je suivais le chemin des étoiles !

— Tais-toi donc, vieux beurdin !

— ... Et puis j'ai fait un voyage magnifique, Gilbert. J'ai passé la nuit à l'abbaye de la Pierre-qui-Vire où le père abbé m'a reçu avec tous les honneurs !

— Bien sûr ! Trop flatté qu'il était !

— Il voulait que je reste pour leur parler de Wittizza...

— De Wittizza ? Qui c'est encore ce particulier-là ?

— C'est celui qui, sous le nom de saint Benoît d'Aniane, réalisa la fusion des frères de saint Benoît avec ceux de saint Colomban !... Tu entends, Gilbert ? La fusion...

— J'entends.

— Gilbert, tu le vois, une grande chose se prépare ! Les bénédictins commencent à admettre que cette fusion a été celle des traditions druidiques avec le christianisme !

— Calme-toi donc !

— Gilbert, tu entends : ils vont enfin me reconnaître !... On ne se moquera plus de moi, ni de toi, mon successeur...

— Tant mieux, tant mieux.

— ... Et j'aurai rang d'évêque... et j'aurai droit de porter mitre !

— Allons donc !

— Sans pour autant faire la moindre concession...

— Pardi !... Mais Ève ? Gazette, Ève ?

Le vieux ravala sa pomme d'Adam qui menaçait d'éclater.

— Mais je n'ai pas accepté cette invitation... J'avais à t'apporter la nouvelle : Ève est guérie. Gilbert !

— La mitre pour toi, la guérison pour elle, une

bonne nouvelle n'est jamais seule ! Alors Ève ? Elle est guérie ? Pour de vrai ?

— Presque, oui !

— Mais raconte, bon d'là !

Le vieux mâchait sa langue.

— Gilbert, j'ai la salive épaisse ! si tu trouvais une chopine...

— Un prélat mitré ne chasse pas les chopines !

— Alors une bouteille, mais du bon, Gilbert, je vas trépasser ! Blanc ou rouge, je ne suis pas difficile !

— Ève ?

— Ma luette est grosse comme une noix de galle, Gilbert !

— Ève ?

— Je m'affaiblis, Gilbert, je le sens ! Tâte mon pouls !

— Sacré bon Dieu de foutu évêque ! Il l'aura sa bouteille !

Ils le traînèrent à l'ombre d'un grand tilleul, face à l'horizon du levant, où se creusaient déjà les ombres. Germain courut chercher boisson et pitance, lui passèrent tous deux serviette au menton, l'un fit l'échanson, l'autre le sommelier :

— Bois ! Mange, Gazette ! Ça va mieux ? Tu te sens revivre ?

L'autre, l'œil embusqué derrière ses paupières de tortue, mangeait, buvait.

— Monseigneur a-t-il suffisance ?

Il ne répondait pas. Gilbert s'emporta :

— Vas-tu quand même nous dire quelque chose ?

— Laisse ! Je rends grâce !

Il se mit à réciter ses patenôtres, puis, s'étant torché la moustache d'un ample revers de main :

— Ève ? Je l'ai vue, de ces yeux-là, sortir de la

chambre à four, debout sur ses jambes! Elle chantait, Gilbert! Elle chantait. Elle m'a dit : « Gazette va vite le dire à Gilbert ! »

— Et le docteur, Gazette?

— Il est venu tout de suite. Il l'a regardée. Il a dit : « Je n'y comprends rien! Une cicatrisation aussi rapide! Une calcification aussi généralisée! C'est prodigieux! »

Et la Gazette se mit à rire :

— ... Hihihihi! il n'y comprend rien! Il est comme les gens d'Église : tout ce qui ne vient ni de la Faculté ni du Vatican, ils ne le comprennent pas! Hihihihi!

— Tu sais que j'ai terminé les chapiteaux des Griottes? dit Gilbert.

— Je l'ai vu.

— Que j'ai scellé mon calvaire sur la pierre?

— J'ai vu ça aussi.

— J'ai porté Ève dans mes bras, sous la dalle d'autel...

— Je sais.

— Elle a bu de l'eau!

— Je sais ça aussi! Alors maintenant tu vois bien que tu en sais autant que moi, Gilbert.

Il prit la bouteille et, d'un trait, la vida.

— ... Je vais pouvoir disparaître... Je te donnerai la verge d'Aaron!

— Ta crosse?

— ... Et tu seras mon successeur!

Le vieux glissait lentement sur l'herbe :

— ... J'ai expliqué au docteur... la Vouivre... l'athanor... le *Spiritus mundi*... la mutation... Mais ouatte!... l'orgueil... et l'ignorance... de ces gens-là... est insondable!

344

Il venait de s'affaler complètement, sa musette sous la tête et il chantonnait sur un drôle d'air :

— Il se fait tard... Je me souviens... j'attends l'étoile du matin !...

— On n'a pas idée de trotter comme ça, à son âge ! dit Germain.

— Il vient de faire au moins cinquante kilomètres en deux jours, probable !

Vers les quatre heures du matin, La Gazette était assis sous le grand tilleul, face au levant, au-dessus du versant sauvage, juste dans l'axe de l'abside. Lorsqu'il entendit le chantier s'éveiller, il vint au narthex et, montant sur l'échafaudage, se planta derrière les sculpteurs sans dire un mot.

Il les regardait tortiller la râpe et le burin. Un goujat chantait à tue-tête, quelque part, dans le frais du matin.

— Monseigneur a bien dormi ? demandèrent les compagnons sans se retourner.

— Comment dormir à côté de cet instrument ? répondit le vieux, en débrouillant les poils de sa barbe.

— Quel instrument ?

— La basilique, pardi ! Ça ronfle, là-dedans, ça ronfle !

— Qu'est-ce qui ronfle, Gazette, dis-nous voir ?

— Tant de souvenirs, mon fils ! Tant de souvenirs !

Il s'avança au bord de l'échafaud, tendit le bras, prit sa voix de prophète manqué et cria :

— Tenez, la coterie, c'est d'ici que le rouquin a harangué les foules !...

— Le rouquin ?

— Mais votre saint Bernard ! Tout simplement.

345

— La croisade ? demanda Germain qui aimait faire jaser le vieux.

— La deuxième, oui. En 1116 !

Ils s'arrêtèrent de mailllocher et un maçon se rapprocha, car on sentait venir le délire :

— Cette année-là, j'étais justement en train de construire ce narthex qui ne devait être terminé que quatre ans plus tard. Nous étions là, tous les Jacques de la grande coterie. Un beau chantier, bons dieux oui, un beau chantier ! Alors de grandes foules sont arrivées et se sont rassemblées ici. Pendant des jours et des jours il en est venu. Perchés sur nos planches, nous les voyions arriver de partout : du nord, remontant la vallée de la Cure, de l'est par la Montjoie de Fontette, par les charrières d'Asquins et du Gros-Mont ! On entendait leurs cris, leurs hymnes, les grincements de leur arroi. Il y en avait tellement que de loin on sentait le chaud de leur haleine ! Tout le long des routes ce n'étaient que bannières, flammes, oriflammes, gonfalons ! Et les couleurs cantonnées de noir et de rouge de Conrad de Hohenstaufen, et le blanc et l'or de Louis VII ! Ça campait partout, sur les glacis de la butte sacrée, sur les terrasses, sur le parvis, dans la basilique, et lui, le Bernard, n'a eu qu'à monter là-dessus, là où je suis, pour parler à cette foule !

— Leur dire quoi, Gazette ? Je parie que tu t'en souviens ?

— Boh ! Le tombeau du Seigneur profané par les infidèles ! La Terre Sainte souillée !... Est-ce que je sais ? Le boniment qu'il fallait pour les gonfler !... Malin, qu'il était, le Bernard ! N'importe quoi, pour lancer cette bande de loups maigres aux trousses de l'aventure, mais lui, il savait ce qu'il voulait ! Marche ! Il avait son idée !

— Et son idée, c'était ? fit une voix.

— Tu le demanderas à Ève Goë, la miraculée, je lui ai tout démêlé ça !

— Dis-nous aussi ! Allez Gazette !

On lui tendit la bouteille, à laquelle il puisa des forces, il ferma les yeux et resta un long moment en silence. On entendit ricaner les corneilles, puis il parla :

— Les druides avaient apporté la science et la philosophie. Jésus avait apporté l'amour. Il manquait quelques paramètres pour atteindre à l'universalité, et ces paramètres étaient contenus dans l'Arche de l'Alliance !

— Haha ! fit une voix de la Rouéchotte.

— Et où était-elle, cette Arche d'Alliance ? Je vous le demande ! cria le vieux.

— Dans-le-temple-de-Salomon-à-Jérusalem ! récitèrent ensemble Gilbert et Germain qui connaissaient cela comme leur Pater.

Sans sourciller, le vieux continuait :

— Dans « les Rois », nous trouvons ceci : *Salomon dit « l'Éternel a déclaré qu'il habiterait dans l'obscurité. J'ai achevé de construire une maison qui sera Ta résidence, ô Dieu, une demeure où tu habiteras éternellement ».* Là-dessus Salomon a construit le Temple, et on n'a jamais plus entendu parler de l'Arche. Donc l'Arche est cachée dans le Temple !

— Ben voyons ! appuya Gilbert en clignant de l'œil à l'ingénieur des Monuments historiques qui venait d'arriver.

— Et voilà la raison profonde des croisades, mes biquets ! ajouta, en conclusion, la Gazette.

— Mais qu'est-ce qu'elle contenait donc, cette sacré

bon Dieu d'Arche d'Alliance ? demanda Germain le Bourguignon.

Le vieux venait d'apercevoir le haut fonctionnaire. Il baissa la voix pour répondre :

— Elle contenait l'Équation du monde ! Mais taisons-nous, des oreilles profanes nous écoutent...

L'ingénieur s'avançait sur le plateau. La Gazette prit son air cafard et s'approcha du tympan. Il se mit à caresser l'admirable main, la grande belle dextre du Christ en gloire, le danseur divin. Puis, l'ayant considérée avec un grand respect, il se pencha, et, pieusement, baisa la paume, longuement.

— Que faites-vous là, monsieur ? lui demanda l'ingénieur.

— Voyez, mon fils, je réponds à l'invitation qui m'est faite ici de glorifier la main humaine !

— La main ?

— Oui. Celle-ci est la première qui fut placée au départ sur le chemin de Saint-Jacques-de-Compostelle, celui qui passe par Neuvy-Saint-Sépulchre et Orthez. On la retrouve partout sur le chemin des étoiles...

— Et où voyez-vous qu'il faille lui accorder un respect particulier, monsieur ?

La Gazette toisa l'autre, qui était presque deux fois plus grand que lui :

— Parce que, partout, elle est représentée disproportionnée !

— Naïveté ! Maladresse ! lança l'ingénieur avec un maigre sourire de doute.

— Je sais que la science officielle invoque la maladresse des autres chaque fois qu'elle ne comprend pas. Mais je vous le demande, monsieur, les gens qui ont fait cet édifice étaient-ils des maladroits ?

— Certainement pas.

— Alors pourquoi ont-il représenté cette main, par ailleurs parfaite, deux fois plus grosse qu'elle ne devrait être ?

— Je ne me suis jamais vraiment posé la question.

— C'est un tort, mon fils. Tout ce que l'on fit à cette époque est intentionnel Tout est question, ici, et tout est réponse, et si une main est deux fois trop grosse, c'est qu'on a voulu dire quelque chose !

— Diable, vous m'intéressez, monsieur. Et qu'a-t-on voulu nous dire ?

— Que tout se fait par la main, que tout procède d'elle. Sans la main, pas de cathédrale... Pas d'automobile non plus !

Il se fit un silence.

— C'est une grande leçon d'humilité que donne le tympan de Vézelay à l'intellectuel, en vérité ! ajouta la Gazette.

— Si vous écoutez les boniments de la Gazette, monsieur l'architecte, vous n'avez pas fini ! s'écria Germain qui venait de donner un coup d'affûtage à ses burins.

— Mais ce que dit ce monsieur m'intéresse au plus haut point, mon cher Bourguignon ! répondit l'autre.

— Et ce tympan lui-même est le portail de la connaissance, continuait le vieux chemineau. Voyez ces archivoltes, la première compte neuf cases, la deuxième vingt-sept médaillons, la troisième quarante-cinq coquilles ; les personnages vont par cinq, douze, treize, les autres par sept, vingt-quatre et vingt-cinq ! Tout est là. Méditez ces chiffres, mon fils, tripatouillez-les avec vos ordinateurs et vous verrez qu'ils suffisent, avec trois, quatre et cinq, à résoudre les quatre triangles et les sept angles que Pythagore à cru découvrir cinq siècles après nous... Quant à la quadrature du cercle...

— La quadrature du cercle ? demanda l'ingénieur, haletant.

— Elle fera l'objet de notre prochain cours ! dit le vieux en gagnant prestement l'échelle, qu'il dégringola comme une loutre.

— Salutas la coterie ! lança-t-il lorsqu'il fut au sol.

Et on le vit partir, en claudiquant. Il chantait :

— A moi le chemin des étoiles !

Il dévala les jardins et les vergers en terrasses, et les gens l'entendirent interpeller les alouettes :

— Le vieil homme a grand soif ! Le vieil homme a grand faim !... J'attends l'étoile du matin...

— Quel est cet homme ? avait dit l'ingénieur.

— C'est le pape des escargots ! lui fut-il répondu.

Là-dessus, il s'était écarté, avait sorti de sa poche son stylobille, sa règle à calcul et sa table de logarithmes et s'était mis à faire des calculs.

Revenant de Vézelay en trois jours de marche, la Gazette déboucha dans la vallée comme un tourbillon d'orage.

— Le solstice qui le travaille ! disaient les gens.

Il hurlait :

— Le Gilbert de la Rouéchotte vient de guérir l'Ève Goë ! Saint Bernard me l'avait bien dit, et Pierre l'Ermite, mon confrère, aussi ! Montjoie ! La Vouivre n'est pas morte !

Il mélangeait tout : les croisades et Saint-Jacques-de-Compostelle, Jérusalem, Vézelay, saint Benoît et l'ingénieur des Monuments historiques.

Les gens répétèrent :

— Il y a eu un miracle aux Griottes !

Et tout de suite après :

— Les miracles reprennent aux Griottes !

Ailleurs :

— Le, Gilbert de la Rouéchotte aurait le don !

Et, pour s'en assurer, on vint voir la miraculée.

Si bien que lorsque Gilbert arriva chez lui, ce samedi-là, il trouva la cour pleine de voitures. Des gens avaient quitté moisson pour monter la Combe-Ravine. Ils voulaient voir Ève, tâter ses plaies refermées, la regarder marcher. Ils arrivaient par paquets de cinq : « On passait par là, on s'est dit... »

Il y avait aussi une autre curiosité : cette Rouéchotte qui était devenue tout épine et que les Goë avaient remise en état ! Les Goë ? Bûcherons, sabotiers ? Qui aurait pensé ça, hein ?

Il y avait aussi le docteur qui remballait ses outils et qui disait : « Calcification spectaculaire... jeune âge et vitalité exceptionnelle du sujet... Assez étonnant... Il faudra revoir ça dans six mois... Une radio s'impose dès maintenant.

— Pas de radio ! hurla Gilbert. Vous allez encore me l'esquinter ! »

Dans la grande salle, la table était mise, des gens mangeaient et buvaient, et l'oncle Meulenot ne donnait pas sa part aux chats. Lorsqu'il vit Gilbert, il se leva et, lui donnant l'accolade : « Sacré Gilbert ! Tu ne nous avais pas dit que tu étais " regôgnoux " ! »

Manon et Caïn, dans un coin, se regardaient le blanc de l'œil. Gilbert fila dans la chambre où Ève, fraîche comme une rose de mai, racontait son miracle à qui voulait l'entendre :

— ... Gilbert m'a portée dans ses bras, m'a posée sous la pierre de l'autel, et j'ai attendu...

— Attendu quoi ?

Elle ne put répondre, car Gilbert était devant elle qui lui disait : « Ma Sainte Vierge ! Te voilà requinquée ? » Les curieux les laissèrent seuls, pas tellement par discrétion, mais parce que la chanson des fourchettes les appelait dans la grand-salle.

— C'est l'hôtel, ici ? lui demanda-t-il quand ils furent seuls.

— C'est comme ça depuis cinq jours. On a dû tuer le cochon de deux cent cinquante, et il n'en restera tantôt que la queue ! répondit-elle. Et moi qui ne pouvais remuer ni pied ni patte, j'ai pu faire le boudin, le pâté !

— Comme ça ? Du jour au lendemain ?

— Presque. J'étais toute revrochée par un grûille-ment terrible. Ça me remontait par les pieds jusque dans les cheveux ! J'en aurais crié ! Et tout par un coup, plus rien !

— Plus rien ?

— Alors j'ai essayé de me lever, j'ai pu. De marcher, j'ai pu ! Oh ! je n'étais pas trop brave, je trebeûlais comme un poulet d'un jour, mais je marchais, sans trop souffrir.

— Mais où ça s'est passé tout ça ?

— Aux Griottes ! Mes frères m'y conduisaient tous les jours, et j'ai bien bu une ballonge de ta fameuse eau celtique !

— Faut fêter ça, ma toute jolie ! Je te l'avais bien dit !

— Faut fêter ça ! clamait, en écho l'oncle Meulenot. J'ai justement apporté une feuillette que mon futur gendre va nous décharger en un tournemain !

Caïn, déjà, était debout, gonflant la poitrine :

— Tout seul ! Laissez-moi !

Tout le monde sortit dans la cour. On fit cercle

autour de la camionnette et le grand Caïn, lentement, comme un hercule de foire, descendit, sans le moindre à-coup, la feuillette pleine, alors que Manon ravalait sa salive et roucoulait comme s'il l'eût violée.

On débonda et la miraculée vint trinquer, en disant gentiment : « J'ai assez bu d'eau comme ça ! Je peux bien, pour une fois ! »

Il arrivait encore une voiture : des gens de Nolay, avec un petit garçon qui s'était démis l'épaule trois mois plus tôt.

— Paraît qu'on remet les membres, ici ? disait le père.

— Qui vous a chanté cette chanson-là ?

— Des vignerons de Buxy, qui avaient rencontré la Gazette.

— Ça me fait repenser ! dit Ève. Il y a des gens ici qui t'attendent depuis ce matin.

— Des gens ? Moi ?

Elle le conduisit vers une famille qui grignotait chichement du bout des dents le jambon persillé, au bout du grand banc, sans rien dire. Ils venaient de Lormes, dans la Nièvre. L'homme se leva :

— C'est rapport à ma femme qui s'était fait un mauvais tour de reins l'an dernier. Les médecins l'ont manquée, ça s'est ressoudé de travers...

— Ma parole, c'est la cour des miracles ! cria Gilbert.

— On m'avait pourtant dit qu'on guérissait ici !

— Qui vous a dit ça ?

— La Gazette !

Gilbert partit en levant ses grands bras :

— Mais non, mais non, c'est pas possible ! Voilà maintenant cette sacrée vieille bête de Gazette qui racole les stropiats dans tout le duché !

353

Puis se retournant, avec commisération :

— Que voulez-vous que je vous dise, braves gens ? C'est pas moi qui guéris, c'est la Vouivre ! Et la Vouivre est à tout le monde ! L'eau coule, la pierre pèse, l'air circule, il n'y a qu'à prendre ! C'est le cadeau du bon Dieu ! Si je vous disais autrement, je mentirais ! Allez donc boire à la fontaine des Griottes : vous n'avez qu'à tourner à gauche après le portail et suivre la charrière tout droit, à travers les grandes friches... C'est à une demi-heure ! Pas même !

Deux nouvelles voitures entraient dans la cour. Cette fois, c'étaient les journalistes de Dijon. Ils sortirent tout de suite leur matériel et se mirent à photographier et à questionner les gens, ouvrant les écuries, allant et venant comme s'ils étaient nés là ; ils photographièrent Ève avec ses frères, alors que le père Goë rigolait dans sa grande moustache en disant : « Bande de corniauds ! »

Ils abordaient Gilbert :

— Le guérisseur ? C'est vous ?

— Moi ? Guérisseur ? Mais je ne suis rien du tout ! Un songe-creux, un gratte-cailloux, un use-bois ! Voilà ce que je suis ! Un chevalier de la mailloche, oui ! Pas même encore compagnon-fini !

— Mais vous reboutez ?

— Je reboute, je reboute, oui ! Je reboute les bras et les jambes du Jésus des Griottes quand ils sont cassés, mais c'est bien tout !

— Pourtant ?...

Les photographes opéraient, les rédacteurs écoutaient, questionnaient, et le grand circaète Jean-le-Blanc, effrayé d'une telle affluence, glissait sur l'aile pour aller tournoyer un peu plus loin, au-dessus des grands bois silencieux.

Pour rester fidèle à la vérité, le chroniqueur de la Rouéchotte est bien obligé de raconter les événements mémorables qui suivirent la guérison d'Ève Goë.

Les journaux locaux avaient publié deux généreux articles sur « Ève la miraculée » et « Gilbert le sculpteur aux mains d'or ». Bien sûr, ni les Goë ni les deux tailleurs de pierre n'en avaient eu connaissance, car, depuis plus de trente ans, aucun journal n'était entré à la Rouéchotte, mais toute la Bourgogne les avait lus et, dès le lendemain, les stropiats arrivaient à Combe-Ravine.

N'en soyez pas étonnés : si vous parcourez la terre en quêtant service, vous ne trouverez que gens indifférents et glorieux, à croire que le monde est un riant paradis, mais proclamez que vous remettez les maux et calmez les douleurs, et vous verrez sortir de toutes les portes une fameuse procession de bancals et de crevats !

Ève, souriante, recevait ce pauvre peuple des douleurs. Elle eût voulu les voir tous repartir guéris, mais elle ne pouvait que leur dire :

— Mes pauvres gens, faites comme moi : allez à la source des Griottes, et demandez votre guérison !

Mais nous vivons à une époque où tout ce qui vient de la nature et du silence est suspect. Sans boniment ni tintamarre, le remède ne vaut rien ! Ce qu'ils voulaient, c'était une technique, un technicien, de grands mots et des simagrées.

— Mais le guérisseur ?

— Il sera là samedi et dimanche, répondait Ève qui, élevée en anachorète, ne soupçonnait ni l'irrésistible acharnement des foules, ni la force aveugle et violente que donne la naïve et toute nouvelle certitude du droit au bonheur pour tous.

Certains apportaient des cadeaux : du pain d'épice, des bouteilles d'eau-de-vie ou de cassis, ou même un gibier, d'autres sortaient le portefeuille, et Ève les regardait en pleurant :

— Remportez tout ça, mes pauvres gens, nous ne pouvons rien ici pour vous ! Montez aux Griottes, dites une prière en touchant l'autel, buvez l'eau... et peut-être...

Mais sait-on encore dire une prière ? Et surtout peut-on encore espérer guérir sans bourse délier ? On a tellement accoutumé le monde à ne croire qu'aux dieux et aux médecins qui coûtent cher !

Aussi lorsque les deux sculpteurs revenaient de Vézelay, ou d'ailleurs, et que Germain filait chez sa Jeannette, Gilbert, montant Combe-Ravine, trouvait dans sa cour des gens muets, obstinés, qui l'attendaient, assis dans les coins, tristes comme des chiens enragés.

— Je ne peux pas plus vous remettre vos maux que vos péchés, leur disait-il, comme honteux... C'est affaire de médecin !

— Les médecins ? ricanaient les autres, nous en avons vu dix, nous en avons vu cent ! Tous des incapables !

Enfin, un jour qu'il était là, en train de parlementer avec ses mendiants de santé, il se produisit un événement mémorable que je dois conter par le menu, car il vaut son pesant de moutarde.

Or donc, deux voitures entrèrent dans la cour parmi les aboiements des chiens attachés à la niche.

En descendirent... devinez qui ?

Si vous l'avez déjà trouvé, c'est que vous connaissez le front de ces gens-là, pour en avoir déjà pâti, sans doute, mais Gilbert, lui, bien que prévenu, n'avait jamais pensé revoir ces jocrisses : Regenheim et le baron Marchais !

Oui, le brochet et le renard argenté !

— Mon cher Gilbert ! Mon cher ami ! dirent-ils en se précipitant vers lui, permettez-nous de vous présenter M. Mullaire, promoteur, et M. Benami de la chaîne des Watson-France !

Gilbert, surpris, n'avait pas eu la présence d'esprit de lâcher les chiens, comme il l'avait promis, mais il lui vint, tout à coup, une idée qui lui plut. Il salua courtoisement les quatre hommes et les invita à entrer en disant à sa fiancée :

— Ève, voici mes bienfaiteurs de Paris, le baron Marchais et monsieur Regenème, avec des amis. Papa Goë, allez donc dire à vos fils de venir nous retrouver ici, j'aurais plaisir à ce qu'ils passent du bon temps avec ces messieurs !

— Mon cher Gilbert, commençait Regenheim, encouragé par cet accueil, nous avons appris, par la presse, avec enthousiasme et émotion, la prodigieuse aventure qui vous est arrivée ! Quelle joie pour nous d'apprendre qu'un jeune homme si méritant que vous avait réussi...

— Je l'ai toujours dit, enchaînait Marchais, en lissant ses douces mèches mauves, Gilbert est un jeune homme de grande valeur. Nous savons que votre talent a été apprécié du Service des Monuments historiques

...ue vous avez acquis une réputation dans toute la
...urgogne...

— Le directeur des Monuments historiques me le
...isait encore l'autre jour, appuyait Regenheim.

— Votre talent peut rendre à la France monumen-
tale, si riche et si prestigieuse, les plus grands ser-
vices...

— Et ce don miraculeux que Dieu vous a donné,
mon cher Gilbert ! N'est-ce pas merveilleux !

— Quel don ?

— ... Et modeste avec ça ! Mais nous savons tout,
Gilbert !

Gilbert se souvenait des derniers conseils de son
père : « Quand tu entends des gens te parler de Dieu et
de la France, rentre dans ta coquille et méfie-toi ! »

Il ouvrait donc de grands yeux modestes, se tortillait
sur sa chaise, alors que les autres continuaient :

— Avec votre talent, d'une part, et ce don, d'autre
part, vous possédez un capital formidable. Un capital
qui dort encore, sans doute, mais que vous vous devez
d'exploiter !

— Moi ? Un capital ? Exploiter ? Mais je ne vois
pas... Je ne saurai jamais...

N'ayant pas l'expérience de ce monde de charognards, il n'avait pas encore deviné où ils voulaient en
venir. Il tâtonnait, simulant la confusion, la niaiserie,
la cupidité, même. Il exultait, car il les tenait là,
devant lui, les deux rastaquouères, et il les sentait
mordre à l'appât.

Il jura ses grands dieux que ce jour était un grand
jour, parce qu'il retrouvait des amis qu'il avait bien
cru perdre par la faute de son incorrection et de sa
grossièreté qu'il était bien soulagé de voir qu'il n'en

était rien et que leur visite lui prouvait qu'il était pardonné.

Après une heure de tergiversations, il dit :

— C'est de conseils que j'ai le plus besoin !

On entendait les pas des trois frères Goë qui se rapprochaient.

Les autres, enfin, abattirent leur jeu. Je voudrais employer ici les sophismes et le charabia de ces gens-là, mais il faut, pour évoluer avec aisance dans ce style, posséder à fond la littérature économico-sociologique qui assure avec succès, de nos jours, la vulgarisation des plus grandes foutaises et la réussite des plus magistrales escroqueries. Je sais que je n'y excelle pas et je m'en excuse.

En quelques mots :

« On » voulait « aménager » cette belle région des Arrière-Côtes, du Haut-Auxois et de la Montagne. si bellement placée sur le chemin de la Méditerranée, de la Suisse et de l'Italie. « On » désirait y « promouvoir » le tourisme, la construction de résidences secondaires. L'hôtellerie était appelée à jouer un rôle de premier plan dans ces beaux pays, hélas ! trop méconnus.

Ah ! gagnant serait celui qui saurait, à temps, tendre son tablier à cette manne providentielle qu'allaient déverser ici, à pleines corbeilles, les foules drainées par des spécialistes de la publicité !

— Vrai ? disait Gilbert. Il y aurait tant d'argent que ça à gagner ? Mais comment ? Dites-moi ça ? Ça m'intéresse !

— M. Mullaire, ici présent, promoteur national, et M. Benami, de la chaîne Watson-France (il appuyait sur le mot France), expert en promotion hôtelière, tous deux délégués par le gouvernement au Service de la

Prospective du Septième Plan, vont vous exposer cela, mon cher Gilbert.

— Voilà qui m'intéresse ! disait Gilbert, parce que moi, j'en ai assez de manger de l'argent pour cultiver ronces et pierrailles !

— Bien sûr, mon cher Gilbert ! disais Marchais.

— On n'est plus au Moyen Age ! disait Mullaire.

— Eh oui ! ajoutait l'autre, il faut se grouper pour débloquer ces régions marginales !

Les deux promoteurs-experts-assermentés sortaient de leur serviette des papiers et des plans qu'ils étalaient sur la table :

— Pour l'instant, disait Mullaire, nous ne faisons que dresser, très schématiquement, l'inventaire des richesses et possibilités touristiques de votre secteur, englobé d'ailleurs dans le plan directeur du Ministère, et c'est parce que ces messieurs vous connaissent que nous avons voulu vous voir tout d'abord et vous faire profiter « en priorité » de la constitution d'une « société de défense », une sorte de coopérative d'exploitation du capital touristique.

« Il s'agit de faire vite, monsieur Gilbert, avant que vous ne tombiez sous le coup de l'expropriation, et avant que les options soient prises !...

— Mais dites-moi ce qu'il faut que je fasse ! gémissait le sculpteur, moi je n'y connais rien !

— Il faut prendre des options, sans tarder, sur le plan général, mais pour vous ici, je vois très bien, par exemple, et très schématiquement, dès maintenant, un hôtel de solitude et de relaxation de haut standing, équipé, bien entendu, d'un club hippique de grande randonnée, qui bénéficierait de subventions importantes à la construction, en vertu de la loi du 15 janvier 1971, une piscine, et cetera...

— Mais moi, là-dedans ? Moi ? Le Gilbert de la Rouéchotte ?

— J'y arrive, monsieur. Votre cas est particulier : il s'agirait premièrement, et très schématiquement, d'exploiter votre talent de sculpteur qui trouverait un débouché tout naturel auprès de la riche clientèle de ce complexe hôtelier. Cela aurait l'avantage de faire connaître ces artistes et artisans locaux, trop méconnus, et de servir ainsi la cause de la décentralisation artistique, si souhaitable ! Mais ceci n'est qu'un but accessoire. Un autre capital exploitable serait votre don de guérisseur...

— Mais je n'ai aucun don !

— Tout le monde y croit, c'est l'essentiel.

— C'est la Vouivre ! messieurs, c'est la Vouivre !

— Nous y voilà : nous sommes en pourparlers avec la commune pour lui acheter le terrain sur lequel se situe la source et la chapelle miraculeuses. Comme il ne figure pas à l'inventaire des Monuments historiques, la commune nous cédera volontiers l'ensemble, quant à la source elle-même nous en aurons le fermage, les démarches sont en cours. Et nous pourrons monter un grand complexe sanitaire, de cure, de cure miraculeuse ! Où opérerait le grand guérisseur Gilbert Meulenot, le berger sculpteur bourguignon ! et...

— Mais c'est défendu... de guérir des gens si on n'est pas médecin ! soufflait Gilbert.

— Mais justement, mon cher ! Un bon procès, que nous provoquerions s'il le faut, pour exercice illégal de la médecine est la meilleure des publicités ! A condition qu'il soit assorti d'une campagne de presse, où tous les cas de guérison seraient publiés... avec certificats médicaux.

— Mais j'ai bien peur qu'il n'y ait jamais de guérison !... Vous savez, messieurs, cette source, c'est une source comme une autre, ni plus ni moins ! Ce sont les gens qui parlent !

— Mais bien entendu, mon cher monsieur, cela va sans dire mais cela c'est l'affaire du spécialiste des public-relations. Ne vous en inquiétez pas ! D'ailleurs ce sont là, et très schématiquement, des projets d'avenir. Ce qui compte maintenant, et je crois que ces messieurs sont d'accord, c'est la constitution d'une société légale où vous apporteriez...

A ce moment, les trois frères Goë entrèrent, bloquant la porte. Gilbert leur dit :

— Voilà ces bons messieurs qui veulent promouvoir notre beau pays ! Ils veulent le débloquer de son isolement, comme ils disent, en prenant la place de ces idiots de paysans, pour leur montrer, très schématiquement, comment on s'enrichit sur la terre ancestrale des autres...

— Mais... Comment... Permettez ! ripostait le chœur des promoteurs.

— ... en installant des centres hippiques dans nos pâturages, des piscines à la place de nos étangs...

— Messieurs ! C'est ignoble ! clamaient les quatre mousquetaires de la civilisation des loisirs, en constatant que la porte était solidement masquée par les quatre défenseurs du bon plaisir.

— Mais nous allons montrer à ces messieurs, et très schématiquement, que nous ne les avons pas attendus pour cultiver les loisirs et pratiquer le sport et la relaxation, dans nos régions marginales sous-développées ! continuait Gilbert. Puis il enchaînait : Camarades, prenez chacun votre ousiâ, et soyez des guides attentionnés et fermes !

Il y eut une très courtoise échauffourée, à l'issue de

laquelle les promoteurs sortirent de la salle solidement colletés ; Caïn, lui, avait saisi Regenheim et, le soulevant à bout de bras à dix centimètres au-dessus du sol, lui disait :

— Un petit temps de galop, ça décrasse !

Ah ! que les trois frères Goë étaient heureux ! Ils empoignaient les bonshommes, les hissaient, à cru, sur le dos des trois juments en claironnant :

— Et pour commencer, le club hippique de la Rouéchotte !

Et ils fouaillaient le cheval pour lui faire faire, au galop de manège, le tour de cette cour fermée, dont ils avaient clenché le portail. Quand un des cavaliers tombait il était relevé par une poigne solide et remis en croupe.

— Relaxez-vous, bande de crapauds ! hurlait Gilbert en faisant claquer le grand fouet de charretier, un beau perpignan de la grande époque des rouliers.

— Effacez les épaules ! Rentrez la pointe des pieds ! Et très schématiquement, bien entendu !

Et les trois juments, excitées par leurs cris de Zaporogues, faisaient écarts, voltes et ruades.

— Belle reprise ! ricanait Dieu le Père Goë, en ajoutant : Bande de corniauds !

On avait gâté Regenheim en lui donnant Javotte, une jeunette, alezane, mauvaise tête, une lève-croupe vicieuse et morveuse qui ne supportait pas mieux le harnais que l'étalon. Elle dansait, partait, se cabrait, encensait. Tout à coup, enfin, elle fila d'un trait en direction du fumier, et s'arrêta net en donnant une croupade qui vida Regenheim dans la très belle flaque de purin qui, chaque jour, grâce à Dieu et aux dix vaches, prenait de l'importance.

— Après le manège, la piscine ! annonçait Adam, au comble de la joie.

Regenheim s'en sortit, à vrai dire, sans grand dommage, alors que les Goë, qu'un exercice violent mettait toujours en verve, dispersaient au vent les papiers et les plans des promoteurs.

On poussa les quatre visiteurs dans leurs voitures, ils démarrèrent en protestant et l'on n'entendit plus que le bruit du moteur. Quand le silence fut revenu, on s'aperçut que Germain était rentré. Il attendait, perché sur un chariot et riait. Gilbert se frottait les mains en disant :

— Voilà une bonne chose de faite !

— Puis, tout de suite, voyant Ève souriante sur le pas de la porte :

— Alors ? C'est pour quand, ces trois mariages ?

La Gazette filait vers le sud, aussi vite qu'il pouvait trotter. Par Mont-Saint-Vincent et la vallée de la Fouillouse, il se dirigeait vers Cluny et les cimes du Mâconnais.

Il arrivait bientôt, dans les buis et les caillasses, au-dessus des premières vignes, dévalait sur les Bâtisses, où il savait trouver des amis ; il faisait son entrée dans la cour en poussant des cris d'orfraie alors que trois gamins s'enfuyaient, poursuivis par ses apostrophes. Il était bientôt assis sous la galerie couverte de cette maison de vignerons qui dominait l'enfilade des monts.

Il jeta sur la table un sac de girolles qu'il venait de cueillir en forêt de Goulènes, et toute la maisonnée fut bientôt rassemblée devant lui.

Il ne fit pas attendre l'auditoire, et tout en sirotant le vin frais, commença, de sa voix de clerc :

— Le 20 juin on a emmené la Banniche Gautherot à l'hôpital !

— Quoi donc qu'elle avait ?

— Une dépression nerveuse, qu'ils disent. Faut dire qu'elle s'était fait mettre la télévision l'année dernière...

— La télévision ? Mais quel rapport, Gazette ?

— Rapport de cause à effet : En une seule année, dans sa boîte à images, elle a assisté à deux cents grèves, dix-huit révolutions, cinquante-deux coups d'État, vingt-deux tremblements de terre. Elle qu'avait jamais rien vu, elle a pas pu supporter.

Il mâcha une gorgée de vin et ajouta, de sa voix numéro deux, celle du commentateur :

— C'est ce qu'on appelle l'information ! Ça fait partie du progrès !

— Raconte, Gazette ! dit le Nerveuillon, en gigotant sur son banc.

— ... Le deux juillet : on a emmené la femme du Châtré à l'hôpital.

— Elle aussi ? A cause de quoi ?

— Dépression nerveuse, pardi !

— Télévision ? demanda le Gravolon.

— Elle ne pouvait pas avoir d'enfants et elle en voulait ! Je continue : le 10 juillet, on a emmené la Marie du Tronchat à l'hôpital. Dépression nerveuse aussi ! Elle ne voulait pas avoir d'enfants et elle en avait !

Tout le monde riait : Sacré Gazette !

— Je continue ! Le onze, le Lazare des Gordots est mort : Infarctus du myocarde, qu'ils appellent ça !

— A quoi que t'attribues ça, toi, Gazette ?

— Aux factures de sa moissonneuse-batteuse, de son tracteur et de tout le matériel qu'il pouvait pas payer !

La Gazette se levait, et d'une voix terrible :

— Le Progrès ! Mes amis ! Le Progrès ! Le voilà qui atteint nos régions marginales, enclavées et sous-développées. Et vous en crèverez tous ! L'égalité devant le Progrès ! La dépression nerveuse pour tous ! L'infarctus à la portée de toutes les bourses !

— Sacré vieux patarin ! disait le patron, en riant jaune.

— Allez, Gazette, raconte ! disaient les jeunes. Tu ne nous a pas encore parlé de la Rouéchotte !

— J'y arrive, mes jolis ! A la Rouéchotte, les « promoteurs » ont montré leur nez !

— Jusque dans ce nid de buse ?

— ... Ils étaient quatre : il y avait le brochet Regenheim, le renard argenté Marchais, la petite baronne...

— Tu les connais donc aussi, ceux-là, Gazette ? Tu connais tout le monde !

— Le Gilbert aussi les connaît, marche ! Ils lui ont escroqué toutes ses sculptures pour les vendre à prix d'or en Amérique, ils ont volé la statue de Notre-Dame-de-sous-Terre et notre Saint-Thibault...

— Ils râpent donc tout, ces attilas !

— Attilas, tu l'as dit ! Deux comme ça par diocèse, les ingénieurs après, et le pays n'a plus un brin d'herbe !

— Et nous, on crève le bec ouvert comme une carpe de trente livres sur un tas de gravier !

— Quoi donc qu'ils lui voulaient encore, au Gilbert ?

— Lui acheter la Rouéchotte, pour y faire leur cirque ! Un hôtel grand standinge, et tout le reste ! Ils veulent même acheter la chapelle des Griottes, et même la source ! Vous entendez ? Ils veulent acheter la

Vouivre ! La Grande Vouivre libre ! Ils veulent acheter notre eau ! la chère petite eau de nos friches ! Ils veulent aussi acheter le don de Gilbert !...

— Alors ?

— Le Gilbert leur a laissé jouer leurs atouts, il les a endormis avec des hohohos, des hahahahas, et tout par un coup il te les a réveillés avec une volée d'étrivières, et avec les frères Goë il leur a fait faire une sacrée reprise de tape-cul sur ses juments ! La peau des fesses devait leur cuire, marche ! Alors, pour les refroidir, un bon plongeon dans la mare à purin !

— Voilà ce que j'appelle de la défense de la nature, moi ! clama le patron.

— Oui, s'ils étaient reçus comme ça partout, notre « environnement » serait bien gardé ! On ne serait pas obligés de payer un ministre pour s'en occuper !

Toute la compagnie but un coup, pour se remettre de telles émotions. La Gazette reprit souffle, puis, d'une voix plus grave :

— Trois beaux mariages, qu'il y a eu, à la Rouéchotte !

— Trois malheurs d'un coup, c'est beaucoup !

— Hélas ! Primo, c'était Caïn Goë qui s'encombrait de la Manon des Ruhautes...

— Un sacré sommier renforcé, qu'il leur faudra, à ces deux-là !

— Pas sûr : poulain fripon s'endort en limon !

— Deuxio : c'était le Germain, Bourguignon Compagnon Passant du Devoir, qui s'affublait de la Jeannette !

— Quelle Jeannette ?

— La Jeannette du brûle-moût !

— Pas longtemps qu'elle aura été Vierge Marie, celle-là !

Ici, la Gazette se découvrit :

— Troisio : Gilbert ! Ah ! Gilbert, le cher ange !

— Raconte-nous ça Gazette ! Le Gilbert ?

La Gazette venait de fondre en sanglots :

— Gilbert... mon eubage... mon successeur... Hihihi !

— Bois un coup, Gazette, et dis-nous !

— Le Gilbert de la Rouéchotte a ruiné tout net tous les espoirs que je fondais sur lui...

— Comment ça ?

— Il s'est marié aussi !

— Marié ? Ce foutu gâte-bois ?

— Oui, marié... A l'Ève Goë, la Mal-tuée ! Hihihi ! Perdu pour toujours qu'il est ! Et dire qu'il venait tout juste d'entrouvrir le livre ! Dans quelque vingt ans, il pouvait être au sommet de la Connaissance !

Et le vieux druide, sanglotant, continuait :

— Hé oui ! Il a acheté une chemise blanche ! Des bretelles ! et même une cravate !

— Une cravate ? Bougre !

— La femme ! Oui, toujours la femme ! Quand vous voyez un homme qui fait une ânerie, cherchez la femme !

— Ça c'est bien vrai !

— Et ce n'est pas tout !... Il a ciré ses souliers !

— Non ?

— Me croie qui voudra : il a ciré ses souliers... et il s'est peigné !

— Pas possible !

— Et les trois filles ont traîné ces trois pauvres garçons devant maire et curé. Elles les ont fait traverser en cortège les villages, les fermes, et toute la friche des Griottes ! Trop fières qu'elles étaient de montrer à la face du monde leur pitoyable conquête, leurs otages, leurs trophées ! Elles les ont promenés jusqu'à Sombernon, à l'auberge du Vieux-Château, chez le François Vincenot, pour que les cinq cantons le sachent, et maintenant c'est fini ! Il n'y a plus d'espoir !

Le vieux druide montrait un chagrin si profond que l'Hippolyte remplissait son verre et sortait une assiette de lard froid :

— Mange un morceau, Gazette, et bois donc, cré vains dieux. Faut pas te laisser aller comme ça !

— Je ne m'en remettrai jamais, Hippolyte, jamais ! C'est fini ! Déjà hier, en dormant dans la grange de Montrecul, j'ai senti pénétrer le froid de la mort !

— Sacré vieux patarin ! tu es toujours le même !

— Non. Plus le même ! Cette fois c'est l'hallali !... Quant à la triple noce, faut dire qu'ils ont bien déjeuné, chez le François Vincenot ! Un sacré repas ! Et bien bu aussi ! c'était toujours ça de pris sur l'adversité !

« Mais tout de suite après le rince-cochon, elles te les remmenaient là-haut, à la Rouéchotte, où elles font la loi maintenant !

— Plains-toi : il y aura maintenant trois cuisinières pour t'y faire la soupe et bassiner ton lit !

— Moi ? Retourner là-haut ? Pour trouver des grands cheveux dans tous les plats ? Renifler leurs onguents ? Jamais ! Voir mon Gilbert sucé, gobé, bouffé, dévoré, réduit, consumé tout vivant comme ça ? Jamais !

« J'ai repris la route, jamais plus on ne me reverra à la Rouéchotte ! »

Il prenait sa crosse, la brandissait au-dessus de sa tête en criant : « Jamais ! Jamais ! »

— Maintenant que tu as mangé, ça a l'air d'aller mieux, hein ? Tu parlais de mourir, mais te voilà

369

reparti pour deux mille ans, on dirait ! disait le patron.

Et la Gazette dévalait le perron de pierre, traversait la cour au pas de gymnastique en hurlant encore « Jamais ! »

6

Voilà, toute brute, la chronique de deux années de la vie d'une ferme perdue dans les monts de Bourgogne. On pourrait croire qu'elle se termine avec le mariage de Gilbert et d'Ève et, les ayant vus se bichonner la nuit de leurs noces, on serait tenté de dire : « Voilà la fin d'un beau roman d'amour ! »

Eh bien non, bonnes gens.

Quand un couple est réussi, le roman d'amour ne finit pas avec le mariage. C'est justement à ce moment-là qu'il ne fait que commencer. Il durera jusqu'à la fin des corps. Et encore, au cimetière du village, seront-ils tous deux rassemblés.

La lune de miel dure toute la vie, ou alors il n'y a pas eu de lune de miel. Et s'il n'y a pas eu de lune de miel ça prouve, croyez-moi, que les deux époux sont des imbéciles... ou des désaxés, car la lune de miel est la pâtisserie la plus facile à réussir. Il suffit de graisser le moule avec, moitié moitié, la bonne volonté du cœur et l'enthousiasme des sens. Les deux choses les moins coûteuses du monde.

Après leur mariage, Gilbert et Germain parcoururent, pour l'exercice de leur art, toute la Bourgogne, de

371

Paray-le-Monial à Saint-Germain-d'Auxerre, de Mont-ceau-l'Étoile à Saint-Père-sous-Vézelay, de Cluny à la collégiale de Beaune, d'Autun à Brou.

Perchés sur leurs échafaudages, au cœur des plus pures et des plus étonnantes merveilles de leur pays, ils chantaient.

— De la chance qu'on a, quand même, disait Gilbert en bouchardant, de ne connaître, de chaque ville, de chaque village, que la merveille des merveilles !

— Oui, il y a des gens qui ont de la veine, il faut le reconnaître, avouait Germain, et nous sommes de ce panier-là, compagnon ! Ce serait malhonnête de le nier !

Ils étaient d'accord là-dessus.

— Tant mieux pour nous, compagnon, tant mieux pour nous ! concluaient-ils en chœur, satisfaits de la vie, en soufflant dans leurs doigts gourds, l'hiver, ou en grillant au soleil de l'été. Et de buriner le beau calcaire sorti tout rose des entrailles de leur terre, et de chanter à tue-tête au-dessus des toits, loin des bruits d'en bas, et de contempler, aux heures de collation, sans même quitter le chafaud, ces pierres façonnées et empilées mille ans plus tôt par une science inconcevable et bouleversante, ces pierres sous tension, ces pierres gravées de signes inexpliqués, qui ont vu défiler la prodigieuse procession, dansante et chantante, des hommes en quête d'équilibre et d'espoir.

Mais en fin de semaine, ils partaient à tire-d'aile vers la Rouéchotte, comme des pigeons à qui l'on ouvre la trappe de contention et qui filent sans erreur vers leur colombier pour y retrouver leur pigeonne, toute gon-flée d'amour et déjà roucoulante de plaisir.

Ces absences ferventes suivies de retrouvailles impé-tueuses vous font, au demeurant, les plus beaux

372

enfants du monde. Voilà pourquoi, par un chaud matin de juillet, Ève donnait à Gilbert un fils qu'on appela Vincent, alors que le soir même, Jeannette mettait au monde une fille.

Comme en présence de leurs pères, on langeait le jeune homme et la jeune fille, un grand bruit se fit dans la cour, les chiens aboyaient, les poules poussaient des cris d'effroi : la Gazette venait d'apparaître sous le grand portail ; il écartait les bras et chantait à tue-tête les premiers versets de l'office de Complies :

— *Jube domne, benedicere...*

Puis, encombré de toutes ses besaces et de toutes ses musettes, il faisait moulinet de sa crosse pour tenir les chiens à distance en hurlant : « Outu, chareignes ! », et reprenait :

— *... Fratres : sobrii estote et vigilate...* Salut à tous et à toutes ! Voici le chapelain des renards, le chanoine des blaireaux, le pape des escargots !

On le porta en triomphe jusqu'au poulailler, où on le percha.

— Sacrée vieille cancouenne ! Te voilà revenu ? lui dirent-ils. On s'embêtait sans toi !

— J'avais pourtant juré de ne jamais revenir, répondit le chemineau magnifique, mais avec deux femmes en gésine, deux nourrissons et cinq hommes incapables, je me suis dit que la Rouéchotte était perdue, et je suis venu !

— Pour nous aider à vider la feuillette, probable ? demanda Gilbert.

— Surtout pour m'occuper personnellement de l'éducation de ton fils ! Je veux le former dès son plus jeune âge, pour qu'il devienne, lui, mon successeur. En vérité en vérité je vous le dis, il sera mieux que

373

compagnon-fini, mieux que bateleur-bâtisseur, mieux que Grand Druide ! Il sera Pontifex maximus !

En prononçant ces mots, il déposait sa crosse mystérieuse sur le berceau du petit Vincent en disant :

— A toi la verge d'Aaron ! A toi le bois qui refleurit ! A toi le bâton crossé !

— Holà holà, tout doux, Gazette ! coupa Dieu le Père Goë, aussi vrai que mon fils aîné est Adam et que ma fille est Ève, tu ne feras pas de mon petit-fils un curé !

Puis le patriarche, qui n'avait pas dit deux mots depuis la Saint-Martin de l'année précédente, ajouta :

— Bande de corniauds !

Phrase lourde de sens dans une bouche aussi avare.

— Mais où étais-tu donc fourré qu'on ne te voyait plus depuis si longtemps ? demandait-on au Grand Druide.

Il avait un sourire suffisant et répondait :

— Mon diocèse est grand, ses richesses matérielles sont inépuisables et ses besoins spirituels sont, de ce fait, immenses !

Puis il jetait sur la table un sac de grosses écrevisses brunes en lançant :

— Les écrevisses ? C'est le meilleur des légumes, comme me disait Charles le Téméraire à l'Ordène de la Toison d'or en l'an de grâce mil cinq cent cinquante-deux !...

Dans l'air brûlant, arrivaient de la vallée les neuf coups et la volée de l'angélus de midi. La Rouéchotte grise, au-dessus des bois, semblait planer, seule, sans haleine et sans ombre. Devant le portail, c'était le trou de Combe-Ravine et les croupes des montagnes couchées, engourdies de soleil. On n'entendait même plus la source, qui ne pissait plus que trois gouttes et le vieux prophète continuait son discours insensé. Alors

374

le petit Vincent se mit à crier de toute la force de ses jeunes poumons.

A la fin, Gilbert s'approcha de la Gazette :

— Gazette, tu as donné ta crosse à mon fils, mais comment feras-tu, sans elle, pour chaparder, en passant le long des vergers ?

Le vieux cligna de l'œil et, en un souffle :

— Ne te mets pas martel en tête pour la crosse, petit : je m'en taillerai une autre. J'en sais par cœur la mesure et les formules... et ce n'est pas le coudrier qui manque, par ici !

Le circaète Jean-le-Blanc planait, très haut, en décrivant de grands cercles dans le ciel.

Commarin, le jour de la Saint-Vincent 1972.

DU MÊME AUTEUR

LA VIE QUOTIDIENNE DES PAYSANS BOURGUI-GNONS AU TEMPS DE LAMARTINE (*Prix Lamartine*)

Aux Éditions Nathan

LE CHEF DE GARE

LE BOULANGER

Impression Bussière Camedan Imprimeries
à Saint-Amand (Cher),
le 16 janvier 1996.
Dépôt légal : janvier 1996.
1ᵉʳ dépôt légal dans la collection : juin 1983.
Numéro d'imprimeur : 1/2953.

ISBN 2-07-037474-2./Imprimé en France.
Précédemment publié par les Éditions Denoël.
ISBN 2-207-21789-2.